무이무이 땅

소피아 아메시스트

시로네 에버그린 스이로우

주인공 : 람(빙람의 주인)

무 이 무 이 땅

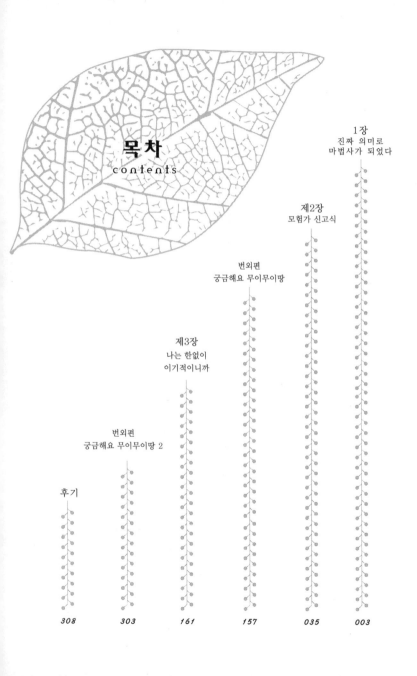

목차
contents

제1장

진짜 의미로
마법사가 되었다

눈을 떠 보니 영문을 모를 일이 생겼다.

시야가 이상했다.

애초에 내 시력은 별로 좋지 않았지만, 지금은 정말로 희미할 정도로 앞이 안 보인다. 게다가 시각 정보가 이상하다. 마치 컴퓨터 멀티 디스플레이를 사용하는 것처럼 시각 정보가 왼쪽에 셋, 오른쪽에 셋 떠 있는 느낌이다. 뭐랄까, 눈에 들어오는 정보는 늘어났는데 뭘 봐야 좋을지 몰라서 머릿속이 혼란스럽다. 좌우지간 본능에 따라 바닥에 한가득 깔린 나뭇잎을 먹는다. 아삭아삭 우물우물.

다시 현재 상황을 확인해 봤다.

어제 이슬이 고여 생긴 듯한 물에 자신의 모습이 비친다. 파란색 가죽과 마디가 보이는 몸, 팔인지 다리인지 모르게 좌우 네 쌍이 달린 팔다리. 이거 완전 애벌레네요, 감사합니다……는 무슨! 이게 무슨 소리래요? 왜 애벌레임? 워, 워워. 너무 깊이 생각하지 말고 잎이나 먹자. 아삭아삭 우물우물.

계속해서 현재 상황을 확인해 봤다. 지금, 나는 커다란 나뭇잎 위에 있는 듯하다. 그리고 나뭇잎을 맛있게 먹고 있나 보다. 아삭아삭 우물우물. 먹고 자고 삽니다. 추가로 안 사실. 바닥에 있는 잎을 아무리 먹어도(그래 봤자 잎의 크기로 봐서는 내가 먹은 양으로 작은 구멍을 내는 정도지만) 다음 날에는 원상 복구된다. 다음 날 보면 내가 먹어서 낸 구멍이 사라진단 말이지. 즉, 식량을 걱정할 이유는 없다! 그런고로 아삭아삭 우물우물.

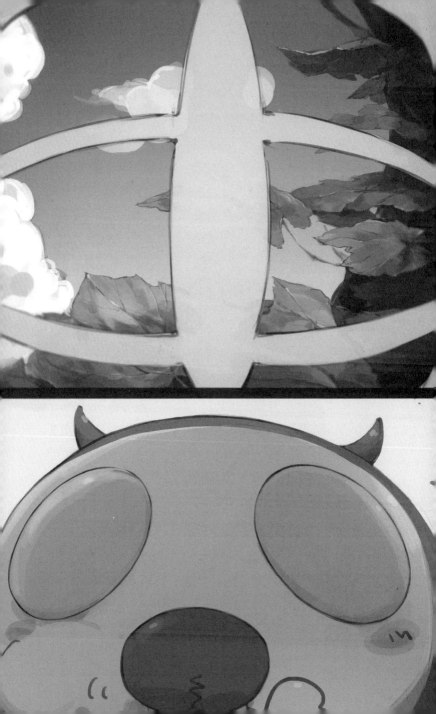

자, 우적우적 먹기만 해서는 좀 그러니까 현재 상황을 여러모로 생각해 봤다. 자고 일어나 보니 이 꼴이었다. 묵묵히 스트레스가 쌓이는 일을 마치고(현대 사회는 참 스트레스가 많죠) 편의점에서 저녁거리와 쇼트케이크를 사고…… 아, 기억났다!

그날은 생일 전날이었을 거다. 혼자서 쓸쓸히 편의점에서 내 생일 케이크를 사고, 드디어 나도 마법을 쓸 수 있는 나이가 되었다며 이불 속에서 훌쩍훌쩍 울었지. 나도 참, 정말로 마법을 쓸 수 있다는 나이가 될 때까지 순결하게 살 줄은 몰랐다고요.

나이 = 솔로 경력.

정말이지 여자하고는 인연이 없었다.

내 입으로 말하기는 좀 그렇지만, 나도 그렇게 못생기진 않았단 말이지. 조금 중성적이고, 키도 작은 편이었지만, 나이보다 몇 살은 젊게 보일 만큼 평범하게 생겼을 것이다. 성격도 나쁘지 않았고…… 그래, 아마 괜찮았을 거다. 괜찮았을 거야. 회사 후배들도 잘 따랐으니까…… 아니지, 그 자식은 밥을 사 줄 때만 '선배님 최고! 저도 선배님 같은 사람이 되고 싶어요.' 라고 입방정을 떨지만, 곧바로 '어? 선배, 그 나이에 애인도 없어요?' 라고 웃거나, '퇴근길이 겹치면 오해받을 수도 있거든요.' 라고 사람을 놀리는 고약한 인간이었다. 어? 설마 난 후배가 잘 따른 게 아니었나? 어쨌든 이야기가 본론에서 이탈했는데, 생일 전날의 기억은 있다는 말이다.

그런데 어쩌다 이런 꼴이 됐지? 뭐…… 잘 모르면 잎이나 먹자. 아삭아삭 우물우물.

질릴 줄도 모르고 우적우적 먹고 자고 일어나서 또 먹고 자는 생활을 반복하고 있다.

그리고 갑자기 변화가 생겼다.

시야가 뿌옇게 보였다. 처음에는 안개라도 꼈나 싶었는데, 뭔가 안개와는 느낌이 다르다. 빨갛고, 파랗고, 검고…… 거참, 처음에는 '내가 드디어 정신이 돌았구나!' 라고 생각했단 말이지. 어쨌든 나는 본능에 따라서 그 안개(?)를 마셨다. 몸속에 있는 알 수 없는 기관에 넣는 것을 의식해서 들이마셨다. 계속 들이마셨다. 내가 왜 그랬는지는 알 수 없다. 본능이라서 말이야! 얼마나 마셨을까. 꽉꽉 찬 신비한 안개를 정체불명의 기관 속에서 정제해서 토했다.

──[실 분사]──.

입에서 실이 나온다고……? 잘 생각해 보자. 이건 입에서 나오는 것 같지만, 사실은 입이 아니라 정체불명의 기관에서 나오는 거야.

몇 번 실을 뽑고 여러모로 확인해 봤다.

연속으로 실을 뽑을 수는 없다. 이것은 이른바 '쿨타임(재사용 대기 시간)' 같은 것일까?

실을 뽑으면 지친다. 뭔가 정신적으로 마모되는 느낌이다.

내 뜻으로 길이를 바꿀 수 있고, 뽑는 속도도 바꿀 수 있다. 길게 뽑을수록 지치는 것 같다.

실을 뽑은 상태(입에 붙은 상태)에서는 점성이 있어서 이런저런 것에 붙일 수 있다. 모 영화의 거미 인간처럼 할 수도 있을 것 같다.

실을 끊으면(입에서 뗀 상태) 점성이 사라진다. 튼튼하고 고운

비단실처럼 변한다.

실을 뽑다가 지치면 바닥에 있는 잎을 먹고 잔다. 일어나면 실을 뽑고 실험했다. 반복해서 실을 뽑다 보니 대기 시간이 줄어들고 연속으로 실이 나가게 되었다. 게임으로 말하자면 스킬 레벨이 올라간 느낌이다.

여러 번 실을 뽑다 보니 깨달은 거지만, 이건 마법 같은 게 아닐까? 얼핏 보면 입에서(나도 처음에는 그런 줄 알았지만) 뽑는 것 같지만, 이건 신비한 에너지를 모으는 기관에서 나오는 것이고, '일반적인 물리 법칙과는 다른' 것이다.

애벌레의 본능에 따라 실을 뽑고 있지만, 잘하면 다른 무언가도 만들 수 있지 않을까? 그것은 기적 같은 발상이었다. 만약 이 세계가 진짜 이세계 같은 무언가이고, 안개처럼 보이는 것이 마력 같은 무언가라면?

게임 같은, 상식을 벗어난 발상.

우선 얼음을 상상해 보자. 게임에서는 대접이 좋지 않을 때가 많은 마법이지만, 나는 좋아하니까…… 일단 얼음을 상상해 보았다. 그리고 실을 뽑을 때처럼 얼음을 만들어…… 그러나 잘되지 않는다. 그래도 몸속에 있는 정체불명 기관에서 무언가 생기는 듯하다.

'상상력이 부족한 건가? 아니면 방법이 잘못된 걸까?'

그리고 몇 번인가 시도와 실패를 되풀이했다. 몇 번이고, 계속해서. 바닥에 있는 잎을 먹고, 여러모로 시도해 본다. 자꾸 시도하는 사이에 감이 잡히는 것 같았다. (이것이 바로 발상의 힘.)

일단 얼음을 떠올려 본다. 그리고 얼어서 고드름이 생기는 것을 상상한다.

──[아이스 니들]──.

어느새 내 눈앞에 손가락만 한 작은 얼음 바늘이 나타났다.

서, 성공했어! 오오! 마법이야! 눈에 보이는 현실에 마법이!

그 순간, 나는 진짜 마법사가 되었다. 그리고 뭔가 기력이 싹 날아가는 느낌과 함께 정신을 잃었다.

좌우지간 밥을 먹자. 우물우물. 그런고로 현재 상황을 확인해 봤다. 마법이 있다면 이세계(?)일까. 소설에서 자주 보는 이세계 전생일까. 그나저나 인간도 아니고 애벌레로 전생하다니, 이건 좀. 하다못해 갓난아기로 전생하면 좋았을 것을. 응? 마법이 있는 이세계……라면, 설마 애벌레가 아니라 애벌레처럼 생긴 몬스터인가?

그나저나 참, 애벌레 타입의 몬스터는 초중반의 조무래기 몬스터 같단 말이지. 상위종 진화는 없나요! 조무래기로만 사는 건 싫은데요. 아무리 마법이 있어도 그런 시스템은 없으려나? 어쩌면 애벌레 몬스터가 상위종일 가능성도? 아직 희망은 있나? 응. 이만큼 생각하고 느낀 거지만, 정말이지 현실감이 없다. 뭐, 지금 복잡하게 생각해도 답은 없으니까…… 사람들이 사는 곳으로 가 봐야겠는걸. (사람들이 사는 곳이 있다면 말이지만.)

사람들이 사는 데 가도(마법이 있는 세계 같으니까), 어느 정도 힘을 길러야 불안하지 않다. 나는 몬스터 같으니까.

먼저 힘을 기르자.

뭘 하든 이게 중요하다. 다행히 밥은 바닥에 있는 잎만 먹어도 되니까 사는 데 지장은 없어서 좋다. 천년이라도 버텨 보겠어, HAHAHA.

마법으로 실을 뿜어서 지쳐도 잎만 먹으면 기운이 난다고. 정말 대단한 잎이야! 이건 대체 무슨 잎일까? 잎잎잎 거리는데, 바닥에 있는 잎 자체의 크기는 내 몸길이를 기준으로 봤을 때 가로 8 애벌레, 세로 10 애벌레 정도는 된다. 교실이 생각나는 넓이네.

그 넓은 곳에서 나는 실을 쏴서 모 영화의 거미 인간처럼 휙휙 이동한다. 잎은 눈이 나쁜 나라도 가장자리가 보이기 때문에 떨어지지 않게 조심하자. 바닥에 떨어지면 죽는다……. 아, 그리고 이 몸 말인데. 걸음걸이가 엄청 느립니다. 그래서 실을 뿜고 이동할 수밖에 없어진단 말이지. 즉, 이동=실을 뿜는 연습이 되는 셈.

아, 맞다. 잎 크기 때문에 생각난 건데, 나 말고도 애벌레가 있었습니다. 잎 크기를 재다가 알았는데, 수많은 잎 중에서 나와 닮은 애벌레가 있었거든요! 잎 가장자리에서 겨우 보이는 거리인데, 나처럼 우물우물 잎을 갉아 먹는 게 보입니다. 와, 이제 외롭지 않아. 몸은 나와 다르게 녹색인데, 저건 동족이 맞겠지? 응, 맞을 거야.

저 사람(?)의 이름은 '차남 벌레'라고 하자. (내가 장남이고, 저쪽이 차남.) 앞으로는 저쪽 동향도 관찰해야지.

그리고 매일 차남을 관찰하면서 마법 연습을 했다. 손바닥만 한 얼음을 여섯 개 정도 띄울 수 있게 되었네.

그때 문제가 생겼습니다.

얼음이 다른 잎에 부딪혀서 상처 하나 안 나는데요……. 꿈쩍도 안 합니다. 살짝 파랗게 빛나고 얼음이 가루가 됩니다. 혹시 마법이 무지 약한 건가? 아니야. 잎이 튼튼한 걸지도 몰라!

그런 식으로 매일 연습하고 있는데…….

그날, 언제나 그렇듯 내가 실로 이동하고 마법을 쓰는 연습을 할 때 멀리서 무언가가 나무를 타고 왔습니다. 나도 제법 오래 잎에서 살았는데, 이런 일은 처음. 내가 있는 곳에서는 거리가 있어서 지금의 내 시력으로는 희미한 윤곽밖에 알아볼 수 없지만, 선두에서 걷는 것은 간편한 가죽 갑옷을 입은 여자애(머리가 긴 금발이라서 여자로 추정)였다. 그 여자애가 뭔가 주위를 경계하면서 천천히 나뭇가지 위를 걷고 있다. 뒤에는 무거워 보이는 금속 갑옷, 나무가 부러지지 않을까 걱정된다. 마지막에는 로브를 입은 남자? 여기서 봤을 때는 후드를 쓰고 있나? 이런 정보밖에 파악할 수 없습니다. 이건 그거다. 도적, 전사, 마법사로 구성된 모험가 아닐까? 오오오, 친해지고 싶어요. 말을 걸어서 이것저것 물어보고 싶다!

그 일행이 걷는 나뭇가지는 차남이 사는 잎과 가까운걸. 오, 차남 모험가를 알아챘다. 뭘 어떻게 할까? 가슴을 졸이면서 지켜보니…… 차남이 천천히 여자 도적(?)에게 다가가 실을 뽑고, 도적이 실에 휘감긴다. 저기요. 갑자기 실을 뽑은 차남의 행동에도 깜짝 놀랐지만, 경계 중이던 여자 도적이 차남도 못 알아채고 실에 휘감기는 건 말이지, 무능한가요.

그리고 곧바로.

여자 도적 뒤에 있던 전사가 차남과 거리를 좁혔다. 이어서 손에 쥔 장검을 슥 휘두른다. 차남은 그대로 두 동강이 났다.

엉……?

무, 무서워라. 말도 없이 죽이는 겁니까. 그야 갑자기 실을 뿜은 차남에게도 잘못이 있지만, 바로 죽이는 건…… 좀 아니야. 진짜 아니야. 친해지고 싶다고 했지만, 이건 아닙니다. 이래선 안 됩니다.

전사는 장검을 물리고, 뒤에 있던 마법사가 마법 같은 것으로 여자 도적의 몸에 달라붙은 실을 태우고 있다. 멀리서 보는 거지만, 여자 도적은 화가 난 듯했다. 그리고 전투를 마친 세 사람이 나뭇가지를 걷다가, 가지와 잎을 헤치고 나무 구멍으로 모습을 감췄다.

저, 저런 곳에 나무 구멍이 있었나…… 애쓰면 나도 갈 수 있을 듯하다. 조금만 더 수행하고 가 보자. 아니지, 진짜 최대한 힘을 길러야 해. 나도 차남처럼 될 것 같으니까. 하아…… 그나저나 차남, 퇴장이 너무 빨랐어. 너는 잊지 않을게.

차남이 순식간에 죽은 일로 충격을 받아 깨달았는데, 사람을 봤으면 실제 크기를 비교할 수 있잖아! (이건 꽤 중요한 거겠지?)

먼저 내 몸 크기 말인데, 아까 사람들이 엄청나게 작은 사람……일 가능성을 제외하면, 내 몸길이는 1미터 정도인가? 생각보다 작다. 잎 크기는 가로세로로 8 × 10미터 넓이. (정말이지, 그런 잎이 수없이 달린 이 나무는 대체 얼마나 큰 걸까?)

나무를 쳐다보니 끝이 안 보일 만큼 거대한 줄기에서 수많은 가지가 자랐고, 위로 갈수록 잎이 더 무성하게 우거진 듯하다. (진짜 엄청나게 큰 나무다)

거참, 정말이지. 평범한 애벌레로 전생하지 않아서 다행이다…… 다행이야! 이렇게 영문도 모를 상황도 참 빠듯한데, 작고 평범한 애벌레로 전생했다면 정신이 버티질 못할 것 같으니까. 딱히 내가 벌레를 좋아하는 것도 아니고. 정말이지, 사람과 비슷한 크기라서 다행이야. (아니지, 사람만 한 벌레는 오히려 무섭나?)

내 크기도 알았으니 다음 단계로 넘어가자. 이제는 무기가 있었으면 하는데. (차남처럼 두 동강이 나면 안 되니까)

원거리 공격이 되고, 위력이 있고, 지금 만들 수 있는 무기.

좋다! 활이다!

나는 잎에서 가지로 넘어가 막 자라기 시작한 작은 가지 앞에 섰다. (정말로 선 것은 아니지만.)

먼저 마법으로 가지가 꺾일지 시험해 보자. 아, 맞다. 마법도 조금 강해졌습니다. 손바닥 크기에서 볼링공 크기로 커졌어요. 꾸준히 연습한 성과입니다. 그리고 그것을 여섯 개 만든다.

──[아이스 볼]──.

나타난 얼음 구슬 여섯 개를 연이어 날린다. 얼음 구슬이 부딪칠 때마다 나뭇가지가 파랗게 빛나는 것이 보인다. 그리고…… 어라, 나뭇가지가 멀쩡합니다. 뭐랄까, 마법이 약한 게 아니라 무효가 되는 것 같은데요. 하는 수 없으니 잎으로 물어서 나뭇가지를 부러뜨려 볼까 합니다. 으적으적으적…… 와, 이거 진짜 딱딱하네.

매일매일 나뭇가지를 갉아서 조금씩 깎는다. 정말로 단순한 작업입니다. 감사합니다.

어느 정도 깎였으면 나뭇가지에 마법의 실(아, 내가 만든 실을 이렇게 부르기로 했습니다)을 붙여서 힘껏 당긴다. 여러 번 잡아당기자 나뭇가지는 서서히 꺾여서…… 마침내 뿌드득 소리와 함께 부러졌다.

나뭇가지 Get!

아, 맞다. 이 마법의 실 말인데. 손에서도 나옵니다. 입에서 나오는 것처럼 보여도 정체불명 기관을 경유할 뿐이지 진짜로 입에서 나오진 않으니까. 손에서 나오지 않을까 생각하고 해 봤더니 나왔습니다. 이게 진짜 편리하단 말이죠. 지금껏 팔이 짧아서 불편했거든요. 가장 위에 있는 팔이 조금 길고(애써도 팔짱을 못 끼지만) 나머지는 몸을 지탱할 정도밖에 안 됩니다. 팔이 짧아서 이래저래 닿지 않던 곳이 마법의 실로 닿게 된 거죠. 더불어 임의로 점성이 있고 없고를 변환할 수 있게 되었습니다. 이제는 이게 팔 대신, 손 대신이네요.

애쓰면 가장 밑에 있는 다리만으로 몸을 지탱할 수 있으므로, 위쪽 세 쌍으로 전부 실을 만들 수 있게 연습했습니다. 그 덕분에 마법도 여섯 개 쓸 수 있게 됐는데요. 뭐든지 연습이 가장 중요한 법입니다.

나뭇가지를 구부려서 마법의 실로 시위를 만들고, 간단한 활이 완성됐습니다. 화살은 나뭇가지를 깎을 때 남은 조각으로 제작. 깃 부분은 평소 먹는 잎으로 만듭니다. 이 잎은 의외로 튼튼하단 말이죠. 이걸 매일 아작아작 우적우적 먹는 내 이빨은 얼마나 튼튼할 걸까.

그런고로 바로 시험해 봅니다.

마법의 실을 시위에 붙이고 그대로 활을 앞으로 밀어서 팽팽하게 하고, 어느 정도 전진했을 때 실에서 점성을 없애 시위를 뗍니다. 피융! 소리를 내고 화살이 날아가 나뭇가지에 박혔습니다. 대충 만들었는데도 위력이 강합니다. 다만 깎다 남은 나뭇가지에 잎으로 깃을 달아서 만든 화살이다 보니 똑바로 날아가지 않아 명중률에 문제가 있습니다. 끙. 이건 연습으로 어떻게든…… 될까?

일과에 화살 제작이 추가됐습니다. 마법 연습 때 만드는 실로(마법의 실을 세밀하게 다루는 연습도 겸해서) 가방을 만들어 봅니다. 깎아낸 잎을 전부 먹지 않고 저장하는 작업. 그리고 새로운 나뭇가지를 깎아서 화살을 만드는 작업. 그렇게 만든 화살로 연습. (이것이 지금의 일과입니다)

뭐랄까, 단순한 작업을 좋아하는 성격이어서 참 다행이야.

활도 어느 정도 익숙해지고 화살도 꽤 모여서(무려 100개 정도!), 예전에 모험가들이 들어간 나무 구멍에 가 보기로 했다. 왼쪽 위에서 오른쪽 아래로 비스듬히 마법의 실로 만든 가방을 걸친다. 안에는 도시락으로 마련한 잎 조각과 수제 화살. 가방이 작은 오른쪽 팔에 닿게 한다.

자, 마침내 모험을 시작할 때가 왔습니다.

실을 뽑고 멀리 떨어진 가지에 붙인 다음 실을 줄이는 것으로 고속 이동. 진짜 거미 인간이 된 기분입니다. 지금은 손에서 나오니까 진짜 똑같네요.

그리고 마침내 나무 구멍 속으로.

안쪽은 조금 어둡지만, 앞이 안 보일 정도는 아니려나. 처음에는 나무를 파서 만든 통로인 줄 알았는데, 중간부터 벽 안에 인공물이 보이기 시작하네. 이게 뭐람?

건물에 나무가 얽힌 느낌이 아니라, 나무와 돌이 섞여 있다고요. 더군다나 건물과 돌을 융합하려다가 실패한 느낌으로…… 비틀린 건물에서 나무 벽이 튀어나왔다고 할까? 여긴 대체 뭐 하는 곳이래? 끙. 이세계다. 정말이지, 여기가 내가 살던 세계가 아니라는 것을 잘 알려줍니다.

내부를 전진할수록 나무가 섞인 부분이 줄어들면서 뭔가 유적을 탐색하는 분위기를 느낀다. 그리고 그냥 아무 생각 없이 이동하려고 실을 땅바닥에 날렸더니 뭔가 덜컥 소리가……아아아?

순식간에 실 아래에서 창이 튀어나왔습니다. 엉……?

창이 튀어나오는 던전? 엄청난데. 어라? 이거? 함정? 이런 게 꽂히면 그냥 죽는데요. 그리고 얼마 후 창은 땅바닥으로 사라졌습니다. 엉……? 저기, 이런 함정이 있는 데를 어떻게 가요. 이건 무리잖아. 함정을 찾아내는 재능이 없으면 무리무리. 무조건 무리. 그런고로 온 길로 돌아갑니다. 여기 공략은 다른 방법을 찾아보겠어요. 그야 뭐, 모험가를 쫓아서 들어가 볼까 하는 생각으로 온 거니까. 그때 동물이 찍찍 우는 소리가 들렸습니다. 설마 쥐? 그리고 위에서 뭔가 나타났다. 박쥐다! 커다란 파란 박쥐가 덮쳐들었다. 동족은 안 보이니 한 마리밖에 없나 본데. HAHAHA. 첫 전투. 첫 인카운트군요. 자, 내 힘을 보여주겠어.

먼저 평소의 마법부터.

──[아이스 볼]──.

얼음 구슬을 파란 박쥐에게 날린다. 그러나 휙 피했다. 뭐?

포기하지 않고 계속해서 얼음 구슬을 만들어 날린다. 네 번째 구슬이 처음으로 명중. 하지만 역시 파랗게 빛나고 얼음 구슬이 깨진다. 파란 박쥐는 타격을 받은 낌새가 없습니다. 거참, 뭐야 이게. 마법은 쓰레기? 쓰레기야? 그런 생각을 할 때 파란 박쥐가 나를 물려고 덤벼든다. 나는 잽싸게 실을 뿜어서 거리를 벌린다. (위, 위험해라)

마법이 안 통한다면, 활밖에 답이 없지. 활을 겨눈다. 활대를 잡고(일단 가장 위쪽 손은 벙어리장갑처럼 엄지손가락이 있어서 물건을 쥘 수 있다), 다른 손에서 쏜 마법의 실로 시위를 당긴다. 그리고 두 번째 손으로 화살을 잡고 시위에 건다.

파란 박쥐의 움직임을 잘 보고…… 쏜다.

화살은 속도가 좋지만 역시 똑바로 안 날아가고 파란 박쥐를 스치기만 했다. 그래도 조금 타격을 줬는지 화살이 스친 곳에서 피처럼 보이는 것이 나왔다. 음…… 역시 화살이나 물리 공격은 통하는구나.

파란 박쥐는 상처가 나서 놀랐는지 쥐처럼 찍찍 울고 안쪽으로 모습을 감췄다. 휴…… 이게 게임이라면 놓쳐서 경험치를 얻지 못했겠지만, 현실에서는 겨우 목숨을 건진 느낌이네. 정말이지, 지금 상황에선 싸울 수가 없다. 진짜 무리.

좌우지간 내 집으로 돌아가자. 일단 다음 행동도 생각해 봤으니까.

현재 상황에서 나무 구멍을 공략하는 것은 미지의 요소가 너무 많아서 무모하다시피 하다. 그래서 나는 나무 둘레를 도는 것을 생각했다.

내 마법의 실을 쓰면 잎에서 잎으로, 가지에서 가지로 이동할 수 있다. 발상의 역전! (실로 이동할 수 있는 나니까 가능하지만.) 시간만 들이면 정상에 올라갈 수 있을 것이다.

무슨 일이 생길지 모르기 때문에 식량을 대량으로 확보했다. 그래 봤자 평소처럼 잎을 갉아서 가방에 넣는 걸로 끝이지만. 정말이지, 마법의 잎 덕분에 살았습니다.

자, 출발하자.

처음에는 잎과 나뭇가지가 많아서 이동하기 편합니다. (배가 고파도 내가 있는 잎을 그대로 식량으로 쓸 수 있으니까.)

가끔 이동한 곳에서 나와 똑같은 애벌레와 마주치기도 하는데…… 아, 안녕하세요. 상대는 식사에 열중하느라 반응 없음. 뭐, 갑자기 덤벼드는 것보다는 훨씬 낫나?

나무에 있는 애벌레는 나와 동족인 것 같은데, 색이 녹색이네요. 나만 파랑…… 혹시 아종이나 희귀종 같은 건가? (나만 특별한가?)

위로 좀 올라오자 나뭇가지가 줄어들었다. 가지와 가지 사이의 거리가 너무 멀 때는 줄기에 붙어서 올라간다. 그리고 배가 고프면 줄기에 붙은 상태로 도시락용 잎을 꺼내서 먹는 겁니다. 아삭아삭 우물우물.

마침내 시야에 안개가…… 이전에 보던 안개 비슷한 거 말고 진짜 안개가 꼈다. 아까는 쾌청했는데 갑자기 강풍이 불고 빗발이 쏟아졌다. 마법의 실은 젖어도 떨어지지 않지만, 내 몸이 날아갈 것 같다. 그렇게 생각한 순간, 내 몸이 바람에 날려 줄기와 충돌했다. 몸에 충격과 통증이 퍼진다. 그러나 나는 포기하지 않

아. 마법의 실을 날려서 위로 올라간다.

갑자기 비바람이 그쳤다. (아니, 구름이 있는 곳을 지난 것일까? 이 나무는 얼마나 큰 거야……. 아직 정상이 안 보이지만.)

그리고 몇 번인가 식사한 뒤, 마침내 정상처럼 보이는 곳에 도달했다. 그곳에는, 아니 그 중심에는 건물이 하나 있었다. 나뭇가지가 없는, 줄기의 끄트머리에 불쑥 서 있는 건물. 돌로 지은 것처럼 보이는 돔 형태의 건물에는 창문 같은 곳이 있고, 그곳에 발코니 같은 공간이 있었다.

창문(?)에 마법의 실을 붙이고 발코니 같은 곳에 섰다. 저 멀리 아래에 구름이 보인다. 아, 시력이 더 좋았으면 싶을 정도로 환상적인 경치다. 그대로 도시락용 잎을 먹는다. 아삭아삭 우물우물.

자, 안에 들어가 보실까.

건물 안은 딱히 넓지 않았다. 눈이 나쁜 이 몸으로 한눈에 보일 정도였다. 실내 중앙에는 정교하게 장식된 받침대 같은 것이 있다. (저 모양은 용……일까?)

그리고 안쪽에 새까만 비석(?) 같은 것이 보인다. 그 밖에 다른 방으로 통하는 문은 안 보였다. (그렇다면 아까 창문 말고 입구는 없나? 그런 것치고는 밖에서 본 건물 크기와 실내 면적이 일치하지 않는 것 같은걸. 뭐, 일단은 받침대를 조사해 볼까? 위에 뭔가 있는 것 같으니까.)

받침대 위에 있는 것은…… 이, 이건? 뭔가 전투력을 측정하는 외눈 안경 비슷한 물건이 있는데. 이걸 쓰고서 '전투력이…… 고작 5인가…… 쓰레기군.' 하고 말해야 하는데!

나는 곧장 받침대에서 안경을 주워서 썼다. 처음에는 애벌레 얼굴에 쓸 수 있을까 싶었지만, 달라붙듯이 써지더니…… 안 떨어졌다. 어? 정말로 붙어서 안 떨어지는데요. 저주받은 아이템 놀이(?)를 할 상황이 아닌데?

그리고 동시에 갑자기 시야(여섯 개 중에서 오른쪽 위)에 알 수 없는 글씨가 떴다. (헉, 이게 뭐래?)

계속해서 표시되는 정체 모를 숫자. 읽을 수 없는 문장이 몇 줄 뜨고 나서, 눈에 익은 글씨로 문장이 나타났다.

【언어 해석 종료. 이능 언어 이해 스킬을 작성합니다.】
【이능 언어 이해 스킬의 사용을 보조하기 위해, 정신 소통 스킬을 작성합니다.】
【세상 끝에 오신 것을 환영합니다. 초기 설정에 따라 기록된 메시지를 출력합니다.】

『아, 그래. 안녕? 세상 끝에 잘 왔어. 잘도 이런 데 기어 왔구나, 벌레들. 아, 나는 미궁왕으로 불리는 존재야. 여기까지 온 너희라면 들어본 적이 있겠지. 너희가 챙긴 그건 내가 '지혜의 외눈안경'이라고 명명한 물건이야. 뭐, 너희는 그 가치와 의미를 모르겠지만, 만약 이해한다면 나머지 미궁을 공략해 봐. 모든 미궁을 공략하고 나면 이 세계의 진짜 의미를 알 수 있게 세팅하고 왔어. 뭐, 할 수만 있다면 어디 한번 해 보라고.』

【초기 설정 메시지를 출력했습니다.】

'이게 뭐래……? 중2병처럼 지리멸렬한 문장도 황당하지만, 신경 쓰이는 말이 많은걸.'

세상 끝?

미궁왕?

나머지 미궁?

이 세계의 진짜 의미?

중2병 망상이거나, 정신이 돌아버린 인간의 헛소리로 들리는 말이다. (그나저나 '지혜의 외눈안경'이라고? 왜 전투력 측정기와 이름이 다른지 따지고 싶다.)

'지혜의 외눈안경'을 장착한 후로 오른쪽 가운데 시야에도 뭔가 많이 뜨기 시작했다. 예를 들면, 저쪽 벽에 있는 뼈에 '미궁왕의 뼈'라는 표시가 있다. 어이쿠.

미궁왕, 죽었잖아.

'미궁왕의 뼈' 아래에도 '스테이터스 카드[블랙]'이라는 단어가 보인다. (스테이터스 카드? 이건 그건가. 자기 스테이터스를 알 수 있는, 이세계에 오면 모험가 길드인지 뭔지에서 받는 그거 말인가? 이건 꼭 가져야 해.)

스테이터스 카드를 주시하자 오른쪽 위 시야에 글씨가 떴다.

【스테이터스 카드[블랙] : 미궁왕 특제 스테이터스 카드. 클래스 제한과 스킬 제한을 해제한다.】

'설마 이 안경으로 조사할 수 있는 건가? 시험 삼아 내 몸을

보고 조사해 보자.'

【이름 : 빙람(氷嵐)의 주인】
【종족 : 디아크롤러(자이언트 크롤러의 열등종)】
【근력 : 보통 / 체력 : 약간 / 민첩 : 끔찍함 / 정신 : 그럭저럭】
【더 많은 정보를 보려면 감정 스킬 랭크가 올라야 합니다.】

'이건 따질 구석밖에 없는데 말입니다. 스테이터스 왜 이렇게 어설프게 표시하는데. 그나저나 하위종? 하위종이라고? 어쩐지 파란 애벌레가 안 보이더라. 나쁜 쪽으로 희귀한 거잖아! 아, 아니지. 일단 스테이터스 카드를 보자.'

나는 마법의 실을 날려서 스테이터스 카드를 집었다. 이번에는 안경처럼 떨어지지 않는 일이 없이 내 작은 손에 딱 잡혔다. 태블릿을 보는 느낌이다. 스테이터스 카드를 바닥에 두고 태블릿을 쓰듯 손가락으로 터치해 봤다.

【스테이터스 카드[블랙] 인증 완료.】

스테이터스 카드에 글씨가 나타났다.

이름 : 빙람의 주인
종족 : 디아크롤러 / 종족 레벨 : 1
클래스 : 없음
HP : 90 / 100

SP : 82 / 810

MP : 682 / 1620

근력 보정 : 4

체력 보정 : 2

민첩 보정 : 0

정신 보정 : 1

보유 스킬 : 중급 감정(지혜의 외눈안경), 실 분사(숙련도 6443)

클래스 스킬 : 없음

보유 속성 : 물(숙련도 312), 바람(숙련도 312)

보유 마법 : 아이스 니들(숙련도 100), 아이스 볼(숙련도 524)

오오. 게임 같은 정보라서 흥분된다. 그나저나 숙련도가 있긴 했구나. 오오. 숙련도 작업 진짜 좋아해요. 다 찍을 때까지 힘내고 싶다. 그나저나 천 자리까지 있는 걸 보면 최대 9999일까? 꺼흑. 정보량에 파묻힐 것 같지만, 그 전에 조사할 게 많다. 눈앞에 있는 검은 비석이라든지!

바로 조사해 봤다.

【스킬 모노리스(비상) : 비상 스킬 트리를 획득할 수 있다.】

【추가 : 안경으로 처음 조사해 본 사람을 위해 설명해 주지. 스킬 트리는 기본적으로 네 개까지 가질 수 있어.】

'이, 이건…… 예상은 했지만, 스킬이 있나.'

스킬 모노리스를 만져 봤다. 그러자 모노리스에 글씨가 떴다.

【비상 스킬 트리를 취득합니까? Y/N】

이럴 때는 Yes를 선택해야지. 스킬 트리는 아직 하나도 없고, 아까 추가 설명으로 봐서는 교체할 수 있어 보인다.

【비상 스킬 트리를 취득했습니다. 자세한 내용은 스테이터스 카드를 확인해 주세요.】

스테이터스 카드를 보니 클래스 스킬 아래에 서브 스킬이라는 항목이 새로 생겼다.

서브 스킬 : 비상 - 부유 LV 0 (0/10), 전이 LV 0 (0/80), 비상 LV 0 (0/300), 슈퍼 센스 LV 0 (0/100)

비상 스킬을 얻자마자 스킬 모노리스가 사라졌다. (비상 스킬 트리는 또 얻지 못하나?)

실내에 뭔가 더 있는 것도 아니라서, 그 자리에 있어도 할 일이 없으니 그냥 내 집으로 돌아가기로 했다. 창문을 통해 밖으로 나와 그대로 뛰어내린다. 그리고 어느 정도 낙하한 다음에는 실을 붙여서 멈추는 행위를 반복해서 아래로, 또 아래로 내려간다. 올라갈 때는 며칠이나 걸렸는데 내려올 때는 순식간이었다.

시험 삼아 내 집을 감정해 본 결과, 여기가 '세계수' 임을 알았다. (어쩐지 나무가 크더라. 어쩌면 북유럽 신화에 가까운 세계인 걸까?)

내가 애써 만든 물건들도 감정해 봤다.

【수제 세계수의 활】
【세계수로 만든 활. 본래는 물과 나무 속성이 있지만, 가공 상태가 나빠 그 힘을 잃었다.】

【세계수 잎 조각】
【스테이터스 카드에 기록된 신체 상황을 참고해 일정 수준을 치료하고, MP를 회복한다.】

【수제 가방(S)】
【자이언트 크롤러의 실로 만든 작은 가방. 본래는 공예 가치가 높지만, 가공 상태가 나빠 그 가치를 잃었다.】

【세계수의 화살】
【세계수로 만든 화살. 본래는 뭐든지 관통하는 가호를 받지만, 가공 상태가 나빠 그 힘을 잃었다.】

내 소지품을 조사한 결과가 이렇다. 거참, 가공 상태가 나쁘다고 자꾸 그러지 마. 그리고 생각했는데, 이 감정 스킬은 일정 범위 내에서 정해진 단어와 표현을 써서 자동으로 문장을 만드는 듯하다. 수제 물품에도 대응하고 말이지. 상급이 되면 공격력 같은 것도 알 수 있지 않을까? 그리고 내가 취득한 스킬 트리는 사용할 수 없었다. (아마도 LV 0과 관계가 있는 것 같은데. LV 옆에 있는 숫자가 어떻게 하면 늘어나는지 모르겠지만, 이게 1이 되지 않으면 못 쓰는 것 같다. 왜 이건 숙련도가 아닐까……?)

그런고로 나는 내 집에 돌아왔다. (다음 목표는 나무 구멍 탐색일까? 조금 생각해 둔 게 있다. 내 생각대로 잘되면 구멍 속 탐색도 편해질 것 같다.)

나무 구멍 속은…… 내 예상과 같았다.

땅바닥과 벽, 온갖 곳에 글씨가 떴다. 스위치, 바늘, 창…… 거참, 함정이 얼마나 많이 깔렸나 싶을 정도로 엄청나게 많다. (감정 스킬로 알아볼 수 있는 것의 이름이 표시되는 것을 이용했거든. 정말이지 감정 스킬은 사기야.)

나는 보이는 함정을 피하면서 이동했다. 그동안 몬스터와 마주치는 일은 없었다. (지난번 파란 박쥐는 함정 소리에 반응한 게 아닐까?)

이동하다 보니 바닥에 사각형 구멍이 있고, 거기서 글씨가 뜨고 있었다. 오른쪽 아래 시야에 글씨가 보인다.

"므후, 야단났어요. 그래도 힘낼래."

아, 이거? 외국 영화의 자막 같은데. 그나저나 구덩이 아래에 누가 있나? 그 목소리를 자막으로 띄운 건가?

나는 잠시 생각하고, 큰맘 먹고 정신 소통 스킬을 써 봤다.

『거기 누가 있어?』

잠시 후 대답이 들렸다.

"어? 머릿속에 소리가? 누, 누가 있어요?"

아, 통했다. 흠. 정신 소통 스킬은 텔레파시 같은 건가.

『저기, 사정이 있어서 말을 못 하니까 스킬을 쓰고 있어.』

"아, 그랬군요. 혹시 구덩이 위에 있나요?"

『그래.』

음. 자막만 가지고는 상대의 성별을 모르겠는걸. 말투로 봐서는 여자 같지만, 사실은 근육질 아저씨라면…… 어쩌지?

"므후! 저, 저기, 괜찮으면 좀 구해주실 수 없을까요? 여기 구덩이에서 너무 오래 살아서…… 살려주세요!"

구덩이 속에서 살아? 거참, 이 사람은 용케도 살아남았구나.

『그건 상관없는데, 조건이 있어.』

"조, 조건 말인가요! 저, 저기 여기까지 왔다면 당신도 꽤 실력이 좋은 모험가일 테니까 돈 이야기를 하는 건 아니겠지만…… 길드에 맡긴 마법 아이템을 조금 드릴 수 있어요."

『그거 말고, 더 간단한 일이야. 나를 보고도 놀라지 마. 아니지, 보고 갑자기 공격하지 말라는 거야.』

마법 아이템이나, 길드나, 그 단어들이 진짜 궁금한데 말이지.

"므후. 아, 알았어요. 구해주시기만 한다면요."

『알았어. 줄을 내릴 테니까 그걸 잡아.』

나는 구멍에 마법의 실을 늘어뜨렸다.

"잡았어요."

마법의 실에 뭔가 닿은 느낌이 났다. 나는 실을 줄여서 그대로 끌어 올렸다.

그러자 여자애가 나타났다. 키는 지금의 나보다 약간 큰 정도(140~150센티미터쯤 될까?), 눈처럼 하얀 피부, 그 위에 파랗게 물들인 가죽 갑옷과 작은 파란 외투를 걸친 은발 소녀. 나뭇잎처럼 긴 귀가 특징적이다. 소녀는 나를 보고 잠시 깜짝 놀라더니, 뭔가 이해한 듯 조용해졌다. (그나저나 이 귀는, 설마 엘프? 진짜 이세계네. 우와, 진짜냐.)

나는 일단 엘프 여자를 감정해 봤다.

【이름 : 시로네 에버그린 스이로우】
【종족 : 삼인족 혼혈】

음, 정보가 적은데……. 그나저나 삼인족이면, 숲 사람이니까. 엘프 맞지?

"저, 저기요. 내려 주실 수 없을까요?"

아, 엘프 여자를 매달고 있는 상태였다. 곧장 마법의 실을 푼다.

"므후. 살았어요. 와, 놀라지 말라는 말의 의미를 이해했네요. 성수님이셨나요."

『성수?』

"아, 모르시나요. 우리 같은 사람들은 지혜로운 짐승이나 마수를 성수(星獸)님이라고 부르거든요. 대체로 미궁 깊은 곳에서 보물을 지키거나, 특정 부족이나 마을을 수호하는데, 이렇게 평범하게 다니는 분은 처음 뵙네요. 혹시 이 세계수의 수호 성수님이신가요?"

『아닌데요.』

나 같은 존재는 이 세계에서 드물지 않은 걸까?

"아, 그러신가요. 아차, 죄송합니다. 아직 이름을 안 밝혔네요. 저는 시로네. 시로네 스이로우라고 해요."

나는 내 이름을 뭐라고 할지 조금 고민하고 대답했다.

『내 이름은 '빙람의 주인' 이라고 하는 것 같은데.』

그것이 나와 시로네의 첫 만남이었다.

"그렇다면 람짱이네요."

무슨 소리지……? 나는 처음에 그것이 내 이름을 뜻하는 말인지 몰랐다.

"므후. 아, 아닌가요?"

『아, 아니야. 그거면 돼.』

그나저나 아까부터 이 아이가 말할 때마다 자막에 '므후' 라고 표시되는데, 이건 뭘 변환할 걸까? 아, 이런 번역 말고 정말로 말을 이해할 수 있으면 좋을 텐데 말이지.

『그나저나 물어볼 게 좀 있는데. 괜찮을까?』

"네. 제가 대답할 수 있는 거라면 말이죠……?"

그래, 가장 먼저…….

『이 세계를 알려줘.』

"세, 세계를 말인가요? 그건 종교적인 무언가……인가요?"

윽. 질문이 너무 두서가 없었나. 일단 여기가 어딘지 알고 싶은데. 끙.

『사람이 사는 곳이라고 할까. 근처에 물건을 사거나, 밥을 먹거나 할 수 있는 데가 있어?』

"므후. 그렇군요. 뭘 묻고 싶은지 대충 이해했어요. 여기는 나한 대삼림이라고 하는 섬이에요. 지금 있는 곳은 미궁왕이 만든 8대 미궁의 하나, 세계수이고요. 나한 대삼림에는 16개 씨족과 16개 촌락이 있고, 그중 여기서 가장 가까운 곳은 스이로우 마을이에요. 만약 클래스 취득을 희망한다면, 여기서 북동쪽으로 이틀 정도 걸리는 후우로우 마을에 가는 게 좋아요. 아, 알고 싶으신 게 이런 게 맞나요?"

『그, 그래…….』

"아, 그리고 스이로우 마을 말인데요. 제 이름에 스이로우가 있어서 착각하는 분도 많고, 특히 대륙에서 오신 분들이 심한데요. 스이로우 마을에서 태어난 삼인족은 다들 스이로우라는 이름을 써요. 므후. 그러니까 저도 스이로우 마을에서 태어난 거죠. 스이로우 마을은 모험가 길드도 있고, 나한 대삼림에서 가장 발전한 곳이라고 해도 과언이 아니에요. 이제는 도시라고 불러도 좋을 수준 아닐까요."

『그, 그래…….』

이 아이, 말하는 속도가 엄청나게 빠르다. 자막을 보다가 지칠 정도다. 로그를 보는 기분이다. 그나저나 내가 물어보고 싶은 것을 잘 이해하고, 생각해서 대답해 주니까 고맙다.

『그리고 클래스는…….』

"므후. 그거 말인가요. 람짱은 클래스가 있나요? 클래스는 직업에 가깝지만, 취직해서 생기는 것이 아니라 스킬을 얻거나 스테이터스를 보정해 주는…… 모험을 돕는 것이에요. 참고로 저는 '사냥꾼' 클래스가 있어요. '사냥꾼' 은 '궁사' 의 파생 클래스고요. 므후, 모험에 보탬이 되는 스킬이 많아서 메인이 아니어도 서브 클래스로 쓰는 모험가가 많아요. '궁사' 클래스 자체는 아까 말했던 후우로우 마을에서 취득할 수 있어요. 이렇게 설명하면 아시겠나요?"

『괘, 괜찮아. 이해했어. 응.』

"다 물어보셨나요? 나한 대삼림에선 정보의 가치가 귀하니까 잘 가르쳐 주지 않거든요. 생명의 은인이라서 알려주는 거예요. 마을에 가서 이것저것 묻고 다니다간 신용이 바닥을 칠 거예요."

『내가 마을에 가도 괜찮을까?』

"므후, 제가 마을에 갔을 때를 가정하고 이야기한 시점에서 이해해 줬으면 하는데요……. 뭐, 대답하자면, 괜찮을 거예요. 그건 가면 알 일이죠."

『마, 마지막 질문인데, 구멍에 빠지고도 용케 살아남았네?』

"정말이지 호기심이 많네요. 뭐, 대답하자면, 이게 있어서 말이죠……."

――[크리에이트 푸드]――.

시로네의 오른손에 까만 물체가 생긴다. 뭐지? 고형 영양식 같은데.

"그리고 이게 있죠."

――[서몬 아쿠아]――.

이번에는 왼손에 물 구슬이 나타났다.

"나무 마법, 크리에이트 푸드예요. 색만 딱 봐서는 사람이 먹을 게 아니지만, 먹으면 어느 정도는 영양을 보충할 수 있어요. 므후. 진짜 맛없어서, 정말이지 위태로울 지경이 아니면 먹기 싫어요. 그리고 물 마법 서몬 아쿠아로 수분을 보충할 수 있는데, 이게 마법으로 만들어서 그런지 진짜 물처럼 완전하게 수분을 보충할 수는 없으니까 언젠가는 죽을 수밖에 없어요. 그리고 클린 마법이 있어요."

아하. 그런 마법도 있나. 그리고 클린 마법은 그거겠지. 주위를 깨끗하게 하는 마법. 그나저나 마법은 진짜 만능이다.

"므후. 이대로 탐색할 수도 없을 것 같으니까, 저는 일단 마을로 돌아가려고 하는데요. 괜찮으면 같이 갈래요?"

오, 이건 바라 마지않던 일이다.

『물론. 꼭 부탁하고 싶어.』

"그러면 같이 세계수 미궁을 되짚어 나갈까요."

응?

『하나 묻겠는데, 마을은 이 세계수 아래에 있는 게 맞지? 세계수 중간에 있는 게 아니라.』

"그야 물론이죠."

『그렇다면 지름길이 있어.』

"므후, 역시 세계수의 성수님은 대단하네요."

『좀 이상한 길이지만, 그래도 상관없지?』

"저야 빨리 마을에 가고 싶으니까, 목숨만 무사하다면 뭐든 상관없어요."

『그럼 잠시 실례할게.』

나는 마법의 실을 만들어 시로네를 잡았다. 그리고 내 등에 올리고 떨어지지 않게 결박한다. 그 상태로 마법의 실을 날려서 구멍 속——— 미궁을 빠르게 이동한다. 등에서 "꾸엑." 하고 여자가 낼 소리가 아닌 것이 들려왔지만, 무시했다.

나는 곧장 내 집으로 돌아왔다.

"저기, 잠깐만요. 설마, 여기서."

나는 시로네가 끝까지 말하길 기다리지 않았다. 이대로 잎에서 뛰어내린다.

굿바이, 마이 홈.

"죽겠어요!" 하는 자막이 보이는 것 같지만, 무시했다. 아마도 바람 소리를 자막으로 띄운 거겠지. 중간에 마법의 실을 줄기에 날려 속도를 줄인다. 감속할 때마다 "끄엑!"이나 "내장이 튀어나와요!"라는 글씨가 보인 것 같기도 하다.

내가 애쓴 덕분에 순식간에 지상에 도착했다. 처음 와 보는 지상이다. (정말로 지상이 있긴 했구나.)

"주, 죽는 둘 아라써요. 하, 하윽."

시로네가 숨을 헐떡인다. 뭐, 롤러코스터를 타는 감각으로 즐겁지 않을까 싶은데.

『자, 이제 스이로우 마을까지 안내해 주겠어?』

"자, 잠깐만 기다려요. 숨 좀 고르고요. 으, 으으, 너무해."

사람이 사는 곳이라…… 뭐랄까, '지금부터가 진짜 싸움이다'나 '내 이야기는 이제 막 시작되었다.' 같은 나레이션이 깔릴 타이밍이네.

이 이세계(?)는, 정말로 지금부터 시작이니까.

제2장

이세계 신고식

울창한 숲속을 한동안 이동하자 숲이 확 트이고, 내 몸길이보다 높이가 세 배는 되는 울타리가 여럿 보이기 시작했다. 울타리는 딱 봐도 끝이 보이지 않을 만큼 멀리까지 일정 간격으로 서 있다. 울타리의 높이, 숫자는, 흉포한 마수의 침입을 막는 데 필요한 것이리라. (울타리 사이에 트인 공간이 입구일까?)

입구에는 문지기 같은 무장한 남자가 서 있었다. 아, 엘프가 아니네. 그냥 인간도 있나? 일단 감정해 보자.

【이름 : 해거 베인】
【종족 : 보인족】

'어디 보자. 보인족이 일반적인 인류인가?'

시로네가 문지기에게 말을 건다.

"오랜만이야. 마을에 들어가도 될까? 그리고…….."

"네, 들어와요. 그런데 뒤에 있는 마수는 뭡니까? 테이밍? 길들일 거면 더 좋은 마수도 있을 텐데…….."

"므후. 아니, 이건 그런 게 아니라…….."

시로네가 나를 봤다. 이건 내가 직접 말하는 게 좋겠지.

『나는 빙람의 주인. 성수지만 모험가가 되려고 왔다.』

시로네가 '어?' 하는 얼굴로 나를 본다. 아, 말하면 안 되는 거였나? 아니면 모험가가 되고 싶다는 이야기를 미리 안 해서 그런가?

문지기도 잠시 놀란 표정을 지었지만, 곧바로 표정을 바로잡았다.

"아, 성수님인가. 그럼 문지기 일을 하겠습니다. 스테이터스 카드를 제시해 주시죠. 스테이터스 카드가 없을 때는 1만 5360엔을 내야 합니다."

어? 마을에 들어가는 데 돈을 받아? 그리고 지금 엔이라고 했어? 여기 통화 단위가 엔이야? 그나저나 나는 지금 단돈 1엔도 없는데. 아, 나는 스테이터스 카드가 있었지!

나는 스테이터스 카드[블랙]을 문지기에게 보여줬다.

"네. 성수님의 스테이터스 카드를 확인했습니다. 스이로우 마을에 어서 오세요."

그나저나 호칭은 '성수님' 이라서 '님' 을 붙이는데도 딱히 공경받는 느낌이 아니다. 아마도 지혜의 외눈안경이 내가 아는 단어로 언어를 변환해 주는 것이고, '성수님' 은 그냥 한 단어일까?

스이로우 마을에 들어서자 시로네가 걸음을 멈추고 나를 돌아봤다.

"해거 씨가 먼저 말했지만, 저도 환영할게요. 어서 오세요, 스이로우 마을에."

웃는 얼굴이 참 좋다.

"므후, 아까는 모험가가 되고 싶다는 말을 못 들어서 조금 놀랐어요."

아, 그거 때문에 놀란 거구나.

"모험가 길드는, 이 큰길을 쭉 따라서 가면 보이는 크고 하얀 건물이에요."

시로네가 큰길 너머로 보이는 크고 하얀 건물을 가리킨다. 거리에는 나무로 지은 건물이 많은데, 길드 건물은 흙과 돌로 지은 건물 같다.

『그렇군. 고마워.』

"뭘요. 이걸로 도움받은 은혜는 갚았어요. 저는 이만 가 볼 데가 있으니까, 인연이 있으면 또 봐요."

어? 진짜? 이럴 때는 보통 같이 모험해 주거나, 이세계를 잘 모르는 나를 지원해 주거나 하지 않아? 그렇게 생각하는 사이에 시로네는 모습을 감췄다. 이세계의 사람 마을에 몬스터처럼 생긴 내가 방치당했다. 그렇다. 내가 인간 형태였으면……! 자꾸 고민해도 소용없으니 큰길로 눈을 돌린다. 엘프 마을이라서 나무 위에 집이 있을까 싶었는데 그렇지 않았다. 음, 실망했어.

마음을 추스르고 거리를 둘러봤다.

나무로 지은 건물도 많지만, 벽에 흙을 바른 건물도 좀 보인다. 나무로 된 건물은 오래된 건물 같고, 흙벽 건물은 새로워 보이는 것이, 나중에 새로 지은 건물 같다. 큰길에는 노점과 좌판에서 과일처럼 보이는 것을 깔고 장사하는 사람들도 있다. 아무래도 그럭저럭 활기가 있는 듯하다. 행인도 엘프만이 아니라 그냥 사람도 많이 보인다.

'앗! 지금 시야에 고양이 귀가!'

오, 고양이 귀가 있어. 고양이 귀가 달린 사람은 내가 감정하기도 전에 어디론가 가 버렸다. 으아, 친해지고 싶었는데. 아니지, 먼저 모험가 길드를 찾자. (그나저나 그 고양이 귀 사람은 등에 커다란 왜장도를 메고 있었는데, 모험가였을까……?)

고양이 귀 사람과 친해지지 못해서 아쉬워하면서도, 큰길을 엉금엉금 걸어서 그대로 모험가 길드에 들어갔다.

길드 안에는 가장 안쪽에 카운터가 있고, 그 앞에 둥근 테이블이 몇 개 있었다. 마치 술집 같다. 그리고 테이블에는 모험가로 보이는 사람들이 몇 명 있었다. 그때 그 모험가들 사이에서 뭔가 외치는 소리가 들렸다. 무슨 소리인지 알아들을 수 없으므로 오른쪽 아래 자막을 볼 수밖에 없지만.

"이봐, 길드에 마수가 들어왔잖아!"

아차. 처음에는 시비가 걸리는 흔한 전개인 줄 알았는데, 생각해 보니 지금의 나는 몬스터처럼 생겼잖아. 이, 이걸 빨리 설명하지 않았다간 사냥당할 거야.

아까 소리친 사람이 무기를 든다. 크, 큰일 났다.

"기다려!"

그때 큰 소리가 들렸다. 그 목소리는 안쪽 카운터에서 났다. 그 소리를 듣고 남자가 무기를 내린다. (아무래도 좋지만, 높으신 양반은 가장 안쪽에 앉는 법일까?)

"마수가 결계를 친 마을 안에 들어올 리가 없잖아. 잘 생각해 보라고."

카운터에 앉은 남자가…… 짧은 빨간 머리에 반다나를 둘러 세운 산적 스타일 남자가 내 쪽을 돌아봤다. 그것을 보고 아까 무기를 든 남자가 "죄송합니다, 형님."하고 말했다. 이건 진짜 '형님'이네. 아차, 나도 뭐라고 말해야지.

『나는 빙람의 주인. 성수야. 모험가가 되려고 왔어.』

그것을 듣고 길드에 있던 모두가 깜짝 놀란 얼굴을 했다.

"아, 머릿속에 울리는 이 소리는 [정신 소통] 스킬인가. 길들인 마수가 잘못 들어왔나 싶었는데, 이런 일도 있군…….."

놀란 형님을 무시하고, 나는 상체를 일으켜 카운터까지 갔다. 음, 역시 상체를 일으키고 두 다리로만 걸으면 느린걸. 엄청나게 무리하는 느낌이야.

『모험가가 되고 싶은데…….』

나는 카운터 건너편에 있는 아저씨에게 텔레파시를 날렸다.

"어, [정신 소통] 스킬인가. 갑자기 들으면 깜짝 놀라는군."

눈앞에 있는 사람은 까만 안대를 찬 대머리 아저씨다. 이 아저씨가 길드 직원이겠지. 음, 길드 직원이라면, 그것도 카운터에 있는 사람이라면 미녀가 정석 아니야? 그런데 왜 이래?

『[정신 소통] 스킬을 알아?』

"그래. 이 동네에선 쓰는 녀석이 별로 없지만, 대륙에 가면 천룡족이 주로 쓰지."

천룡족? 인간처럼 생겼는지 용처럼 생겼는지, 그게 관건이네.

"아, 모험가가 되고 싶다고 했던가? 스테이터스 카드는 있지? 없으면 시험 퀘스트를 받아야 하는데."

『여기 있어.』

나는 스테이터스 카드[블랙]을 가방에서 꺼냈다.

"이, 이게 뭐지? 까만 스테이터스 카드는 처음 보는걸. 아, 가입 말이지. 잠시 가져가마."

그렇게 말하고 아저씨는 내 스테이터스 카드[블랙]을 가지고 카운터 안쪽 문을 열고 들어갔다. (이거, 설마 가지고 튀는 건 아니겠지?)

주위 사람들은 벌써 흥미가 식은 듯 둥근 테이블 앞에 앉아서 자기들끼리 떠들고 있었다. 도적이 어쩌고저쩌고, 거미가 어쩌고저쩌고, 그런 자막이 보인다.

잠시 후 안쪽 문에서 아저씨가 나왔다.

"자, 돌려주마. 너무 옛날 거라서 안에 있는 데이터도 갱신해 줬다."

갱신? PC의 업데이트 같은 건가.

"이제 너도 G랭크 모험가야. 이제는 알아서 잘해 보라고. 아, 그리고 질문은 받지 않아."

『어? 물어볼 게 있는데…….』

"질문은 안 받는다고 했잖아."

아니, 저기요. 이건 좀 심하잖아. 모험가가 뭔지도 잘 모르고, 그 밖에도 여러모로 물어보고 싶은 게 많은데…….

"아저씨, 그건 좀 심하잖아. 게다가 모험가 지급품도 안 주고 말이야."

옆에서 말을 건 사람은 아까 그 형님이었다. 어라? 아직 있었어?

"너희 형제는 여전히 참견하길 좋아하는군. 어차피 금방 뒈질 애송이를 상대해도 시간만 버릴 텐데."

안대 아저씨의 폭언이 그칠 기미를 보이지 않는다. 거참, 왜 처음부터 호감도가 바닥인 건데, 내가 몬스터라서? 몬스터라서?!

"워워, 아저씨. 너무 그러지 말고. 지급품이나 챙겨 주라고."

안대 아저씨는 못 말리겠다는 듯이 나이프와 작은 손가방을 꺼냈다.

"이건 해체용 나이프와 마법 손가방이다."

지급품이 두 개밖에 없어? 아, 투덜대도 소용없다. 일단 감정해 보자.

【철 나이프】
【쇠로 만든 나이프. 해체 등의 작업에 자주 쓰이는 그럭저럭 튼튼한 나이프.】

【마법 손가방】
【아공간에 물건을 넣을 수 있는 마법의 손가방. 넣을 수 있는 아이템은 2종.】

아, 마법 손가방은 흔히 말하는 아이템 가방인가! 치트 아이템 중 하나잖아. 지급품으로 이렇게 좋은 물건을 받아도 돼?

『마법 손가방이라. 이렇게 좋은 물건을 줘도 돼?』

"암, 상관없지. 그야 현재는 제작할 수 없으니까 귀중한 물건이긴 하지만. 안에 두 종류밖에 못 넣어서 쓰기 불편하고, 던전에서 대량으로 발굴되니까 말이지. 가치는 거의 없다시피 하다."

어? 그래? 대량으로 발굴하다니…… 초보 모험가에게 줄 정도로 남아돈다는 말인가. (그야 뭐, 두 종류만 들어가면 쓰기 불편하겠지.)

"마법 손가방에 사용자 등록을 해 두라고. 만져서 '등록'이라고 말하면 끝이다. 그걸 안 하면 못 쓰니까 말이지."

안대 아저씨의 말을 듣고, 나는 곧장 마법 손가방에 손을 대고 '등록'을……. 아, 나는 말을 못 하잖아. 그래도 생각한 것만으로 등록이 끝난 것 같다. 왠지 쓸 수 있다는 느낌이 들었다. 세이프, 세이프야.

"아이템은 등록자만 넣고 뺄 수 있으니까 지갑 대신으로 쓰는 녀석도 있지. 아, 그리고 처분할 때는 '해제' 하라고. 안 그러면 다음 사람이 '등록' 할 수 없으니까. 뭐, 네가 뒤지면 멋대로 '해제' 되지만."

거참, 내가 죽는다는 전제로 말하지 말라니까. 그야 이것보다 많이 들어가는 아이템을 구하면 지갑처럼 쓸 수도 있겠지만.

"흥. 지급품을 줬으니까 이젠 알아서 하라고. 퀘스트를 받을 거라면 저기 게시판에서 받고 싶은 퀘스트 카드를 챙겨."

그렇게 말하고 카운터 옆에 있는 게시판을 가리킨다. 게시판에는 나무로 된 카드가 몇 개 걸려 있었다. (이건 신사에 소원을 빌 때 거는 나무 팻말과 비슷하네.)

음. 그나저나 좀 그렇네. 나는 게임 지식이 있으니까 어떤 방식인지 예상할 수 있지만, 그냥 대충 넘어가는 느낌이 너무 강한데. 이게 이 세계의 상식인가? 이렇게 영문도 모를 상태에서 어떻게든 먹고사는 모험가는 눈치 레벨이 다들 높은 걸까? 잘 모르겠는걸.

"아저씨. 람 씨가 굳었잖아. 람 씨, 미안해. 아저씨는 원래 이런 창구에 있을 사람이 아닌데, 달리 사람이 없어서 말이지…… 설명하는 일에 익숙하지 않아."

람 씨……? 아, 나를 보고 한 말인가.

『아하, 그랬군.』

"그래. 그리고 람 씨는 성수님이라서 그런지 사람들 마을이나 모험가 일을 잘 모를 것 같은데. 괜찮다면 내가 초보 교육자가 되어 주겠어. 어때?"

오오, 혹시 여러모로 가르쳐 주는 건가? 그건 바라 마지않는 일이다. 다만 남자에게 도움을 받는 것이 좀 아쉬운데……. 이 세계 전생물에선 미소녀나 여자 엘프나 짐승귀 소녀가 할 일이 잖아…….

『초보 교육자가 뭐지?』

"아, 먼저 내 이름을 대지. 나는 우라. 이래 보여도 C랭크 모험가야."

C랭크라……. 저 안대 아저씨는 랭크 설명도 안 해서 잘 모르겠지만, 내가 G부터 시작하니까 ABCDEFG에서 A가 가장 높고, 어쩌면 S랭크도 있을지 모르니까…… 조금만 더 하면 상급 모험가가 되는 위치인 건가.

"그리고 초보 교육자 말인데. 모험가는 원래 막 시작했을 때 죽는 경우가 많아서, 그걸 방지하려고 길드에서 만든 제도지. 간단히 말해서 숙련 모험가가 초보 모험가에게 모험가의 기본 소양과 지식을 가르쳐 주자는 거고."

아항.

"그래도 무작정 해 주는 건 아니라서. 최소한 손이 비는 D랭크 이상의 모험가가 있어야 하고, 교육 기간도 한 달의 절반이나 퀘스트 공략을 세 번까지 도와주는 정도지만."

기한이 있어도 여러모로 배울 수 있어서 다행이야.

"자, 그래서 말인데. 뭔가 퀘스트를 받을 거야?"

『아니. 오늘은 쉬고 싶어. 그리고 기왕이면 환금할 곳과 잘 곳을 알고 싶은데.』

"그래. 그렇다면 먼저 환금 방법을 가르쳐 주지. 모험가 길드에서 길 건너에 있는 건물이 환금소야. 마물을 해체하거나, 소재를 돈으로 바꿔 주지. 미궁에서 구한 도구류도 매입해."

어? 그렇게 '뭐든지 파세요' 하는 편리한 곳이 다 있어? 역시 이세계 맞네.

큰길을 사이에 두고 길드 맞은편에 있는 단층 건물에 들어간다. 우라 씨도 따라왔다. 아, 참고로 우라 씨의 차림새 말인데, 짧은 빨간 머리에 반다나를 해서 머리카락을 거꾸로 세웠다. 몸에는 파란 가죽 갑옷, 목에는 파란 모피를 감았고. 허리춤에는 좌우로 도끼를 찼다. 손도끼네. 정말이지 산적 같습니다. 그나저나 파란 장비가 참 많은걸. 이 마을에서는 파란색이 유행하나? 아, 환금이나 하자.

건물에 들어가자 곧장 카운터가 보이고, 그곳에 여자 엘프가 서 있었다. 오오, 여긴 진짜 여자가 있어. 더군다나 엘프야, 엘프. 아, 이 세계에서는 삼인족이라고 하지만, 나한테는 엘프다. 아니지, 로마에 가면 로마 법을 따르라고 했으니까 역시 삼인족이라고 불러야 하나?

"마, 마수가! 어? 우라 씨? 우라 씨가 테이밍한 마수인가요?"

으악. 또 테이밍 몬스터 취급이냐……. 얼굴도장을 찍을 때까지는 어딜 가도 이런 식이겠군.

"아니, 이쪽은 람 씨라고 해서. 오늘 막 모험가가 됐어. 환금하고 싶은 물건이 있다고 해서 내가 안내한 참이지."

삼인족 누나는 우라 씨의 말에 처음에는 놀라고, 곧바로 내게 미소를 지었다. 오, 프로의 접객 태도다. 정말이지 창구는 이래야 하는 법이지. 뜬금없이 '어차피 죽을 테니까 됐어'라고 하는 안대 아저씨가 이상한 거야!

"람 님, 환금 일로 오셨나요? 물건을 보여주실 수 있을까요?"

『이걸 팔고 싶은데…….』

나는 정신 소통 스킬로 말하고 수제 세계수의 활과 세계수의 화살을 전부 꺼내서 놓았다.

"이건…… 감정하고 올 테니까 잠시 맡겨 주세요."

그렇게 말하고, 접수처 누나는 안쪽으로 모습을 감췄다. 저기가 작업장일까? 단층이지만 큰 건물이니까 말이지. 반입된 용의 사체도 해체할 것 같다.

잠시 후 접수처 누나가 돌아왔다.

"활은 4만 960엔. 화살은 하나에 2,560엔이고 97개가 있으니까 24만 8,320엔이네요. 다 합쳐서 28만 9,280엔입니다. 이걸로 환금하시겠어요?"

역시 화폐 단위가 엔인가……. 물가를 잘 몰라서 뭐라고 말하기 어렵지만, 30만 가까이 나왔으면 나쁘지 않은 것 같다. (뭐, 이런 길드 공인 사업장 같은 곳에서 사기를 치진 않겠지.)

『알았어. 환금해 줘.』

이거면 당분간 활동하는 데 문제가 없을 듯하다.

"네. 알겠습니다. 잠시 준비할게요."

그 말이 있고 나서 카운터에 놓인 것은…… 소금화 7개와 동화 4개였다. 어? 어? 엔 아니었어? 금화와 동화? 이게 어떻게 된 거지?

"무슨 문제가 있나요? 28만 9,280엔이 딱 맞을 텐데요."

접수처 누나가 이상하게 쳐다본다.

『아, 그게 아니라. 잔돈이 조금 필요해서, 소금화 하나를 바꿔 줄 수 있을까?』

"아, 그렇군요. 괜찮아요. 그렇다면 소금화 하나를 은화 8개로 바꿔도 될까요?"

『그렇게 해 줘.』

"네. 4만 960엔을 환전하겠습니다."

잠깐! 왜 또 엔이야? 이 세계의 화폐는 금화나 은화 같은데, 왜 자막에는 엔으로 뜨는 거야.

'아…….'

설마 화폐 가치도 번역되는 건가……. 이건 오히려 알아보기 불편한데. 아까 이야기로 봐서는 소금화가 4만 960엔. 그리고 은화 8개와 같은 가치라면 은화 1개=5,120엔. 그리고 나머지 숫자로 계산해서 동화 4개가 2,560엔이니까 동화 하나의 가치는 640엔인가……. 으아, 괜히 더 복잡하잖아. 이거 정말 어떻게든 해 줘라. 자막을 보면 엔 표기니까, 그걸 보고 다시 계산해서 돈을 줘야 물건을 살 수 있잖아? 너, 너무 불편해. 제발, 번역 기능 업그레이드를 희망합니다.

나는 돈을 받고 환금소를 뒤로했다. 정말이지 앞이 깜깜하다.

"그래서? 이제는 곧장 여관에 갈 거야?"

환금소를 나오자 우라 씨가 내게 말을 걸었다.

『아니, 미안하지만 무기나 방어구, 일용품도 보고 싶은데. 어디서 파는지 알려줄 수 있겠어?』

환금소에서 금전을 확보했으니까 그대로 물건을 사러 다니자. 즉석에서 부탁했는데도 우라 씨는 싫은 내색도 없이 친절하게 안내해 주었다.

그리고 처음에 도착한 곳이 대장간이다.

"이 동네에 무기나 방어구만 전문으로 파는 곳은 없어. 하는 수 없으니까 여기 모험가들은 이 대장간에서 무기를 사지."

무기점이 없나……. 이 세계가 다 그렇다는 것이 아니라, 이 동네가 그렇다는 거겠지만.

대장간 안에는 사방팔방에 검과 갑옷이 굴러다니고 있어서 발을 디딜 틈이 없을 정도다. 물론 가격표도 없다. 그때 안에서 대장장이 아저씨가…… 어? 아저씨 맞나?

안에서 나타난 것은 사람 몸에 개 머리가 붙은 인물이었다. 손에는 대장간 일에 쓰는 망치를 들고 있다.

"억! 마, 마수다!"

개 아저씨(?)가 나를 보고 놀란다. 저기, 내 눈에는 댁이 마수처럼 보이거든? 아, 나는 놀라서 움찔하는 개 머리 수인(?)을 감정해 봤다.

【이름 : 화이트 후아】

【종족 : 견인족】

아, 코볼트가 아닌가? 수인도 아닌가? 음. 물어보긴 좀 그러니까, 얌전히 있자.

"아, 주인아저씨. 놀라지 말라고. 성수님이야. 오늘 모험가가 되어서 무기를 보러 왔거든."

이번에도 우라 씨가 도와줬다. 뭐랄까, 이 사람이 없었으면 엄청나게 고생했을 것 같다는 생각이 절로 들었다. 어쩌면 아무도 받아들여 주지 않는 세상을 원망하고 마왕이 됐을지도 모른다.

『놀라게 해서 미안해. 나는 빙람의 주인, 성수야.』

"아, 아하. 성수님인가. 놀래지 마. 그래서 뭐가 필요한데?"

후후후. 내가 찾을 무기는 뻔하지. 이 짧은 팔로는 검을 잡을 수 없으니까!

『짧은 창을 원해.』

"아, 도끼가 아닌가……."

어째서인지 우라 씨가 실망한 기색을 보였다. (도끼가 그렇게 좋아?)

"아아, 단창 말인가. 지금 파는 물건 중에는 쇠로 만든 창밖에 없군. 1만 5,360엔이면 돼."

1만 5,360엔이니까, 은화 3개인가. 시세는 모르지만, 이 정도 겠지. 그나저나 쇠로 만든 창이라, 모 RPG 왕자님의 최강 장비 잖아.

『알았어. 그걸로 줘.』

아는 은화 3개를 주고 창을 샀다. 바로 감정해 보자.

【철창】
【쇠로 만든 표준적인 단창. 특별한 힘은 없다.】

나무로 된 자루의 길이는 1미터 남짓. 이건 쇠가 아니네.

창끝에는 삼각뿔 모양의 간소한 쇳덩이가 달려 있다. 나는 마법의 실을 뿜어서 창에 감았다. 이걸로 내 작은 팔로도 떨어뜨리지 않고 운반할 수 있다.

"어이쿠. 갑자기 실을 뿜지 말라고. 그나저나 네 실은 편리해 보이는군."

그렇지? 암, 그렇고말고. 이 실은 진짜 편리해.

대장간을 나왔을 때 우라 씨가 내게 말을 걸었다.

"람 씨, 괜찮다면 옷을 사지 않을래? 옷만 입어도 마수로 착각하는 일은 없을 거야."

아, 좋은 아이디어입니다. 옷은 문명인의 기본이잖아. 그나저나 잘 생각해 보니 나는 지금…… 알몸인 건가. 알몸 패션인가. 아잉…….

『그래야겠어. 옷을 파는 곳도 안내해 주겠어?』

"물론이지. 옷 가게는 여기서 가까워."

옷 가게는 대장간 바로 옆이었다. 가까운 게 아니라 그냥 옆이잖아! 가게 밖으로 아무것도 없어서 전혀 몰랐어.

옷 가게는 기성품을 팔지 않고, 옷감을 진열하고 있었다. 어?

혹시 만드는 것부터 시작하나?

"아, 이쪽은 람 씨라고 해서, 성수님이야. 람 씨가 입을 옷을 지어 줬으면 하는데."

옷 가게에 들어가자마자 우라 씨가 점원에게 설명했다. 그야 자꾸 똑같은 전개를 보는 것도 좀 그렇잖아.

"네? 아, 그렇군요. 치수를 재 볼게요."

여자 점원은 보인족이었다. 점원이 내게 다가온다.

"무, 물지 않겠죠?"

물지 않아요.

"음. 손님 체형에는 조끼나 가운이 좋겠네요. 지금 있는 걸로 는 은실로 만든 것과 리넨으로 만든 것이 있는데. 둘 다 조금 고 치면 바로 드릴 수 있어요."

『각각의 가격과 재료의 차이로 뭐가 어떻게 다른지 가르쳐 줄 수 있겠어?』

"네. 은실은 마법 부여가 돼요. 감촉도 좋고요. 리넨은 평상복 으로 많이 써요. 은실은 조끼가 4만 960엔, 가운이 12만 2,880 엔, 리넨으로 만든 조끼가 2,560엔, 가운이 5,120엔이에요."

어디 보자, 은실 조끼가 소금화 1개, 가운이 소금화 3개, 리넨 은 조끼가 동화 4개, 가운이 동화 1개인가. 끙. 은실로 된 옷도 살 수는 있지만, 지금 재산으로 사면 나중에 무서울 거 같군.

『리넨 조끼와 가운을 하나씩 살 수 있겠어?』

"네. 하나씩 말이죠? 합해서 7,680엔입니다."

나는 정확하게 은화 1개와 동화 4개를 건넸다.

"잘 받았습니다. 수선해야 하니까, 내일 다시 오시겠어요?"

아, 지금 당장 주는 게 아니구나. 그나저나 이 세계에도 리넨이 있나? 번역 오류가 아니고?

"자, 이제 일용품을 보러 갈까?"

아, 그러고 보니 그런 소리도 했지. 구경만 하고 살 예정은 당장 없지만.

우라 씨는 큰길에 있는 노점을 안내해 주었다. 노점에서는 랜턴과 로프, 배낭과 물통, 부싯돌 등을 팔았다. 안 산다고 했지만, 물통만큼은 사 두자.

그리고 마지막으로 여관을 찾았습니다. 모험가 길드에서는 멀어서, 엉금엉금 걷느라 힘들었습니다. 내 짧은 다리에도 뭐라 한마디 안 하는 우라 씨는 정말 좋은 사람입니다.

여관은 목조 2층 건물로, 1층에서는 술집 영업을 하는 듯하다. 내가 술집에 들어가자 사람들이 놀라서 나를 본다. 또 이 패턴입니까.

"워워, 놀라지 마. 이쪽은 람 씨, 성수님이야. 오늘 막 모험가가 됐는데, 묵을 곳을 찾는다고 해서 이곳으로 안내했어."

우라 씨의 설명도 능숙해졌다. 그 말을 들은 술집 사람들이 '그렇구나' 하는 눈치로 태평하게 자신들의 잔을 기울이기 시작했다.

'진짜 빨리 적응하네……'

나는 상체를 일으켜 그대로 카운터에 있는 아주머니에게 갔다.

『저기, 성수인 람이라고 하는데. 방을 빌릴 수 있겠어?』

풍채가 좋은 주인아주머니는 정신 소통 스킬에 놀랐는지 잠시 이상한 표정을 지었지만, 곧바로 나를 보고 웃었다.

"흐응. 재밌는걸. 방을 빌린다고 했지? 하루에 5,120엔, 몸을 닦을 물과 식사를 추가하면 1만 240엔이고…… 마구간에서 잘 거면 공짜야."

마지막에는 참 재밌는 소리를 했다는 듯이 득의양양했다.

"아, 아줌마! 이쪽은……."

응? 우라 씨가 허둥대고 있다. 마구간을 공짜로 내주는 일이 없어서 그런가?

"하하, 농담이야. 그리고 그 사람은 못 알아먹는 눈치인데?"

응? 무슨 뜻일까? 그나저나 사람……이라. 처음으로 나를 사람 취급하는 사람과 만난 것 같다. 성수님으로 대하는 사람은 있었어도 사람으로 취급하는 사람은 없었으니까.

나는 소금화 2개를 주인아주머니에게 냈다.

『이걸로 8일 있을게.』

"흐응. 식사까지 해서 일주일이구나. 알았어."

어? 8일이라고 했는데 일주일이야? 뭔가 수수료를 떼는 걸까? 끙. 모르겠다.

"여기, 방 열쇠를 받아. 외출할 때는 열쇠를 줘. 돌아오면 돌려줄 테니까. 나는 거의 여기에 있지만, 내가 없을 때는 딸아이에게 말하면 돼."

그렇게 말하고 주인아주머니는 열쇠를 주었다. 주인아주머니도 풍채가 좋은데, 그 딸도 제법 풍채가 좋았다. 쏙 닮았어. 사람을 잘못 볼 일은 없겠네.

"아, 그리고 식사는 어쩔래? 지금 내올까?"

『아니, 오늘은 됐어. 내일부터 부탁해.』

정해진 식사 시간은 없고, 부탁하면 차려 주는 건가. 친절한 걸. 뭐, 지금 상태로 사람들이 먹는 것을 먹을 수 있는지 시험해 본 적은 없으니까, 내일 시험해 보자.

"그럼 잘 있어, 람 씨. 내일 봐."

우라 씨가 작별 인사를 했다.

『내일은 어떻게 하지?』

"아, 그렇지. 낮에 모험가 길드 앞에서 합류하지."

『우라 씨, 정말 고마워. 내일도 잘 부탁할게.』

우라 씨는 한 손을 들고 그대로 여관에서 나갔다. 아마도 사는 곳이 따로 있겠지.

여관집 딸의 안내를 받아 2층 방으로 갔다. 침대만 있는 간소한 방이다. 옷장이나 옷걸이가 따로 있는 건 아니구나. 하아……. 그나저나 정말이지 이세계에 온 느낌이 물씬 든다. 내일부터는 퀘스트를 하고 나 자신을 단련해서…… 모험을 시작하자. 어차, 일단 밥을 먹어야지. 수제 가방에서 세계수의 잎 조각을 꺼낸다.

밥이다, 밥. 아삭아삭 우물우물.

아침에 잠에서 깨고, 빙글 돌아서 천장을 본다. 아, 이세계다.

마법의 실로 나무 창문을 열고 밖을 본다. 와, 밖은 아직 어둡구나. 날이 밝으려면 시간이 더 있어야 할 것 같다. 조금 일찍 일어난 듯하다. 그래서 아침밥을 받으러 갔다. 처음으로 잎 말고 다른 음식에 도전합니다. 지금 시간대라면 먹고 탈이 나도 점심

쯤이면 어떻게든 해결되겠지.

1층에 내려가자 이미 주인아주머니가 나와 있었다.

"어, 벌써 일어났어?"

『응. 뭔가 먹을 걸 내줬으면 해서.』

"흐응. 그래? 혹시 모를까 싶어서 말하는 건데, 처음 준 돈으로는 식사가 두 끼 나가니까, 세 끼부터는 돈을 더 줘야 해."

『아하, 알았어.』

그렇구나. 이 세계는 하루 두 끼가 기본이구나.

주인아주머니는 뭔가 수프와 둥근 빵 같은 것을 두 개 주었다.

"여기서 먹을 거야? 아니면 방에서 먹게?"

『방에서 먹겠습니다.』

"그래. 그릇은 나중에 카운터에 두면 돼. 아, 당신. 방에 들고 갈 수 있겠어?"

하하하. 벙어리장갑처럼 귀여운 내 손을 보고 걱정해 준 건가. 이 정도 용기는 어떻게든 들 수 있다고!

오른손에 뭔가 수프가 든 용기를, 왼손에 빵 같은 것이 있는 그릇을! 그리고 계단을 영차영차 올라간다. 그리고 방 앞에서 깨달았다. 문을 열 수 없어! 하지만 이럴 때는 [실 분사] 스킬이 나설 차례입니다. 마법의 실로 열쇠를 꺼내서 구멍에 넣고, 다른 실로 문을 연다. 진짜 노련해졌어.

방에 들어가 시식을 시작. 먼저 무언가의 수프. 토란 같은 것과 고기가 둥둥 떠 있습니다. 토란 같은 것을 먹어 보니 살짝 단맛이 나는 진짜 토란 같다. 다음으론 잘 모르는 고기. 조금 질긴 감이 들면서도 잘 익힌 닭고기 맛이 난다. 전체적으로 맛이 밍밍

하지만, 못 먹을 정도는 아니려나? 그나저나 이 몸에도 미각이 있었나! 다행이야. 사실은 진짜 반갑다. 정말이지, 아무것도 못 먹거나, 먹어도 맛을 모르면 어쩌나 걱정했는데. 역시 맛을 즐길 수 있다는 건 좋아!

다음에는 둥근 빵 비슷한 것. 갉아서 한입 먹어 봤다. 갉은 데가 쿠키처럼 부서졌다. 퍽퍽하고 맛이 없어! 이게 뭐야. 아마도 수프에 찍어서 먹는 것 같은데, 그래도 조금 먹기 편할 뿐이지 맛없는데요. 사람이 먹을 게 아니다. 뭐, 나중에 안 건데 이 빵은 배가 엄청나게 부릅니다. 즉, 그럭저럭 먹을 만한 수프를 줄 테니까 이 녹말 덩어리 같은 걸로 배나 채우라는 뜻일까?

총점. 수프는 맛이 밍밍해도 그냥 먹을 수 있다. 빵은 영양식 수준. (이걸 매일 먹으면 좀 힘든데.)

아, 맞다. 마법 손가방에 뭘 넣을지 정했습니다. 일단 소금화 4개를 넣고, 나머지 은화는 수제 가방에. 나머지 하나로 스테이터스 카드[블랙]을 넣었습니다. 귀중품을 보관하는 것이 상책일 것 같으니까.

점심 전에 여관을 나왔다. 일찍 나와서 갈 곳이 있거든. 먼저 노점에서 배낭을 샀다. 커다란 가죽 배낭이라서 은화 2개나 했지만, 그럭저럭 만족합니다. 너와는 오래 지낼 것 같으니까, 잘 부탁해.

다음에 들른 곳은 옷 가게. 완성한 옷을 받아야지.

『들어갈게.』

"아, 손님. 기다렸어요. 옷은 다 됐어요. 입고 가시겠어요?"

『응. 바로 입어 보고 싶어.』

"네. 그럼 안에 탈의실이 있으니까, 이리 오세요."

탈의실로 안내를 받았다. 널찍한 원룸 넓이. 이거, 어쩌면 내가 살던 집보다 더 넓을지도 모르겠는걸. 탈의실이 왜 이렇게 넓은 건데!

그렇게 분노하면서 옷을 입어 봤다. 먼저 리넨으로 만든 조끼. 상반신에만 옷을 입으니 변태 신사 스타일과 비슷한 느낌이다. 그 위에 리넨 가운을 걸친다. 앞은 여미지 않는다. 사실은 이렇게 입는 게 아니겠지만, 신경 쓰지 않는다. 이러면 코트를 걸친 것 같아서 왠지 멋지다. 어, 진짜로. 가운 말고 코트로 했으면 될 것을. 음, 잠깐 물어보자.

『저기, 코트도 있어?』

"네. 코트도 있어요. 방수 레인 코트나 칼날을 막는 코트는 모험가 여러분도 좋아하죠."

이, 있냐. 더군다나 뭔가 마법 효과를 부여한 것도 있나 보네. 있다면 처음부터 소개해 달라고요.

『저, 저기 말인데. 왜 처음에 코트를 소개해 주지 않았는지 물어봐도 될까?』

"손님의 코트를 만들려면 수선할 부분이 많아서 코트 형태를 유지하지 못하니까요. 소매를 전부 잘라야 하고…… 그럴 거면 그냥 조끼로 하는 게 좋지 않을까 했어요. 설마 손님께서 조끼 위에 껴입으려고 가운을 사실 줄은…… 몰랐네요."

아하. 수선을 생각하면 그렇게 되나. 듣고 보니 정말 그렇다. 이 체형으로는 입을 옷도 제한되는구나. 내 체형으로는 더 입을 것이 스톨이나 망토밖에 없을 것 같다.

『그랬군. 따져서 미안해. 가운과 조끼를 하나씩 더 만들어 줄 수 있겠어?』

"그럼요. 이번에도 7,680엔을 주시면 돼요."

나는 은화 2개를 주고 거스름돈을 받았다.

『그런데 이 옷은 파랗지 않은데.』

"아, 그거 말인가요. 이 동네 모험가들 장비는 전부 파랗죠. 궁금하셨나 보네요. 그건 패션으로 파랗게 입고 다니는 게 아니고요. 물 속성을 부여해서 파란 거랍니다."

어? 그런 거였어? 설마 상식이야? 우와, 설마 창피한 질문을 한 거야?

『그, 그랬군.』

"네. 이 마을에도 마법 상점에 부여술사가 있으니까, 은실로 된 옷처럼 마법을 부여하기 쉬운 옷을 사실 때는 그쪽에 부탁해 보세요."

상술 같기도 하지만, 돈이 되면 은실로 장비를 사 보자. 그렇게 오전 중 볼일을 마쳤을 때, 마침 해가 중천에 떴다. 서둘러 모험가 길드로 가자.

모험가 길드 앞에는 이미 우라 씨가 있었다. 나를 기다렸나?

『늦어서 미안해.』

"뭘, 나도 이제 막 왔어."

대화가 좀 이상하네. 그나저나 우라 씨, 너무 친절한데요. 외모는 완전히 산적인데 말이죠.

"아, 맞다. 스테이터스 카드에는 시계 기능도 있어. 알고 있었다면 괜히 말한 거겠지만."

엉? 지금 뭐라고 했습니까? 시계 기능? 엄청나게 현대 같은 자막이 보였는데, 번역 기능이 고장 난 걸까?

나는 마법 손가방에서 스테이터스 카드[블랙]을 꺼내 확인해 봤다. 오른쪽 위에 12:08이라는 숫자가 보였다.

"아, 보여? 오른쪽 위에 뜨는 12시가 정오를 의미하는 거야."

나, 나도 알아. 어제는 없었는데. 없었지? 그때 깨달았다. 모험가 길드에서 안내 아저씨가 '갱신했다'라고 했었다. 와, 확인 하지 않은 내 잘못이네. 그나저나 이건 대체 뭘까. 정말로 태블릿 PC 같다. 이 카드의 위화감이 장난 아니다. 이물질 같다. 그런데도 대수롭지 않게 쓰는 이 세계 주민들도 참, 뭐랄까…….

『미안. 내 스테이터스 카드는 구식이라서 지금껏 시계 기능이 없었어. 갱신 후에 확인을 안 했군.』

"그랬군. 그렇다면 뒤에 이력이 보이는 것도 모르려나?"

몰라요. 뒷면도 쓰는 건가?

내가 뒷면을 보자…….

데이터 갱신. ver1.66

최신 갱신 내용

솜씨 보정 도입

길드 시스템 도입

시계 기능 도입

소지금 표시 기능 도입

파티 최대 인원 4 → 8

등등……. 정말이지, 이게 뭐냐고. 스크롤을 내려 본다. 내가 스테이터스 카드를 얻었을 때부터 시작해서 그동안 일어난 큼직큼직한 일들이 적혀 있다. 지금으로선 기록되는 것과 기록되지 않는 것이 차이를 모르겠지만, 전부 기록되는 것은 아닌 듯하다. 그래도 개인 정보가 너무 노출된다고 본다. 나는 PC나 현대 지식이 있으니까 이상하게 느끼지만, '원래부터 이런 것'이라고 생각하는 이 세계 사람들에게는 당연한 사실일까?

『스테이터스 카드는 누가 만든 거지?』

"미궁에서 발견되니까, 미궁왕이 만든 게 아닐까 하는데."

흐응. 또 나왔다. 미궁왕. 뭐, 뼈가 됐지만. 현대를 초월한 고대 문명 같은 것일까. 그런 것치고는 생활과 너무 밀접하지만.

우리가 모험가 길드에 들어서자 안내 아저씨 말고 작은 여자애가 있었다. 안내 아저씨, 대체 언제 꼬마 아가씨로 업종을 전환한 겁니까!

"오늘은 소피아가 접수대에 있네."

꼬마 아가씨가 고개를 끄덕였다. 오, 귀여워.

"벌레, 벌레가 있어."

그런데 꼬마 아가씨가 입을 열자마자 그런 소리를 했다.

『저기, 벌레라고 할까. 벌레가 맞지만…… 되도록 사람 취급을 해 줬으면 하는데. 나는 성수, 빙람의 주인이야.』

"벌레 목소리, 머릿속에 울려. 벌레가 말해?"

자꾸 벌레라고 하네. 사람 취급을 해 달라고 했잖아.

『그래. 지능이 있으니까. 말할 줄도 알지.』

"벌레, 뭐 하러 왔어?"

퀘스트를 받으러 왔어요!

"아, 퀘스트를 받으러 왔어. 람 씨는 어제 막 이 마을에 온 참이거든. 그러니까 먼저 초급 퀘스트를 받았으면 하는데."

"그래? 처음 세 개?"

처음 세 개?

"그래. 스테이터스 카드는 있으니까 굳이 받을 필요는 없지만. 퀘스트에 익숙해지려면 그것부터 하는 게 좋겠구나 싶어서."

설명을 요구합니다.

"처음 세 개. 숲에서 자라는 식용 버섯 채집, 식용 혼 래트 사냥과 해체, 전투 스킬 확인용 숲 고블린 퇴치."

"맞아. 이렇게 세 퀘스트를 끝내면 모험가로 인정하고 스테이터스 카드를 주지."

아하, 시험 퀘스트가 있다고 들었는데. 이걸 말하는 거였나. 아마도 이것들이 모험가의 기본 퀘스트겠지. 그러니까 스테이터스 카드가 있어서 받을 필요 없는 나도 기본을 배우기 위해 받으라고 하는 건가.

『혹시나 해서 묻는데, 한 번에 세 개를 다 받을 수 있어?』

"뭐, 되기는 하는데. 이번엔 따로따로 하자. 오늘은 버섯 채집을 가지."

『왜 따로따로 하는데?』

"그야 초보 교육은 퀘스트를 세 번까지 돕는 거니까. 하루 만에 끝내면 아쉽잖아?"

아하. 뭐랄까, 이 사람은 왜 이렇게 친절하지? 다른 꿍꿍이가

있지 않나 의심이 될 정도다.

"벌레, 퀘스트 패 주세요."

꼬마 아가씨가 요구했다. 어, 그런데 뭘 집으면 되는 거지?

"아, 람 씨. 퀘스트 패 위에 있는 그림이 받을 수 있는 랭크야. 무랭크와 G랭크는 G랭크 퀘스트만 받을 수 있지만, F랭크가 되면 한 랭크 위까지 받을 수 있지."

오호라. 지금의 나는 G랭크니까, G랭크 퀘스트밖에 못 받는 건가.

"버섯 그림이 있는 이게 이번에 받을 퀘스트야. 이걸 소피아한 테 줘. 참고로 버섯 채집은 상설 퀘스트라서 몇 번이고 또 받을 수 있다고."

버섯 그림이 있는 나무 카드를 본다. 아무리 봐도 신사에 소원을 빌 때 거는 팻말 같다. 눈에 가까이 대고 보니 버섯을 아주 세밀하게 그렸다. 갓이 있고, 중간에 결이 있는 버섯. 딱 봐서는 표고버섯과 비슷하게 생겼다. 이렇게 생긴 버섯을 찾으라는 거지? 그리고 그림 아래에는 여러 가지 정보가 적혀 있었다.

상설 퀘스트 (채집)
숲에서 자라는 식용 버섯 채집하기
스이로우 마을 부근에서 잘 보이는 버섯을 채집한다.
숲 특선 버섯을 세 개 납품하세요.
퀘스트 보증금 : 없음
보상 : 640엔
획득 GP : 1

네 번째 버섯부터는 하나에 32엔으로 사들입니다.

1일 1회 한정.

아, 이건 그거네. 모 수렵 게임이야. 그나저나 임금이 무지 짜다. 이래서는 먹고살 수 없어. 퀘스트를 달성해도 동화 하나······. 그나저나 하나에 32엔이라니, 동화보다 가치가 더 작은 화폐도 있구나.

『그런데 GP가 뭐야?』

"아이고, 아저씨가 설명을 생략하니까 이런 일이······. GP가 쌓이면 랭크업 시험을 받을 수 있어. 그걸 달성하면 랭크가 하나 올라가고."

그렇구나. 뭐, 스테이터스 카드에 새롭게 떴으니까 아마도 그럴 것 같았다. 참고로 GP 0/100으로 뜨니까, 100이 되면 F랭크로 올라갈 수 있는 거겠지.

버섯 퀘스트로 GP를 1 주다니······ 갈 길이 멀구나.

마을 밖으로 나왔다.

"식용 버섯은 조금만 더 가면 많이 있어. 마을 아이들이 용돈을 벌려고 따러 올 정도니까."

보상이 짜니까 말이지. 당연한가.

숲속을 조금 걸으니 나무뿌리 근처에 버섯이 자란 것이 보였다. 시야 오른쪽 중간에 버섯을 가리키는 하얀 표시가 있다. 하얀 선이 가리키는 곳에는 '숲의 특선 버섯'이라는 글씨가 있다.

이건 확실하네.

버섯을 하나 얻었다. 계속해서 주위를 살피니 엄청나게 많다. 오른쪽 중간 시야에 한가득 표시선이 보인다. 개중에는 '숲의 엄선 버섯'도…….

"그러고 보니 람 씨는 클래스가 있어?"

『아쉽지만 아직 없어.』

"경험치가 들어오면 종족 레벨과는 별개로 클래스 레벨이 오르니까, 최대한 빨리 얻는 게 좋을 거야."

『그렇군.』

"여기서 가장 가까운 곳을 들자면, '궁사' 클래스를 후우로우 마을에서 취득할 수 있어. 그리고 남쪽으로 더 가면 후우쿄우 마을에서 '무사'를, 북쪽으로 멀리 떨어진 곳에 있는 후우유우 마을에서 '농사(農士)'를 얻을 수 있지."

잠깐. 무사가 있어? 그렇다면 일본도도 있나…… 낭만이 있네. 그리고 농사는 뭐지? 농사를 짓는 사무라이? 아니면 농업에 종사하는 선비? 싸우는 농부 같은 건가? 잘 모르겠다. 그나저나 아까도 그랬지만, 마을 이름이 뭔가 이상하다. 번역 기능 탓인가?

"특히 '궁사'에서 파생하는 '사냥꾼'은 편리한 스킬이 많아서 취득하는 사람이 많지."

아, 이 설명은 시로네가 한 것과 똑같네. 좌우지간 '궁사' 클래스를 목표로 해 볼까. 그때, 조금 떨어진 곳에 산토끼의 이름이 표시됐다.

『저기 산토끼가 있는 것 같은데, 잡아도 되나?』

"산토끼? 좋은걸. 꼭 잡자고."

딱히 사냥 규제가 있는 것은 아닌 듯하다.

──[실 분사]──.

나는 실을 날려서 산토끼의 움직임을 봉쇄하고, 가지고 있던 창으로 찔렀다. 산토끼가 축 늘어진다. 슬쩍 스테이터스 카드 [블랙]을 봤지만, 지난번 갱신 때 늘어나 있던 경험치(EXP) 항목의 숫자는 변하지 않았다. 이걸 눈으로 확인할 수 있게 됐는데, 어떻게 하면 늘어나는 거지? 아직 0인데 말이야…….

사냥을 마치고 마을로 돌아왔습니다. 모험가 길드로 직행.

"벌레, 돌아왔어."

오냐. 벌레가 돌아왔다. 나는 배낭에서 버섯을 세 개 꺼내서 카운터에 뒀다.

"버섯."

『퀘스트 완료 보고를 하러 왔어.』

꼬마 아가씨가 고개를 끄덕인다. 그리고 버섯 위에 손을 올린다. 손바닥에 금속판 같은 것이 보인다.

"확인했어. 그 카드를 가지고 환금소에 가. 버섯이 더 있으면 거기서 내놔."

꼬마 아가씨가 카운터 아래에서 새로운 카드를 꺼내서 줬다.

"람 씨, 이제 환금소에 가면 끝이야. 환금 후에는 GP도 늘어날걸. 그럼 나는 이만 가 볼게. 내일도 오늘과 같은 시간에 봐."

그렇게 말하고 우라 씨는 손을 흔들며 사라졌다. 나도 환금소에 가 볼까. 어? 그때 꼬마 아가씨가 "기다려."라고 나를 불렀다.

"버섯 가져가."

아하. 모험가 길드는 그냥 수주와 보고만 하는 거구나. 보상과 환금, 납품은 환금소에서 처리하나. 그래서 모험가 길드 바로 앞에 있는 거고. 나는 버섯을 배낭에 도로 넣고 환금소에 갔다.

『퀘스트를 완료해서 환금하러 왔는데.』

나는 환금소 카운터에 있는 접수처 누나에게 말을 걸었다.

"네. 완료 카드는 가져오셨나요?"

아까 받은 완료 카드(?)를 접수처 누나에게 줬다.

"네. 확인했습니다. 이쪽으로 오세요."

그렇게 말한 접수처 누나가 안쪽으로 안내했다. 안쪽 방은 용도 해체할 수 있을 정도로 넓었다. 실제로 안쪽에서는 사람만 한 도마뱀 비슷한 것이 해체되고 있었다. 나는 안내에 따라 방에 있는 테이블 위에 배낭 속 물건을 꺼냈다.

『이거야.』

"네. 감정할 테니까 잠시 기다려 주세요. 다만 이것저것 뒤섞어서 보관한 듯하니 감정가가 조금 떨어질 수도 있어요."

어? 그래? 끙. 눈에 보이는 것들을 닥치는 대로 배낭에 넣은 게 문제였나.

퀘스트 보상 : 640엔

숲에서 자라는 식용 버섯 : 19개 × 24엔 = 456엔

숲에서 자라는 식용 버섯 (상급) : 1개 × 632엔 = 632엔

레이그래스 : 2개 × 1,272엔 = 2,544엔

산토끼(미해체) : 2,552엔

해체 수수료 −640엔

합계 : 6,184엔

　은화 1개, 동화 1개와 함께 쇠 부스러기 같은 화폐가 53개. 처음 보는 화폐가 1개에 8엔 정도인가……. 이게 가장 가치가 떨어지는 화폐로군.

　『이 작은 쇳조각은 뭐야?』

　"푼돈이라고 해요. 80개에 동화 1개의 가치가 있어요."

　오, 우연이지만 엔 변환 없이 화폐의 가치를 알았다. 그나저나 80개나 모아야 하면 엄청나게 거추장스럽네. 해체 대금이 동화 1개 빠지는 것과 감정가가 전부(푼돈 1개만큼) 떨어진 것도 뼈 아프다.

　반대로 상태가 좋으면 푼돈 1개만큼만 손해를 보면 된다고 생각하면 되나. 그런데 오늘 하루 열심히 일했는데도 하루 숙박비보다 적었다. 채집으로 먹고살긴 힘들 것 같군.

　그날은 그대로 여관에 돌아가 밥을 먹고 잤다. 저녁은 버섯과 잘 모르는 고기를 볶은 것과 고기가 들어간 수프였다. 오늘 딴 버섯이 벌써 밥상에 오르는구나.

　뭐, 버섯은 농후하고 맛있었지만. 다시마와 가다랑어포로 우린 맛이 났다. 의외로 나쁘지 않았습니다. 내일은 혼 래트 사냥을 하러 나가야 하나…….

　점심 전에 기상. 일단 내려가서 밥을 먹자. 영차, 영차. 계단으로 내려가 보니 카운터에 주인아주머니의 딸이 있었다. 주인아주머니는 안 보이네. 그러고 보니 이 아가씨 이름을 모르는걸. 감정으로 확인해 보자.

참고로 표시를 보면 사람을 때는 '사람', 생물이면 '동물'이나 '산토끼' 등으로 종류가 표시된다. 자세한 정보는 표시되지 않을 때가 많군. 자세한 설명이 있을 때와 아닐 때의 차이를 잘 모르겠는데. 그래서 말인데, 이 통통한 아가씨는 '사람' 표시가 있다. 그것을 의식하고 조사해 본다. 어드벤처 게임에서 커서를 올리고 '커맨드〉조사'를 쓰는 느낌이다.

【감정 실패】

어? 뭐라고? 감정도 실패할 때가 있어? [중급 감정]과 관계가 있나? 나오는 정보도 진짜 적다. 통통한 아가씨가 뭔가 느낀 것처럼 주위를 두리번거린다. 설마 감정이 실패하면 들키는 건가? 만약 그렇다면 섣불리 쓰지 말아야겠다. 뭐, 그래도 다시 감정을 시도해 보겠지만.

【이름 : 스텔라 로드】
【종족 : 보인족】

로드 씨네 스텔라 양이로군. 왠지 모르게 가게를 경영하는 사람은 보통 인간이 많은 것 같다.

『저기, 식사하고 싶은데.』

"네. 금방 준비할게요. 방에서 드시나요?"

『응. 부탁할게.』

아침을 먹기에는 늦은 시간이지만, 밥을 먹는다. 오늘 밥은 '잘 모르는 고기 스테이크'와 '말랑말랑한 빵 비슷한 것', '사과 같은 과일'이다.

잘 모르는 고기로 만든 스테이크는 달곰씁쌀한 소스를 곁들여서 고기 냄새를 잘 해소해 준다. 조금 딱딱한 고기가 참 맛있습니다. 말랑말랑한 빵 비슷한 것은 밤처럼 은은하게 단맛이 나서 그럭저럭 먹을 만하다. 사과 같은 과일은…… 속았다. 고구마를 생으로 씹는 맛이다. 이건 굽거나 찌는 게 훨씬 나을 거야. 디저트인 줄로만 알았는데…….

총점. 겉모습에 속았지만, 그럭저럭 만족했습니다. 자, 아침도 먹었으니 정오까지 모험가 길드에 가 보실까.

모험가 길드에는 이미 우라 씨가 있었다. 잠깐만. 카드에 뜬 시간은 아직 11:54인데? 5분 전 행동에 나선 나보다 빨리 움직일 줄이야…….

『안녕하세요. 우라 씨.』

"안녕. 그럼 오늘도 퀘스트를 받아 볼까."

오늘도 산적처럼 생긴 우라 씨. 반다나로 세운 빨간 머리가 상쾌합니다.

모험가 길드에 들어갔다. 길드 카운터에는 오늘도 꼬마 아가씨가 있었다. 어? 설마 안대 아저씨를 볼 확률이 더 낮은 건가? 레어 캐릭터야?

"벌레."

이 아이는 진짜 말이 심하네. 더군다나 최소한으로만 말한다. 말하기 귀찮은 겁니까, 떠벌이면 죽는 겁니까.

『오늘도 퀘스트를 받으러 왔어.』

G랭크 퀘스트 게시판에서 혼 래트 사냥이라고 적힌 카드를 후다닥 빼서 꼬마 아가씨에게 줬다.

G랭크

상설 퀘스트 (사냥)

혼 래트를 사냥하고 해체하기

스이로우 마을 부근에서 자주 출몰하는 혼 래트를 사냥해서 해체한다.

해체까지 해야 합니다.

퀘스트 보증금 : 없음

보상 : 640엔

획득 GP : 1

혼 래트는 한 마리에 640엔으로 사들입니다.

1일 1회 한정.

매입가는 동화 1개로 버섯보다 비싸다. 즉, 이 퀘스트는 보상과 매입가를 합쳐서 최소 동화 2개를 받을 수 있다는 뜻이네. 그나저나 해체라. 벙어리장갑 같은 내 손으로 잘할 수 있을까……?

"벌레, 잘해 봐."

오냐, 잘해 보마. 꼬마 아가씨가 지켜보는 가운데 모험가 길드를 나선다.

오늘도 우라 씨의 안내를 받아 혼 래트가 서식하는 지역으로 갔다. 버섯이 자라는 곳에서 조금 더 나간 곳인데, 버섯 퀘스트와 같이 받아서 버섯을 따면서 가면 효율이 높을 듯하다.

"람 씨, 저기 있어."

내 시야에도 선이 보인다. 표시선이 가리키는 곳에 '마수'라고 떠 있다.

"혼 래트는 뿔이 달린 쥐 마수야. 돌진해서 뿔로 공격할 때는 조심해. 하지만 돌격하고 나면 빈틈이 생기니까, 그때 공격하면 쉽게 잡을 수 있어."

흠흠. 우라 씨의 의견을 참고로 삼아서, 나는 마법의 실을 뽑고 준비했다. 쥐는 나를 알아채자마자 달려와서 거리를 좁혔다. (사람을 보고도 놀라서 도망치지 않네.)

어느 정도 거리가 줄어들자 갑자기 뿔을 들이대고 돌진했다. 이게 돌격인가. 하지만 다 보여. 마법의 실을 조금 떨어진 땅바닥에 붙이고 그쪽으로 날아갔다. 후후, 그건 잔상이다. 보니까 혼 래트는 뿔이 땅바닥에 박혀서 꼼짝도 못 하고 있었다.

『쥐, 쥐, 쥐.』

나는 주문을 외우듯 말하면서 창을 찔렀다. 한 방에 안 죽어서 뽑았다가 다시 찌른다. 혼 래트가 죽었다.

"자, 람 씨. 마수와 야생동물의 차이를 알겠어?"

그때 우라 씨가 갑자기 질문했다. 응? 감정을 써서 마수로 뜨는지 아닌지를 묻는 걸까?

"마수는 야생동물과 다르게 몸속에 마석이 있어. 마석을 챙기는 것도 모험가의 일이지. 그리고 가장 알기 쉬운 차이로, 마수는 경험치, EXP를 줘. 람 씨, 스테이터스 카드를 한번 봐봐."

나는 스테이터스 카드[블랙]을 꺼내서 확인해 봤다. 오, 진짜네. EXP가 2/1000이 되었어! 그런데 다음 레벨이 되려면 혼 래트를 499마리나 잡아야 합니까. 갈 길이 멀구나. 그래도 경험치를 받아서 목표가 보인 것은 기쁘다.

"퀘스트는 해체까지 해야 끝나는데, 이 자리에서 할까? 환금소에서 해체해도 되니까 그쪽에서 할까?"

『환금소에서 하지.』

아니, 그게. 갑자기 해체하라고 하면…… 무섭잖아.

"그럼 기왕에 왔으니까, 몇 마리 더 잡고 갈까?"

물론이지. 경험치를 벌고 싶습니다.

"아, 맞다. 해체 말인데. '사냥꾼' 스킬 중에 [해체]라고 딱 맞는 스킬이 있어. 이 스킬이 있으면 해체 작업에 보정을 받아서 편하게 해체할 수 있지. 소재도 상하지 않으니까 추천하는 스킬이야."

오호, 편리한 게 다 있구나.

그리고 혼 래트를 네 마리 잡고 무사히 귀환했다. 음, 다음은 해체 작업인가. 징그러울 것 같네. 너무 징그럽지 않으면 좋겠는걸. 그로테스크한 것에 익숙한 것도 아니고, 무섭다. 하지만 뭐든 익숙해져야 하니까…… 끙.

숲을 나와서 마을로 돌아왔다. 목적지는 당연히 모험가 길드다. 그리고 모험가 길드에 가면 당연히 꼬마 아가씨가 기다리고 있다.

"벌레, 혼 래트 잡았어?"

『그래, 잡았어. 얼른 확인해 줘.』

나는 가죽 배낭에서 혼 래트를 꺼내 카운터에 두었다. 피는 이미 굳어서 흐르지 않는다. 꼬마 아가씨가 지난번처럼 손을 올린다. 손바닥에서 금속 카드가 보인다.

"해체 안 했어. 환금소에서 해."

아, 그래야지.

"가져가."

꼬마 아가씨는 카운터에서 완료 카드를 꺼냈다. 완료 전이라도 주는구나.

"이제는 해체만 하면 끝이야. 처음에는 고생 좀 할걸? 힘내 보라고. 내일 또 보자."

그렇게 말하고 우라 씨는 길드를 나섰다. 오늘도 고마웠습니다.

나는 카운터에 있는 혼 래트를 가죽 배낭에 도로 넣고, 완료 카드를 챙겨서 환금소에 갔다.

『완료 카드를 가져왔어. 받아 줘.』

접수처 담당 누나에게 완료 카드를 준다.

"아, 혼 래트 사냥 퀘스트를 받았나요? 참 오랜만이네요. 해체 하실 거죠? 이리 오세요."

안쪽 작업장, 해체장일까? 그곳으로 안내받았다.

"곤잘레스 씨, 해체 확인 좀 부탁해요."

접수처 누나는 안에서 해체 작업을 하던 곤잘레스 씨를 불렀다. 나타난 인물은 뜻밖에도 젊은 삼인족이었다.

"안녕하세요. 곤잘레스 스칼렛 스이로우입니다. 편하게 곤잘레스라고 불러."

곤잘레스 씨는 나를 보고 "앗!" 소리를 질렀다.

"요새 한창 뜨는 성수님이다!"

오, 나도 모르게 유명해졌나? 뭐, 모험가가 되려는 특이한 몬스터는 없겠지.

『안녕. 난 빙람의 주인이라고 해. 잘 부탁한다.』

"나야말로! 그나저나 해체하러 왔어?"

곤잘레스 씨의 말을 듣고 나는 테이블 위에 죽은 혼 래트 다섯 마리를 내려놨다. 자, 지금부터가 중요하다.

"이미 늦었지만, 원래는 잡은 직후에 피를 빼고 마석을 떼는 게 좋아."

『이유가 뭔데?』

"피를 빼는 이유는, 피를 오래 두면 단순히 고기 맛이 나쁘니까. 식용으로 쓸 게 아니면 굳이 피를 뺄 필요는 없지만. 그리고 마석을 떼는 이유 말인데, 마석이 상하지 않아야 하니까. 혼 래트 정도라면 상관없지만, 애써 잡은 마수의 마석 가치가 떨어지면 진짜 아깝지."

아하.

"먼저 마석을 떼 봅시다. 보통은 어떤 마수든 심장 근처에 마석이 있는데, 그런고로 배를 갈라 볼까요."

으, 드디어 시작하는 건가. 나는 마법의 실로 죽은 혼 래트를 고정하고, 모험가 길드에서 받은 나이프를 그 가슴에 댔다. 그대로 나이프를 배에 쑥 넣고 심장이 보이도록 가른다. 심장 언저리에 작고 검은 돌 같은 게 보였다.

"보이지? 그게 마석이야. 기본적으로 강한 마수일수록 마석이 크지. 그리고 마석은 여러모로 용도가 많아서 수요가 줄어들 일이 없어."

마석을 연료로 삼거나 하는 걸까. 그건 대충 알 것 같다. 나는 작고 짧은 손을 쑤셔 넣어서 찐득찐득한 살 속에서 마석을 꺼냈다.

『그런데 이 마석의 가치는 얼마나 하지?』

"솔직히 말해서, 혼 래트 정도면 가치가 없다시피 해. 좋아야 160엔, 보통이면 120엔쯤 할까."

푼돈이 15~20개 정도인가…… 솔직히 말해서 푼돈만 늘어나면 별로 기쁘지 않다. 동전을 많이 모으는 취미가 있는 사람은 좋아할지도 모르지만.

"자, 이제 최소한의 처리는 끝나고…… 다음이 진짜 해체야."

으악. 좀 어렵네.

"우선 가른 배에서 내장을 전부 꺼내자. 꺼낸 내장은 이 상자에 넣으면 돼. 밖에서 해체할 때는 그냥 방치해도 좋고."

시키는 대로 내장을 긁어낸다. 으으, 그로테스크. 현대인에게는 끔찍한 작업입니다. 그나저나 내장을 먹는 문화는 없나 보네.

"다음에는 뿔을 떼고, 가죽을 벗기고, 살코기를 분리하는 작업이야."

뿔은 딱 부러졌다. 뼈 같은 느낌인데. 가죽은 잘 벗겨지지 않아서 고전했다. 엉성하지만 겨우겨우 가죽을 다 벗기고 살을 썰어 나간다.

"자, 그러면 다 됐어. 어때? 피곤하지? 환전소에 해체를 맡기는 모험가도 많지만, 모험 도중에 해체할 줄 몰라서 못 했다고 넘어갈 수는 없으니까. 한 번쯤은 해체를 경험하게 하고 있어."

나는 겨우 첫 번째 해체를 끝마친 것 같다. 생명에 감사!

『이걸, 나머지 네 마리도 해야 하나?』

"물론이지."

곤잘레스 씨는 씩 웃었다. 우읍. 이럴 줄 알았으면 추가로 네 마리나 잡지 말 것을 그랬다.

"그나저나 뜻밖인걸. 마수인 람 씨라면 아무렇지도 않게 할 줄 알았는데. 떨리는 게 눈에 확 보여."

그야 난 현대인인걸. 그래도 어떻게든 시간을 들여 나머지 네 마리도 해체를 마쳤다.

『끄, 끝났다…….』

"자, 수고했어. 이걸로 퀘스트도 끝났어. 아, 맞다. 괜찮으면 그 배낭에 클린 마법을 써 줄까? 다음부터는 한 번에 640엔을 받을 거지만, 이번에는 서비스로 해 줄게."

오, 꼭 좀 부탁하고 싶다. 클린 마법은 아마 그거겠지? 뉘앙스로도 딱 그거겠지? 나는 곤잘레스 씨에게 가죽 배낭을 내밀었다.

──클린──

마법이 발동했다. 배낭에서 때가 싹 지워진다. 눌어붙은 핏자국도 말끔해졌습니다. 와, 이건 꼭 배우고 싶은 마법인걸. 매번 동화 하나씩 주면 아깝잖아.

퀘스트 보상 : 640엔

혼 래트 고기 : 5개 × 320엔 = 1,600엔

혼 래트 뿔 : 5개 × 120엔 = 600엔

혼 래트 마석 : 5개 × 120엔 : 600엔

클린 요금 : 공짜

합계 : 3,440엔

동화 5개와 푼돈 30개입니다. 원래 있던 푼돈과 합쳐서 동화 1개로 바꿨습니다. 고기 매입가가 반밖에 안 되는 것은 피를 안 빼서 그런 듯하다. 산토끼는 우라 씨가 해 주었으니까, 우라 씨도 알면서 안 해 준 것 같다. 공부하란 거겠지. 싸지만 뿔도 매입해 줘서 다행이다. 그나저나 뼈 같은 뿔을 어디에 쓰는 걸까? 어쨌든 어제 채집보다 보상이 적군. 이런데 모험가로 먹고살 수 있나 싶다. 뭐, 아직 초급 퀘스트니까. 원래 이런 거겠지. 이참에 이것도 팔자.

나는 카운터에 돌아가 접수처 누나에게 '수제 가방(S)'를 팔 수 없는지 물어봤다.

"이건 귀한 가방이네요. 잠시 기다려 주세요."

안에 있던 '세계수의 잎 조각' 등은 가죽 배낭으로 옮겼다. 깨끗해져서 넣어도 괜찮다.

결국, '수제 가방(S)'는 2만 480엔, 은화 4개가 되었다. 이러면 가방 장인으로 먹고살 수 있지 않을까 싶었지만, 하나를 만드는 데 들어간 시간을 생각하면 은화 4개로는 부족하단 말이지. 뭐, 그래도 팔겠지만.

환금소를 나와서 여관으로 돌아가는 길에 노점에서 커다란 어깨가방을 샀다. 은화 1개를 썼습니다. 하지만 안에는 작은 주머니가 여러 개 있어서 물건을 여러 가지 넣을 수 있으니까 편리하다. 옷 가게에도 들러서 예비 조끼와 가운을 받았다. 이건 여관에 맡길 수 없을까?

그런고로 여관으로 돌아왔다. 주인아주머니가 있어서 옷을 맡길 수 없는지 물어봤다.

"그렇군. 그런 거라면 장기 투숙자에게 서비스로 해 주고 있어. 방에다 옷을 거는 걸로 끝이지만."

『그럼 부탁하고 싶은데. 요금은 얼마나 해?』

"아까도 말했지만, 장기 투숙자에게 서비스로 해 주는 거니까 돈은 됐어."

주인아주머니가 손사래를 치고 말했다.

"나중에 방에 가지러 갈게."

다행이다. 뭐든지 말해 볼 일이다.

『그때 식사도 같이 가져다줄 수 있을까?』

"그래. 같이 가져갈게."

그대로 방으로 돌아갔다. 자, 새로 산 어깨가방과 배낭을 정리해 볼까. 배낭에서 '세계수의 잎 조각'과 잔돈을 옮긴다. 그리고 그때 문을 두드리는 소리가 들려왔다.

"식사와 옷걸이를 가져왔어."

아, 주인아주머니인가. 나는 마법의 실로 문을 열었다.

"자, 저녁밥이야."

식사를 받았다. 오늘은 '잘 모르는 고기가 들어간 수프'와 점심에도 먹은 '말랑말랑한 빵 같은 것'이다.

"옷걸이는 어디 두게?"

『문 옆에 적당히 놔줘. 그리고 묻고 싶은 게 있는데, 이 수프에 있는 고기는 무슨 고기야?』

이게 궁금했단 말이지. 무슨 고기일까 싶어서 감정해 봐도 '수프'라고만 뜨니까.

"아, 그건 혼 래트 고기야. 혼 래트 고기 같지 않게 맛있지? 혼래트 고기는 딱딱해서 그런지 싸도 사람들이 잘 안 찾더라고. 뭐, 그걸 맛있게 만드는 것이 프로가 할 일이지."

아, 쥐 고기였나……. 뒷북이지만 위생 면으로 무서운걸. 식중독 걸리지 않기를!

"그러고 보니 너는 목욕물을 안 쓰던데. 그래도 괜찮아?"

아, 그러고 보니 식사와 함께 요금에 목욕물이 포함된다고 했었지.

『흠. 이 몸은 닦을 필요가 없으니까.』

"그랬구나. 그렇다면 기왕에 옷도 샀으니까, 옷을 빨 때 쓰는 게 어때?"

하긴. 옷은 더러워지니까 그런 식으로 쓸 수 있다면 좋겠군.

『알았어. 빨래할 일이 생기면 부탁할게.』

주인아주머니는 인사하고 아래로 내려갔다.

자, 숲에 사는 쥐로 만든 수프와 말랑말랑한 빵을 먹어 볼까. 응. 맛은 변함이 없다. 식사 종류가 정말 적단 말이지. 음식점이 아니라 여관이니까 말이지. 아차. 주인아주머니에게 다른 서비스는 뭐가 있는지 물어볼 것을 그랬다. 끙. 여러모로 손해를 보는 것 같다. 뭐, 당장은 딱히 곤란한 일도 없고 그러니…… 아무렴 어때.

 기상. 오늘도 날씨가 좋습니다. 그나저나 무슨 계절인지 모르는데, 비가 내리는 것을 본 적이 없다. 안 내리는 일은 없겠지만.
 아직 점심을 먹기는 이른 시간이지만, 식사를 받아서 먹기로 했다. 닭고기 같은 맛이 나는 하얀 고기를 꼬치로 해서 구운 것과 첫날에 먹어 본 퍽퍽한 빵, 어제 저녁때와 똑같은 쥐 고기 수프다. 꼬치는 정말로 맛있었다. 이거면 매일 먹어도 좋을 것 같아. 굳이 욕심을 부리자면 닭꼬치 소스가 절실하다. 정말로 절실하다.
 정오 전에 모험가 길드에 도착. 그리고 우라 씨가 이미 있다.
 『안녕하세요, 우라 씨.』
 "어, 안녕."
 정말 일찍 오시네. 이상한데.
 『매번 일찍 오는 거 같은데.』
 "그건…… 뭐, 습관일지도 모르겠는걸. 퀘스트 공지는 아침에 하거든. 인기 퀘스트는 경쟁이 심하니까, 일찍 나오는 습관이 생겼나 보지."
 어? 그래? 그럼 정오에 오는 나는 뭐야? 그래서 퀘스트 카드가 별로 없는 거야? 상설 퀘스트밖에 안 남는 것 같으니까. 끙. 다음에는 아침 일찍 나오자. 어쨌든, 길드에 들어가야지.
 "오, 성수님 아닌가. 아직 살아 있었냐. 퀘스트?"
 안대 아저씨가 있었다. 꼬마 아가씨도 짜증이 나지만, 이 아저씨는 그보다 만 배는 짜증이 나네. 아직 안 죽었거든요? 나는 퀘스트 카드를 챙겨서 안대 아저씨에게 내밀었다.

"오, 숲 고블린 퇴치 퀘스트인가? 뭐, 그래도 너라면 쉽겠지."

응? 나는 안 된다거나, 나는 죽을 거라거나 할 줄 알았는데 뜻밖인걸.

『음?』

"그야 자이언트 크롤러가 고블린보다 랭크가 높으니까. 랭크가 높은 성수님이 랭크가 낮은 마수에게 지면 말도 안 되지."

어, 그래? 자이언트 크롤러는 그렇게 센가? 뭐, 나는 열등종이지만.

"그래도 자이언트 크롤러는 포레스트 자이언트의 밥이지. 숲을 돌아다니다가 잡아먹히면 끝장이야."

헉. 밥이라고?

"뭐야, 네 일인데도 몰라? 자이언트 크롤러에서 '자이언트'는 포레스트 자이언트의 밥이라는 뜻에서 붙은 거라고."

으에. 진짜? 크기 때문에 '자이언트'는…… 아닌가. 이름의 유래가 참 지독하다. 하지만 나는 디아크롤러거든? 자이언트 크롤러 아니거든?

"워워. 람 씨, 아저씨, 진정해. 람 씨, 바로 숲 고블린을 퇴치하러 가자고."

G랭크

상설 퀘스트 (토벌)

숲 고블린 한 마리 퇴치

스이로우 마을 부근에서 서식하는 숲 고블린을 퇴치한다.

퀘스트 보증금 : 없음

보상 : 640엔

획득 GP : 1

두 마리를 퇴치해도 추가 보상은 없습니다.

두 마리 이상 퇴치할 예정이 있을 때는 별도로 무리 토벌 퀘스트를 받아 주세요.

1일 1회 한정.

음. 몇 마리를 잡아도 보상은 똑같나. 여럿을 토벌할 때는 다른 퀘스트가 있구나.

『혹시나 해서 묻는데, 여러 마리를 잡고 나서 퀘스트를 새로 받을 수 있어?』

"아, 그건 안 되지. 토벌 퀘스트만큼은 처음부터 받아야 해. 채집이나 납품 퀘스트라면 그럴 수도 있지만. 퀘스트를 안 받고 거물을 잡았을 때는 그 마수의 소재와 마석만 보상인 거지."

우라 씨가 대답해 줬다. 납품은 소재가 있으면 받은 자리에서 완료할 수 있다는 뜻인가. 온갖 토벌 퀘스트를 다 받고서 한꺼번에 완료하는 방법도 있겠지만, 위쪽 랭크의 카드를 보니 기한이 있다. 앞으로는 기한에 맞춰 끝낼 수 있는 것들을 몰아서 처리하는 게 좋겠다. 뭐, 무리하지는 말자. 자, 오늘도 마을 밖 숲으로 출발.

"오늘은 마지막 초보 교육 날이야. 그러니까 이번엔 숲 고블린이 많이 사는 소미궁에 가겠어."

마을 밖에 나온 참에 우라 씨가 내게 말을 걸었다. 소미궁? 그
나저나 고블린이 많이 산다고 했습니까!

『많이 토벌할 예정이라면 무리 토벌 퀘스트를 받는 게 더 좋지
않아?』

"그렇긴 한데. 이번에는 초보 교육의 일환이니까, 첫 3개 퀘스
트를 완수해야지."

뭐, 그런 건 알아서 하라 이건가. 아, 맞다.

『우라 씨, 괜찮으면 마법에 관해서 물어봐도 될까?』

마지막이니까, 마법에 관해서 최대한 물어보자.

"마, 마법……? 마법은 쥐약이라 자세히는 모르는데. 아, 맞
다. 길드의 소피아가 마법을 잘 알아. 정보료는 받겠지만."

아하. 다음에 보면 물어보자.

"조금만 더 가면 소미궁이 나오니까, 그 전에 파티 설명을 하
지. 조금 길지만 기분 전환으로는 딱 좋을 거야."

파티? 그건가. 스테이터스 카드 뒷면에 4→8 갱신 이력이 있
었던 그거.

응?

【우라가 파티 신청을 했습니다. 파티에 들어갑니까? Y/N】

오오, 오른쪽 위에 시스템 메시지가 떴다. 물론 Yes.

【파티에 가입했습니다!】

오, 뭔가 괜히 애쓰는 가입 메시지가 뜨는걸……

"자, 가입했군. 지금 내 주위에 아지랑이 같은 게 보여?"

응? 그러고 보니 왠지 우라 씨 주위에 수증기 같은 것이 일렁이고 있다.

"파티에 가입하면 파티 구성원의 상태를 볼 수 있어. 이 오라는 그 사람의 상태를 나타내지. 위험한 상태라면 사그라질 것처럼 보이고, 멀리 떨어져 있어도 오라로 대략적인 위치를 알 수 있어."

아하. 은근히 게임 같네.

"그리고 파티일 때만 유효한 마법이나 아이템도 있지. 파티에는 장점도 많지만, 단점도 있어."

단점?

"경험치가 인원에 맞춰 쪼개져. 종족, 레벨 차이에 따라서 들어오는 경험치가 확 줄어들 때도 있지. 그래도 최소 1은 받지만. 가장 심각한 것은 마정석 포인트, MSP가 인원수로 나뉘는 거야."

『MSP?』

응? 새로운 단어를 들었는데.

"마정석 포인트는 나중에 설명할게."

흠.

"MSP는 숲 고블린쯤 되는 마수부터 잡으면 얻을 수 있는데, 숲 고블린이라면 MSP가 1밖에 안 돼. 만약 두 명이 넘는 파티라면 0이 되지. 즉, 숲 고블린 수준이라면 혼자서 잡아야 MSP를 얻을 수 있다는 거야. 4인 파티로 MSP를 1씩 받으려고 한다면 MSP가 최소 4인 마수를 잡아야 하지."

소수점은 버리는 건가.

"다만 획득하지 못한 MSP는 그만큼 파티 구성원 전원에게 길드 포인트, GP로 분배되니까, 그걸 노리는 모험가도 있지."

아하. 완전히 버리는 건 아닌가 보군. 그런데 MSP가 뭐야?

【우라가 파티를 해산했습니다.】

아, 파티 설명만 하는 건가.

"퀘스트를 받은 다음에는 파티에 들어가지 않는 게 좋아. 나중에 가입한 사람은 보상을 못 받으니까. 파티를 먼저 만들고 나서 퀘스트를 받는 게 기본이야."

흠흠. 아마도 이 정보는 모험가의 상식이겠지. 모르면 망신살이 뻗쳤을까.

"람 씨는 아직 클래스가 없겠지만, 나중을 위해서라도 MSP 설명을 해 두지."

오, 드디어 MSP 설명인가.

"마수를 잡으면 MSP가 쌓여. 얼마나 쌓였는지는 스테이터스 카드를 보면 알아. 클래스를 가지면 클래스마다 스킬 네 개를 획득하는데, 그 스킬을 배우거나 레벨을 올릴 때 쓰는 것이 바로 MSP인 거지."

아! 그런 거구나. 나는 스킬 트리가 있잖아. 0이 왜 안 늘어나나 싶었는데, MSP로 올리는 거구나. 즉, 앞으로 토벌할 예정인 숲 고블린을 잡으면 MSP를 벌 수 있다는 뜻인가. 오호, 기대감이 커지는걸.

"스킬은 마수와 싸울 때 정말 중요하니까, MSP를 얻는 것도 모험가의 사명인 셈이지."

역시 스킬이……. 내 마법의 실만 봐도 알겠지만, 상식을 초월하는 힘이구나.

"사실 MSP를 얻는 방법은 하나 더 있어. 마석을 부수는 거야."

엉?

"마석은 돈도 되고 아이템 재료도 되니까 고민되지만."

『참고로 묻겠는데, 부수면 MSP가 얼마나 생기지?』

"혼자서 그냥 잡았을 때와 똑같은 양이 생겨. 앞으로 토벌할 숲 고블린은 1, 마석을 쓰면 1, 합쳐서 2를 획득할 수 있지."

2포인트를 얻는다면…… 괜찮은 건가?

"다음으로 스테이터스도 설명해 줄까. 오늘이 마지막이니까, 팍팍 설명하겠어. 중요한 이야기니까 잘 기억해 두라고."

잘 설명해 주셔서 고맙습니다.

"스테이터스 카드 내용을 위에서부터 설명해 줄게."

네, 잘 부탁합니다.

"먼저 HP, 이건 소지자의 건강 상태를 나타내. 최고가 100이지. 이게 줄어들면 생명이 위험해져."

아, 게임의 체력 게이지가 아니구나. 상태는 멀쩡합니다.

"다음으로 SP. 이 아래에 있는 MP와도 관계가 있는데, 마수의 공격을 받을 때 방패 역할을 하는 수치라고 생각하면 돼. 이수치가 있는 이상 육체가 다칠 일은 거의 없어. 줄어든 만큼 MP로 보충하고."

그랬구나. 내 몸을 지켜주는 방어막이 SP란 거지? MP가 많을

수록 방어가 튼튼해지는 걸까?

"MP로 SP를 보충한다고 했지만, 주의할 점이 있어. SP에는 한도가 있다는 거야. SP 한도가 낮고 MP가 많은 사람은 약한 공격에 강하지만, 강력한 공격을 맞으면 단번에 SP를 초과한 공격으로 치명상을 입을 수 있지. 반대로 SP 한도가 높고 MP가 적은 사람은 SP가 다 떨어진 순간 끝장인 거야. 그러니 SP와 MP가 다 많은 것이 이상적이지. 뭐, 말은 쉽지만."

『SP와 MP는 어떻게 늘리는 거지?』

"보통은 늘어나지 않아."

어? 저기요. 그게 말이 돼요?

"클래스에 보정에 따라 늘어나거나 줄어들곤 해. 그리고 종족 레벨이 올라가면 늘어날 때가 있다는 모양이야. 나는 안 늘어났지만."

끙. 나는 많은 편일까, 적은 편일까? 성수라고 하니까, 많은 편이라고 생각하자.

"다음은 MP. 마법을 쓸 때 소비해. 그리고 스킬 일부에도 사용된다고 하지. 큰 마법을 쓰고 싶은데 최대 MP가 적어서 꿈을 접었다는 사람도 있다나 봐."

이것도 늘어나지 않는 수치의 폐해인가.

"MP가 줄어들면 정신적으로 불안정해지고, 마지막에는 기절해. MP를 소진하는 것도 중요하지."

『MP 회복 수단은 없어?』

【[정신 소통] 스킬이 개화했습니다.】

【[정신 소통] 스킬을 취득하면서, 사용 빈도를 숙련도에 반영합니다.】

나는 대화 중에 갑자기 나타난 시스템 메시지를 보고 놀랐다. 그리고 허둥지둥 스테이터스 카드를 봤다.

"MP를 회복하는 수단……? 람 씨, 왜 그래?"

스테이터스 카드의 보유 스킬 항목에 [정신 소통] 스킬이 추가됐다.

정신 소통(숙련도1994)

이, 이게 무슨 일이래!

『아무 일도 아니야. 잠시 스테이터스 카드를 확인했어.』

좌우지간 갑자기 스테이터스 카드를 꺼낸 일을 변명했다. 응? MP가 줄어들었는데. 왜 그러지?

『다시 물어보겠는데, MP를 회복할 방법을 가르쳐 줘.』

음. 진짜로 MP가 줄었다. 어, 설마 [정신 소통] 스킬 때문에?

"MP는 휴식을 취할 때, 잘 때 회복한다는 것 같은데. 그리고 마나 포션을 마시면 회복해."

역시 MP 포션이 있었구나. 그나저나 [정신 소통] 스킬의 MP 소비를 확인해 보자.

『흠. MP를 회복하는 음료가 있나. 가격은 얼마나 해?』

응? [정신 소통]에 MP가 소비되는 간격이 아까보다 길어진 것 같다. 숙련도를 확인해 보니 2000이 넘어가 있었다.

"조금만 회복해 주는 것은 가격도 싸지만, 많이 회복해 주는 건 비싸지."

좋아. 이번에는 정확한 시간을 재면서 소비되는 양을 보자.

『그랬군. 조금만 회복하는 것은 싸다 이건가. 회복하는 양과 가격이 얼마나 다른지 정확하게 가르쳐 줄 수 있어?』

대체로 2초에 MP 1을 소비하나……. 아, 어쩌면 숙련도가 1000을 넘길 때마다 간격이 1초씩 늘어나는 건가? 3000이 되면 다시 확인해 보자. 그때 3초 간격으로 1초를 쓰면 확정이군.

"라이트 마나 포션이 MP 4를 회복하고 2만 480엔 정도야."

어? 뭐? 고작 4를 회복하는데 은화 4개……라고? 안 싸잖아. 안 싸다고.

"24 정도 회복하는 것은 65만 5,360엔 정도 한다고 들었어."

엄청나게 비싸잖아. 처음 보는 금액이라고. 소금화 16개?! 하지만 이게 회복하는 양이 많은 거라면, 어쩌면 일반인의 최대 MP는 100 정도인가? 그렇다면 내가 1620이니까 대단한 거 아니야? 치트 시작인가?

"뭐, 마법사가 되려는 사람이 아니라면 별로 상관없는 물건이지만."

마법사가 되면 파산하겠네. 그나저나 [정신 소통]을 스킬로 획득하자마자 MP를 소비하기 시작하다니. 거참. 반대로 불편한 감이 들지만, 이걸 어쩔 거야. 망할.

"람 씨, 보여?"

숲속, 우라 씨가 손으로 가리킨 곳은 조금 봉긋 솟은 경사면이 있는데, 그곳에 사람 한 명이 드나들 만한 굴이 보였다.

"저게 숲 고블린이 사는 소미궁 '숲 고블린 소굴'이야."

문지기는 없다. 여기서 보면 어둠이 깔려서 동굴 내부가 안 보인다.

『숲 고블린은 안 보이는데?』

"며칠 전에 토벌된 참이니까, 숫자가 별로 없을걸."

응? 토벌 끝났어?

"신기하게도, 한 번 토벌하고 나서도 며칠 지나면 또 숲 고블린이 정착한단 말이지. 아무리 잡아도 불어나는 숲 고블린의 번식력은 진짜 끔찍해."

뭐, 그렇게 빨리 불어나면 정말 무섭겠지. 판타지 세계의 고블린처럼 이 세계에서도 (토벌당할 정도니까) 인간에게 해를 끼치는 존재일 테니까.

『안은 어두워 보이네? 불을 밝힐 것은 안 가져왔는데.』

동굴 탐색에는 조명이 필수지. 이 몸으로는 손에 들기 어려우니까, 목에 걸거나 허리춤에 차는 랜턴이 있으면 하는데.

"그렇지. 그래서 오늘은 내가 준비했어."

우라 씨가 랜턴을 꺼내는데…… 어? 지금 어디서 꺼냈지? 허리춤 양쪽에 찬 도끼 뒤에 작은 가방이 있는데, 저게 마법 손가방인가? 어쩐지 숙련 모험가답지 않게 짐이 적더라. 마법 손가방…… 새삼스럽지만 진짜 치트 같다. 이세계 만만세네.

"내가 불을 챙길게. 이 랜턴은 마법이 걸려 있어서 밝히는 범위가 넓거든. 하지만 그만큼 눈에 띄기 쉬우니까 소미궁에 들어가면 바로 싸워야 한다고 생각해 둬."

흐, 흠. 전투라. 긴장되는걸.

우라 씨를 뒤에 두고 동굴…… 아니지, 소미궁인가. 여하튼 그곳에 발을 들였다. 어둑어둑하고 울퉁불퉁한 바위굴을 걸어 나간다. 얼마간 이동하자 길이 꺾이는 곳에 사람 그림자가 보였다.

"람 씨."

우라 씨가 조용히 나를 불렀다. 나도 안다고 고개를 끄덕였다. 창을 들고, 작은 그림자가 이쪽으로 오기를 기다린다.

"끼끼, 인간? 아니다. 벌레?"

나타난 숲 고블린은 우리를 보고, 놀랐다. 숲 고블린의 말이 자막으로 뜬다는 건…… 말할 정도로 지능이 있나.

──실 분사──

나는 마법의 실로 숲 고블린을 꽁꽁 묶어 움직임을 봉쇄했다. 그대로 창으로 찌르자 숲 고블린이 비명을 질렀다. 숲 고블린의 SP가 방해하는지 상처가 생기지 않는다. 그대로 몇 번이고 창을 찌른다. 팔을 부러뜨리고, 다리를 분지르고, 심장을 꿰뚫고…… 마침내 숲 고블린이 멈췄다. 그래도 나는 계속해서 찔렀다. 정신없이 창을 내질렀다. 그러다 보니 어느새 귀에 거슬리는 비명이 그쳤다.

다시 숲 고블린을 봤다. 뿔이 난 대머리, 더러운 무언가의 가죽을 걸치고, 하반신만 겨우 가린 몸. 신장이 1미터쯤 되는 작은 악귀. 그 몸은 벌집이 되어서 여기저기서 피가 뚝뚝 떨어진다. 우리를 보고 놀란 표정으로 죽었다.

그래. 내가 죽였다. 생물을 죽이는 것과는 인연이 없는 세계에서 온 내가……. 아, 머릿속이 복잡하다.

"람 씨, 아까 비명을 듣고 동족들이 올지도 몰라. 마석을 챙기려면 빨리 해!"

그, 그렇지. 이런 세계니까 빨리 익숙해져야 한다. 얼른 마석을 꺼내야……. 허겁지겁 어깨가방에서 나이프를 꺼내 숲 고블린의 가슴을 가르고 안에서 마석을 꺼냈다. 혼 래트보다 조금 큰 마석. 곧바로 배낭에 넣었다.

『숲 고블린은 뭔가 소재를 챙길 수 있어?』

나는 마음속 동요를 숨기고, 태연한 척하며 물었다.

"딱히 소재는 없는데. 굳이 말하자면 무기 정도? 철이나 동으로 된 무기가 있으면 녹여서 팔 수 있어."

그, 그렇구나. 나는 아까 죽인 고블린을 다시 봤다. 무기는 없다. 없지만…… 어쩌면 싸울 뜻이 없었던 걸까? 대화하면 친해질 가능성이 있지 않았을까? 안 돼. 자꾸 부정적인 생각만 든다.

"람 씨, 가자."

그대로 소미궁 '숲 고블린 소굴'을 이동했다.

다음에는 숲 고블린 셋이 나타났다.

"람 씨, 할 수 있겠어?"

나는 끄덕였다. 솔직히 하나 정도는 분담해 줬으면 싶지만, 이 수준에서 허덕인다면 앞으로 살아갈 수 없을 테니까. 녹슨 동검을 든 숲 고블린이 하나, 나머지 둘은 맨손이다.

"무기를 가진 고블린을 조심해."

──실 분사──

동검을 든 숲 고블린을 마법의 실로 묶었다. 자, 그사이 나머지 둘을 해치우자. 가까운 숲 고블린이 맨손으로 덤벼든다. 그것을 창으로 쳐낸다. 그대로 찌르기…… 헉, 뒤에 있던 숲 고블린이 돌을 던졌다. 투석 때문에 공격 기회를 놓쳤다.

"끼끼끼."

끼끼끼는 무슨. 알아들을 말을 하라고. 내가 공격하려고 해도 투석에 방해받고, 앞에 있는 고블린이 마구잡이로 돌진했다. 제기랄. 투석 때문에 공격할 수 없어. 방어에만 전념하고 만다. 하는 수 없지. 내가 전력을 다할 때가 왔군. 필살, 아파도 꾹 참고 덤비기 작전이 나설 때다. 투석을 무시하고, 내가 맞든 말든 아랑곳하지 않고 앞에 있는 숲 고블린을 창으로 찔렀다. 무술을 배운 적이 없는 내가 힘에만 의존해 날린 일격. 제대로 먹혔다! 창을 빼고 그대로 뒤에 있는 숲 고블린에게 간다. 투석을 멈추고 도망치려고 등을 보였을 때 찌르기. 투석 고블린의 움직임이 느려진다. 그대로 계속해서 찔렀다. 다음으로는 마법의 실로 묶은 동검 고블린을 찔렀다. 동검 고블린도 죽었다. 처음 위치로 돌아가 확인해 보니 맨손으로 덤볐던 고블린도 이미 죽어 있었다. 일격에 끝났나.

"어떻게든 됐나."

스테이터스 카드를 확인해 보니 SP가 100 정도 감소한 상태였다. 거참, 많이 줄었잖아. 무서워라. 줄어든 SP가 천천히 MP에서 보충되기 시작했다. 이건 뭔가 비슷한 걸 본 듯한데.

숲 고블린 세 마리의 마석을 회복했다.

"녹슨 동검도 확보해. 조금은 돈이 되니까."

녹슨 동검을 가죽 배낭에 넣었다. 휴…….

"숲 고블린은 사람을 보면 덤벼들지. 농사를 지은 작물을 망치고, 사람을 납치해. 대화는 성립하지 않고, 끝없이 불어나니까 해로운 존재야. 보이면 닥치는 대로 죽일 수밖에 없어."

우라 씨가 한 말이다. 숲 고블린은 바퀴벌레 취급이군요. 그렇게 우라 씨와 대화하면서 걷다 보니 길 중간에 문이 보였다.

"보물 창고일지도 몰라. 이 규모로 보면 내용물은 별로 기대할 수 없겠지만……."

보물 창고 소리를 들으면 기대하지 말라고 해도 가슴이 뛰는 법입니다. 자, 바로 들어가 보자. 안에서는 나무 상자와 녹슨 동검, 은화가 조금 있었다.

"숲 고블린이 모은 물건인가 보네."

『나무 상자가 있는걸.』

우라 씨가 갑자기 설명하기 시작했다.

"내가 신출내기였던 시절에 비슷한 보물 창고에서 나무 상자를 찾았거든. 신나서 상자를 열었더니…… 안에 썩은 고기 같은 게 있더라고. 아마도 숲 고블린이 자기들 식량을 넣은 것 같은데, 그 냄새가 코를 찔러서 며칠 동안 아무 맛도 못 느꼈지."

저기요, 그걸 열기 전에 말하는 겁니까. 뭐, 그래도 열 거지만. 안에는 녹색 망토가 있었다. 감정해 보자.

【목성의 망토】
【나무의 마력이 깃든 망토. 은밀성이 뛰어나고, 작은 힐링 효과가 있다.】

오, 매직 아이템? 더군다나 꽤 좋아 보이는걸.

"람 씨, 땡잡았어. 그건 꽤 좋은 물건이야. 솔직히 숲 고블린 소굴에서 나온 게 신기한걸."

아이고 좋아라. 운수가 좋을 것 같다. 바로 목성의 망토를 걸치자. 아, 이러면 가운이 필요 없는데. 뭔가 차림새가 이상해졌다. 그렇게 방 탐색을 마치고 더 깊숙이 들어간다.

미궁에서 가장 깊은 곳. 그곳에 20마리쯤 되는 숲 고블린과 덩치가 더 크고 철검을 든 숲 고블린이 있었다. 지팡이를 들고 이상한 가면을 쓴 숲 고블린도 보인다.

"홉 고블린? 숲 고블린보다 위험한 상대야! 게다가 마법을 쓰는 고블린 샤먼까지! 이게 어떻게 된 일이지? 이 미궁에 대체 무슨 일이!"

잠깐만. 이렇게 많으면 상대할 수 없어. 숲 고블린 20마리에 더 강한 녀석과 마법을 쓰는 녀석까지 있으면 무리라고.

"끼끼끼, 누구냐?"

가면 쓴 숲 고블린이 말했다.

"람 씨, 숲 고블린은 내가 다 맡으마. 고블린 샤먼과 홉 고블린을 상대해서 시간을 끌어 줘."

그렇게 말하자마자 우라 씨가 두 손에 도끼를 하나씩 들고 뛰어나갔다. 엉? 내가 20마리를 못 상대하니까 그렇게 분담한 거 같은데, 내가 보스를 맡는 거야? 끙. 힘내 보자.

"끼끼끼, 마오의 별이 태어난다는 예언을 들어서 와 봤더니, 끼끼끼, 인간이!"

뭐라고? 마오? 예언? 고블린도 예언을 믿어? 젠장. 좌우지간 이것들을 어떻게든 해야 한다. 나는 홉 고블린과 고블린 샤먼에게 뛰어갔다. 우라 씨를 힐끗 보니…… 아주 날아다니고 있었다. 도끼로 베고, 쪼개고 하면서 뛰고 있다. 무, 무서워라.

마법의 실을 써서 숲 고블린 집단을 뛰어넘는다. 그대로 홉 고블린 앞으로 이동하고.

"끼끼. 뭐지? 벌레?"

마법의 실을 뿜어 홉 고블린의 움직임을 봉쇄했다. 이어서 고블린 샤먼에게 간다. 그러나 실은 홉 고블린의 철검에 끊겼다. 뭐, 뭐라고?

"끼끼, 쿄쿄, 나무의 힘이여……."

고블린 샤먼이 뭔가 주문을 외우기 시작한다. 큭, 이걸 어쩐다? 고민할 시간은 없다. 우선 고블린 샤먼을 막기로 했다.

──[실 분사]──.

고블린 샤먼에게 실을 뿜는다. 주문에 집중하던 고블린 샤먼은 저항하지 못하고 실에 묶여 구속당했다. 좋았어. 주문을 방해했다. 그때 방심한 것이 실수였다. 어느새 홉 고블린의 검이 내 눈앞에 닥쳐왔다. 주, 죽는다!

팔에 홉 고블린의 철검이 박힌다. 아파, 아파. 타는 것처럼 아프다. 나는 정신없이 창을 휘둘러서 내질렀다.

【[스파이럴 차지]가 개화했습니다.】

【창 계통 스킬을 취득하면서 [창 기술] 스킬이 발생합니다. 사용빈도를 숙련도에 반영합니다.】

——[스파이럴 차지]——.

창이 소리를 내고 나선을 그리며 홉 고블린을 찌른다. 홉 고블린이 장비 중이던 가죽 갑옷을 쉽게 가르고 파고들어 관통했다. 그 위력에 홉 고블린이 날아간다. 헉헉. 내가 다친 팔은 벌써 아물기 시작했다. SP가 남아 있어서 그런가? 그대로 움직이지 못하는 고블린 샤먼의 앞에 서서 찌르려고 했지만, 스킬이 발동하지 않았다.

"끼끼, 안 돼."

하는 수 없어서 나는 몇 번이고 창으로 그냥 찔렀다. 그리고 고블린 샤먼의 숨통이 끊긴 것을 확인하고 홉 고블린 앞에 갔다. 홉 고블린은 아직 살아 있었다. 검을 지팡이처럼 써서 일어나려고 한다.

——[스파이럴 차지]——.

이번에는 스킬이 발동했다. 창이 소리를 내고 나선을 그리며 홉 고블린을…… 두 번 공격하자 홉 고블린은 숨이 넘어갔다. 이, 이겼다!! 아, 맞다. 우라 씨는? 우라 씨를 찾아서 돌아보자, 20마리쯤 있던 숲 고블린은 더 찾아볼 수 없었다. 양손에 도끼를 들고 멀쩡하게 서 있는 우라 씨. 이, 이것이 숙련 모험가의 힘인가…….

휴. 한숨 돌렸다. 우라 씨도 끝났으니까 이 자리는 이제 안전하겠지. 스테이터스 카드를 보니 HP가 70, SP가 370으로 줄어 있었다. SP가 있으면 상처가 안 난다고 들었는데, 완전히 베였단 말이지. 조끼와 망토는 무사했지만, 가운이 찢어져서…… 어라? 안 찢어졌네. 무슨 일이지?

생각을 바꿔 보자. SP가 있으면 원래 상태로 돌아온다. 이게 정답일 것 같다. 장비한 것도 포함해서 말이지. 아, 맞다. 획득한 경험치와 MSP를 확인해 보자. EXP는 514, MSP는 10이 되었다. 숲 고블린의 경험치가 24, 그걸 네 마리 잡았으니까 홉 고블린과 고블린 샤먼을 잡기 전에 106. 둘이서 408인가? 숲 고블린에 비해 많은걸. MSP도 두 마리 합쳐서 6이 늘어난 셈이다. 아, MSP가 10이 되었다면 비상 스킬 트리에 있는 부유를 취득할 수 있지 않을까? 그런데 어떻게 취득하는 걸까?

적당히 스테이터스 카드의 스킬 부분을 만져 보니 올릴 수 있었다. 이러고 결정하면 되나?

【[부유] 스킬을 획득했습니다.】
【[부유] 스킬 : MP가 떨어질 때까지 몸을 띄울 수 있다.】

오, 시스템 메시지가 떴다. 어? 스킬 설명이 뜨는데, 정말 미묘한 스킬 같은……. 시험 삼아 써 볼까.

——[부유]——.

몸이 10센티미터쯤 떴다. 그리고 동시에 엄청나게 빠른 속도로 MP가 줄어들기 시작한다. 어어, 안 돼. 안 된다고. 스톱, 스톱!

내가 그러는 사이에 전투가 끝나서 우라 씨가 내게 왔다.

"괜찮아?"

네, 어찌어찌 잘됐습니다.

『너는?』

"그야 물론. 아무리 그래도 숲 고블린 따위에 밀리진 않아!"

진짜 상쾌하게 웃네. 얼굴은 산적 같은데!

"그나저나 홉 고블린과 고블린 샤먼을 해치울 줄이야…… 정말 대단한걸."

아차! '내가 해치워도 되지?' 소리를 해 보고 싶었다. 현실에서는 말할 일이 없지만 말해 보고 싶은 대사 베스트 10에 들어가는데…… 아까운걸.

"자, 마석을 뽑자고."

아, 그래야겠죠. 결국 싸우고 나면 이게 남는단 말이지. 내가 잡은 홉 고블린과 고블린 샤먼을 처리해야지. 우라 씨는 익숙하게…… 엄청나게 빠른 속도로 숲 고블린의 마석을 빼고 있다. 완전히 스피드 작업이네. 마석은 고블린 샤먼이 더 컸다. 부숴서 MSP를 얼마나 주는지 시험해 보고 싶은 유혹에 시달렸지만, 꾹 참고 배낭에 넣는다. 그리고 홉 고블린이 들었던 철검, 고블린 샤먼의 지팡이, 가면을 회수했다. 가면도 환금할 수 있다니까.

아, 이제 겨우 끝났다. 퀘스트를 완료했습니다. 막판에 예상을 벗어난 전개가 있었지만 어떻게든 잘 해결했어. G랭크 퀘스트에 어울리는 난이도였다고 말할 수 있겠네. 뭐, 이 세계에서 G랭크는 가장 낮은 랭크지만.

『우라 씨, 하나 물어봐도 될까?』

마지막이니까, 궁금한 점을 물어보자.

"뭔데?"

『우라 씨는 왜 이렇게 친절해?』

너무 친절해. 뭔가 숨은 의도가 있지 않나 의심할 레벨이야.

"하하하. 그러게. 이유를 하나 들자면, 성수님인 람 씨가 인간을 싫어하지 않았으면 해서 그럴까."

우라 씨가 웃으며 말했다.

"다른 이유는, 도끼를 좋아하게 하기 위해서야!"

엉? 첫 번째 이유보다 더 힘줘서 말하는데…….

"사실 나는 '액스 피버'라는 클랜 소속이야. 도끼를 열광적으로 사랑하는 사람들을 위한 도끼 애호가들의 클랜인데, 그 사랑을 초보 모험가들에게도 전하고 싶거든."

아…… 즉, 도끼가 얼마나 좋은지 가르쳐 주고 싶어서, 도끼가 얼마나 멋진지 보여주려고 친절을 베풀었다는 말인가. 뭐, 그런 꿍꿍이가 없지는 않았겠지. 그래도 그걸 무시해도 좋을 만큼 우라 씨는 내게 친절을 베풀어 주었다. 우라 씨가 없었더라면 이 세계에서 얼마나 고생했을지…….

『알았어. 도끼를 다룰 줄 알게 되면 도끼도 써 보지.』

받은 은혜를 생각하면 이렇게 말할 수밖에 없다.

"꼭 써 봐. 써 보면 편리하고, 강하고, 멋진 도끼의 매력에 푹 빠질 테니까!"

하하하하. 허탈한 웃음이 나올 것 같다.

"처음에는 역시 손도끼가 최고지. 다루기 편하니까."

우와, 설명하기 시작했어. 이건 길어질 거 같은데. 취향은 무서운 거야.

"람 씨, 이제부터 어쩔 거야?"

우라 씨가 한동안 도끼 사랑을 설파한 뒤 내게 물어봤다. 그러게. 미궁왕이 남긴 8대 미궁을 공략해 보고 싶지만, 그 전에 클래스를 얻어야 하고…….

『일단은 나 자신을 단련하고, 후우로우 마을에서 '궁사' 클래스를 얻을까 해. 그다음에는 8대 미궁을 공략해 보고 싶은데.』

"그렇군. 그러는 게 좋아. 후우로우 마을이라면 고양이 수레로 이틀이면 가니까……."

고양이 수레? 동화에서나 나올 법한 단어인데.

"아, 람 씨는 고양이 수레를 모르나? 고양이가 끄는 탈것인데 말이야. 숲속에서도 속도를 낼 수 있으니까 요긴하게 쓰인다고. 스이로우 마을을 나가면 바로 고양이 수레 정류소가 있어. 내가 알기로 다음에 후우로우 마을에 가는 수레는…… 딱 일주일 뒤에 있을 거야."

아, 마을 안에 있는 게 아닌가. 그나저나 일주일 뒤라. 그때까지 마을 주변에서 레벨이나 올릴까.

"그리고 만약 세계수 미궁에 도전할 거라면 종족 레벨을 최소 3으로 올리는 게 좋아. 클래스도 필수고. 아무리 세계수 미궁이 8대 미궁 중에서 가장 쉽다지만, 방심할 수는 없으니까."

흠흠. 뭐, 나는 거기서 살았지만 말이야.

"숲 고블린 소굴도 여기서 끝이야. 슬슬 나가자."

그러죠. 다음 일은 여관에 가서 생각하자. 왔던 길을 도로 짚어서 나간다. 외길에 가까운 미궁이라서 간단히 출구까지 돌아올 수 있었다. 자, 미궁 밖이다. 햇살이 눈에 부시구나.

그리고 그때 갑자기 우라 씨가 외치는 소리를 들었다.

"잠깐만!"

어? 몸에서 큰 충격을 느꼈다. 나는 미궁 밖에 나오자마자 무언가 커다란 것에 치여서 미궁 벽에 부딪혔다.

엉? 통증 때문에 숨이 막힌다. 뭐지? 무슨 일이야? 고통을 참고 흐릿한 눈으로 보니까, 미궁 밖에 사람보다 세 배는 키가 큰 거인이 서 있었다.

눈앞에 있는 것은 거인……이지? 숨을 고르고 다시 눈앞에 있는 거인을 살폈다.

손에는 커다란 곤봉…… 아니, 통나무(흡혈귀 퇴치용 최강 무기잖아.)를 들었다. 지저분한 아랫도리만 걸치고, 안색이 나쁜 얼굴에 수염이 덥수룩하게 자란 거인 아저씨다.

"그아아아아."

그 거인이 내 몸이 움츠러들 만큼 소리를 우렁차게 질렀다.

"람 씨, 움직일 수 있겠어? 이건 내가 어떻게든 할 테니까, 도망쳐!"

그렇게 말하자마자 우라 씨가 양손에 도끼를 쥐고 거인에게 뛰어갔다. 도망쳐? 어디로?

우라 씨가 도끼를 번쩍 치켜든다. 도끼가 빛을 반사해 빛난다. 오른손의 도끼가 먼저 휘둘리고, 쿵 소리와 함께 충격파가 나까지 흔들었다. 이어서 왼손의 도끼가 휘둘린다. 두 번째 충격파가 거인의 몸에 큰 상처를 낸다. 굉장해. 그저 굉장하다는 말밖에 나오지 않는다. 이게 스킬의 힘……인가. 정말이지. 이대로 해치우지 않을까?

"람 씨, 빨리. 큭……!"

아픔을 못 견디는지 거인이 마구잡이로 날뛴다. 휘둘리는 통나무를 우라 씨가 도끼를 교차해 막지만, 채 상쇄하지 못하고 뒤로 날아간다. 아, 내가 날아간 이유는 이건가. 그런데 가만히 지켜볼 때가 아니야!

날아간 우라 씨는 공중에서 빙글 돌아서 자세를 바로잡고 그대로 확 미끄러지며 깔끔하게 착지했다. 머……멋져. 착지한 우라 씨를 노리고 거인이 통나무를 휘두르며 돌진한다. 우라 씨는 왼손의 도끼를 던졌다. 도끼는 거인의 얼굴에 명중하고, 거인이 돌진을 멈춘다. 이 틈에 도망쳐야 하나? 우라 씨만큼 강하면 이대로 거인을 해치울 것 같지만, 왠지 빠듯해 보인다.

거인은 얼굴에 박힌 도끼를 빼고 내팽개쳤다. 처음에 생겼던 상처는 이제 보이지 않는다. 후, 도망칠 기회를 놓치고 말았네. 뭐, 이미 각오한 바지만. 크기로 봐서는 거인을 옭아맬 수 없으니까, 이럴 때 노릴 곳은 하나뿐!

──[실 분사]──.

내가 날린 마법의 실이 거인의 눈을 찔렀다. 하하, 실이라도 속도가 붙으면 눈을 망가뜨릴 수 있다고. 거인은 아픔을 못 참겠는지 두 손으로 얼굴을 감쌌다. 그때 손에 들고 있던 통나무도 떨어뜨렸다.

"람 씨, 무모해! 포레스트 자이언트는 지금의 네가 상대할 마수가 아니야!"

『우라 씨, 이 틈에 무기를!』

내 말뜻을 알아채고, 우라 씨가 아까 떨어진 도끼를 챙기러 뛰었다.

나는 성큼성큼 거인 앞에 섰다. 자, 덤벼라. 머저리. 우라 씨가 너를 해치울 거야!!

얼굴을 감쌌던 손을 치우고, 거인이 나를 노려봤다.

"그그그. 벌레, 먹을래. 그그그."

헹! 먹힐까 보냐.

──[실 분사]──.

나는 나무에 실을 붙여서 올라갔다. 잘 있어라. 거인은 나무 위에 올라간 나를 보고 발을 동동 굴렀다. 귀엽네. 하하하. 분하면 여기까지 올라와 보시든지.

"람 씨!"

우라 씨가 도끼를 줍는 것을 확인했다.

"그어어어어어어."

그때 거인이 포효했다. 그 소리에 내가 올라탄 나무가 흔들린다. 몸을 멈췄다. 아뿔싸. 나무에서 떨어……지지 않아!

──[부유]──.

나는 [부유] 스킬을 써서 나무 위로 돌아갔다. 이 바보, 멍청이, 메롱. 그리고 내게 정신이 팔린 거인의 뒤에는 이미 양손에 도끼를 챙긴 우라 씨가 있다!

우라 씨는 도끼를 번쩍 쳐들고 거인의 머리보다 높게 뛰어올랐다. 그대로 힘차게 거인의 머리에 도끼를 내리찍는다. 그리고 공중에서 한 바퀴 돌아서 다시 도끼를 휘두른다. 추가로 또 한 바퀴. 도끼가 무시무시한 속도로 거인의 머리를 때렸다. 거인이 무릎을 꿇고, 그대로 고꾸라진다.

이, 이겼다! 이겼어! 뭐, 거의 우라 씨가 잡은 거지만. 우라 씨가 없었더라면 큰일이 날 뻔했어. 그나저나 저게 자이언트 크롤러를 먹는다는 포레스트 자이언트인가…… 언젠가는 이것과 싸워서 이길 수 있을까?

"람 씨!"

우라 씨가 화냈다.

"왜 도망치지 않았어! 포레스트 자이언트는 C랭크 모험가도 혼자서 이길까 말까 하는 수준의 마수라고!"

그렇게 강한 녀석이었나…….

"이번엔 살았으니까 망정이지, 까딱하면 죽었을 수도 있다고!"

그야 뭐, 혼나겠지. 이번에는 어쩌다 [부유] 스킬을 써서 다행이었지만, 그대로 나무에서 떨어졌으면 죽었을지도 모르니까.

『미안해…….』

"반성했으면 됐어. 모험가는 생존이 제일이니까, 그걸 잘 생각해 두라고."

『알았어.』

우라 씨가 한숨을 푹 쉬었다.

"휴. 어쨌든 고생했어. 람 씨 덕분에 나도 살았고. 고마워."

정말이지. 우라 씨는 좋은 사람이다.

일단락이 나서 스테이터스 카드를 확인해 봤다. SP가 120까지 줄었다. 지금은 천천히 회복 중. 처음에 맞아서 날아간 만큼 줄어든 건가……. 당연하지만, 경험치와 MSP도 늘어나지 않았다. 우라 씨가 다 처리했으니까 말이지. 그리고 그 우라 씨는 포레스트 자이언트의 마석을 떼고 있었다.

"그러고 보니 람 씨는 매번 마법 손가방에서 스테이터스 카드를 꺼내는데."

응? 그야 중요한 물건이니까.

『도둑맞거나, 분실할까 봐서…….』

"아하. 걱정도 팔자네. 스테이터스 카드를 도둑맞을 일은 걱정하지 않아도 돼. 도난 카드에는 도난 이력이 남으니까, 길드에 금방 들키거든. 그랬다간 길드 시설을 이용할 수 없으니까 굳이 훔치려는 사람은 없어."

어? 그래?

"스테이터스 카드를 확인할 일이 많으니까, 목에 걸고 다니는 사람들이 많아."

하긴…… 매번 스테이터스 카드를 넣다 뺐다 하면 불편하겠지. 나도 목에 걸고 다닐까.

"람 씨, 포레스트 자이언트의 소재는 나눠 가지자."

우라 씨가 내게 제안했다. 그러나 나는 고개를 가로저었다.

『말은 고맙지만, 그건 우라 씨가 다 가져. 나는 한 게 없고, 우라 씨가 해치운 거니까.』

이건 받을 수가 없지.

"자, 그렇다면 이번엔 진짜로 돌아가자!"

나는 고개를 끄덕였다.

『나는 이대로 여관으로 갈 건데. 우라 씨는 어쩔 거야?』

"나는 환금소에 들렀다 가야지."

아하, 환금소에……. 피곤하니까 내일 가자. 길드도 내일.

『길드는 내일 가도 돼?』

일단 물어보자.

"기간 한정 퀘스트도 아니니까…… 아마, 괜찮을걸?"

그렇구나. 이번에야말로 진짜 끝났다. 자, 마을로 돌아가자.

여관에 돌아왔습니다. 오늘은 다 귀찮습니다.

"어머, 어서 와. 식사할래?"

『주인아주머니, 말은 고맙지만, 오늘은 그냥 잘래.』

"어머, 그러니?"

주인아주머니에게 방 열쇠를 받고 방으로 돌아왔다. 그리고 오늘 전리품으로 빵빵해진 배낭을 내려놓는다. 묵직한 소리가 난다. 내일 환금이 기대됩니다. 자, 오늘은 이만 자자. 그나저나 진짜 피곤하다. 보스를 잡은 줄 알았더니 진짜 보스가 기다리고 있었다는 전개는 참. 기분은 완전히 게임 클리어 상태다.

밤에 일찍 자서 그런지 눈도 일찍 뜨였다. 아침밥부터 먹자.

오늘 메뉴는 '말랑말랑한 빵 같은 것' 과 '잘 모르는 고기가 있는 새빨간 수프' 다. 수프 종류가 많네. 이 동네에선 쌀밥 같은 취급일까? 잘 모르는 고기는 닭고기 맛이 났다. 혼 래트 고기가 아니라, 예전에 꼬치로 먹었던 고기와 똑같은 맛이다. 이건 무슨 고기일까. 역시 새인가? 좌우지간 모험가 길드로 가 보실까.

모험가 길드는 북적거렸다. 흠. 아침이 진짜 싸움터라는 말은 사실이었나 보다. 인상을 쓰고 게시판 앞에 서 있는 모험가들. 좋은 퀘스트를 찾으려는 거겠지. 이들을 무시하고 카운터로 간다.

"벌레, 오늘 빨라."

꼬마 아가씨가 있었다.

『오늘은 어제 받은 퀘스트를 완료했다고 보고하러 왔어.』

그렇게 말하고 카운터에 숲 고블린의 마석을 놓았다. 꼬마 아가씨는 예전처럼 뭔가 카드를 마석 위에 댔다.

"어제 퀘스트……. 숲 고블린 처리하는 데 하루나 걸려?"

꼬마 아가씨가 한심하다는 눈으로 나를 봤다. 아니거든? 진짜 그건 아니라고! 숲 고블린은 쉬웠는데, 그 뒤가 장난 아니었어!

"됐어. 완료 카드 가져가."

꼬마 아가씨가 완료 카드를 카운터 위에 놓았다. 나는 그것을 집어서 환금소로 이동. 기다리고 기다리던 환금 타임이다.

『퀘스트를 완료해서 환금하러 왔어.』

환금소에 들어가자마자 접수처 누나에게 완료 카드를 주었다.

"네. 이쪽으로 오세요."

이번에도 안쪽 작업장으로 안내받았다. 어? 마석이니까 카운터에 두면 끝날 줄 알았는데, 뭐가 또 있나?

『왜 안으로 들어가지?』

"환금할 것을 가져오셨을 것 같아서요."

그렇구나. 나는 이번 퀘스트 중에 입수한 물건들을 테이블 위에 두었다. 자, 환금을 기대해 보자.

퀘스트 보상 : 640엔

고블린 샤먼의 마석 : 4만 960엔

홉 고블린의 마석 : 2,560엔

숲 고블린의 마석 : 4개 × 640엔 = 2,560엔

홉 고블린의 철검 : 5,120엔

고블린 샤먼의 지팡이 : 1만 240엔

고블린 샤먼의 가면 : 2,560엔

녹슨 동검 : 17개 × 640엔 = 1만 880엔

클린 수수료 : −640엔

합계 : 7만 4,880엔

소금화 1개, 은화 6개, 동화 5개입니다. 고블린 샤먼의 마석이 소금화 1개라니 진짜 꿀맛이네. 나는 멋대로 홉 고블린이 보스라고 생각했는데, 고블린 샤먼의 랭크가 더 높았나? 샤먼 하나가 소금화 1개+은화 2개+동화 4개니까. 적극적으로 사냥하고 싶은 수준입니다. 이걸 정기적으로 잡을 수만 있다면 모험가가 금방 부자가 되지 않을까? 환금을 다 끝나고 나니 재산이 소금화 7개, 은화 1개, 동화 6개, 푼돈 3개가 되었다. 흠흠. 조금 부자가 된 기분이다. 아, 하지만 고블린 샤먼의 마석이 이렇게 비싸게 팔리면, 숲 고블린 마석도 그냥 부숴서 쓸 걸 그랬나…… 빨리 비상 트리 스킬을 찍고 싶으니까. 둥실둥실 뜨는 것만으로는 부족해! [슈퍼 센스] 스킬도 엄청 궁금하다고! 끙. 돈을 어떻게 쓸지 고민된다. 숙식비에 보탤까? 아니면 무기와 옷을…… 아니지, 우선 랜턴이 필요해. 아, 그리고 고양이 수레 요금도 확인해야지.

돈도 생겼으니 정류소로 가 보실까.

접수처 누나에게 고양이 수레가 있는 정류소 위치를 묻자 흔쾌히 알려주었다. 인정이 있으시군요.

문지기 형에게 인사하고 마을 밖으로. 이끼가 낀 돌바닥을 걸어 나간다. 고양이 수레 정류소는 돌로 포장한 길만 걸어가면 되니까 헤맬 일도 없이 쉽게 도착했다. 마을에서 30분 거리? 정말 가까운 데 있구나. 오두막보다 조금 큰 건물에 커다란 고양이가 묶여 있다. 갈색 얼룩이…… 삼색 고양이도 있나. 와, 진짜 동화 속 광경 같다. 이 건물은 대기실 같은데. 안에 들어가 보았다.

"혹시 요새 소문이 자자한 성수님인가?"

안에 말라 빠진 대머리 중년 아저씨가 있었다. 삼인족이 아니다. 그런데 또 아저씨입니까.

『여기 직원이야?』

"그래. 거참, 정말로 스킬을 써서 말을 하는군. 저기, 좀 만져 봐도 될까? 물지는 않겠지?"

아저씨가 다가왔다. 그만해. 아저씨가 만져도 기쁘지 않아.

『만지지 말아 줬으면 하는데.』

아저씨가 혀를 찼다. 거참. 이 세계 아저씨들은 다들 왜 이래?

『그나저나 진짜 고양이가 있군…….』

"대륙 사람이 보면 신기해하지. 대륙에선 말이나 용이 수레를 끄는 것이 주류니까."

아, 말도 있군요. 그나저나 용이라고? 역시 있었나, 드래곤.

"여기는 숲이 울창해서 말로 이동하기 불편하니까 말이징. 고양이를 길들여서 마차 대용으로 삼은 거라구."

아저씨의 말투가 좀 징그럽다.

『그, 그렇군. 그나저나 후우로우 마을로 가려면 돈이 얼마나 들지?』

"다음 출발은 아직 좀 멀었지만, 4만 960엔이야."

와, 소금화 1개? 의외로 비싸다. 여기서 고양이 수레를 타면 이틀 걸린다고 했으니까, 내 예상보다 훨씬 먼 걸까?

"아, 그래도 승객의 머릿수로 나누니까. 그날 타는 사람이 많으면 한 사람의 요금은 싸져."

아하. 후우로우 마을에 가는 사람이 많을 때 타면 그만큼 금전 부담이 줄어든다는 뜻이군. 뭐, 이번에는 지갑 사정도 좋으니까 다음 출발 때 후우로우 마을에 가자. 그때 타는 사람이 많으면 운이 좋은 거겠지. 그러고 보니 우라 씨가 다음 출발은 일주일 뒤라고 한 것 같으니까. 아직 6일 남았나…….

그나저나 오늘 일정이 금방 끝났다. 아, 맞다. 마법에 관해서 물어봐야지. 고양이 수레의 요금도 알았으니까, 다음에는 마법 차례다. 오늘은 길드에 꼬마 아가씨가 있었으니까 마침 잘됐네.

숲속을 성큼성큼 걸어서 마을 안에 들어간다. 노점 앞을 걷다 보니 맛있는 냄새가 솔솔…… 그러고 보니 외식해 본 적이 없네. 좋아. 한번 사 보자.

역시 호기심을 끄는 것은 무언가의 고기 꼬치. 지난번에 먹은 맛이 잊히지 않아.

"아, 애벌레 양반. 이거에 관심이 있어?"

노점 남자가 내게 말을 걸었다. 이 형씨도 보통 인간처럼 보이는데, 상업 관련에 종사하는 사람은 인간밖에 없는 걸까?

『그런데. 이건 무슨 고기야?』

형씨가 씩 웃었다.

"이건 그린 바이퍼의 고기지."

지, 진짜입니까. 그린 바이퍼라고 하면 뱀이지? 뱀 맞지? 그렇구나. 뱀 고기구나. 그러고 보니 뱀은 닭 고기 같은 맛이 난다고 들은 적이 있는데. 그랬구나……. 아무렴 어때.

『하나 사고 싶은데. 얼마야?』

"감사합니다. 두 개에 640엔이면 어떻겠습니까?"

어? 이건 왠지 깎을 수 있는 느낌인데. 하지만 나는 흥정하지 않아! 않을 거라고!

『그렇게 줘.』

'어? 진짜 그래도 되겠어?' 하는 얼굴로 보는 노점 형씨. 그래도 돼요.

"애벌레 양반, 잘 먹을 수 있겠어?"

하하하. 믿어만 보라고. 작은 손으로 꼬치를 받고, 몸을 억지로 틀어서 고기를 입에 넣는다. 그대로 이로 물고 꼬치를 쭉 잡아당기면 끝. 남은 고기를 우적우적 먹는다. 음. 맛있다. 그래도 소스가 필요해. 소재를 잘 살리는 풍미도 좋지만, 소스가 필요해.

"당신 참 호쾌하게 먹는걸. 마음에 들었어. 자, 하나 더 줄게."

오, 고맙다. 하나를 더 받아서 그대로 모험가 길드로 갔다.

"벌레, 무슨 일?"

길드 안에는 꼬마 아가씨가 있었다. 다른 사람은 보이지 않는다. 다들 자신의 모험을 하러 떠났군!

꼬마 아가씨는 입을 우물우물 움직이고 있다. 아, 식사 중이었나. 미안해.

『식사 중인가. 기다리지.』

"알았어. 금방 먹을게."

꼬마 아가씨의 식사가 끝나기를 가만히 기다린다. 꼬마 아가씨는 작은 몸으로 다람쥐처럼 볼을 부풀려 열심히 먹고 있다.

"다 먹었어."

꼬마 아가씨가 식사를 마치자마자 내게 말을 걸었다.

『흠. 마법에 관한 정보를 듣고 싶은데, 괜찮겠어?』

"은화 1개."

꼬마 아가씨의 대답은 간결했다. 어라? 자막이 엔으로 안 바뀌네. 무슨 일이지? 아무렴 어때. 정보료를 받겠다, 이건가. 카운터에 은화 1개를 놓았다.

"받았어."

꼬마 아가씨가 은화를 챙긴다.

"벌레, 알아? 이 세계에는, 맞아. '세계'에는 여덟 가지 속성이 있어."

세계…… 말인가.

"처음부터 화, 수, 목, 금, 토, 풍, 암. 그리고 마지막이 광."

왠지 내가 이전에 있던 세계의 오행이나 사대 원소와 비슷해 보이는데.

"마법은 뭐든지 그중 한 가지 속성을 가져."

꼬마 아가씨의 말수가 확 늘었다.

"화수, 목금, 토풍, 암광. 이렇게 서로 반대되는 속성을 습득할 순 없어."

웅? 물 마법을 배우면 불 마법을 못 쓴다는 거야? 그렇다면 나는 물과 바람 속성이 있으니까, 불과 흙은 못 쓰는 건가.

"벌레는 마법을 쓸 줄 알아?"

나는 고개를 끄덕였다.

"지금 쓸 수 있어?"

── [아이스 니들] ──

얼음 바늘을 공중에 띄웠다.

『아까, 속성은 여덟 개라고 했는데. 이건 얼음 속성으로 보이는데?』

"얼음 속성은 없어."

꼬마 아가씨가 부정했다. 그리고 카운터에서 몸을 내밀어 손을 뻗어 얼음을 만졌다.

"이건 아마도, 수와 풍의 복합 속성."

음. 얼음은 열량을 다루는 불과 물의 복합이라고 하면 중2병적인 의미로 이해하기 쉬운데. 물과 바람은 딱 봐도 게임 느낌이 난다. 그나저나 복합이라.

"마법은 초급, 중급, 상급, 특급, 네 단계가 있어. 중급 수준의 힘을 느껴."

의외로 강한 건가……?

"하지만 대삼림에는 수, 풍, 목 속성 마수가 많으니까 도움이 안 돼."

속성의 상성 말이구나. 알겠습니다. 무효나 흡수 같은 거지? 알, 겠, 습, 니, 다!

"반대로 화, 금 속성은 좋은 대접을 받아."

뭐, 숲이니까. 불이라 이건가.

"마법은 상상력이 중요해."

아, 그건 왠지 알 것 같다. 처음에 습득했을 때도 그렇게 상상해서 된 거니까.

"상상하기 어려운 것은 주문에 의지해."

응? 잘 모르겠는데. 주문을 외우면 발동하는 건가?

"상상할 수 없어도, 보면 상상하기 쉬워져. 말과 연결하면 더

욱 상상하기 쉬어."

아하. 무슨 뜻인지 얼추 알겠다. 상상하고 이해할 수 있으면 주문 영창이 필요 없다는 뜻이다.

『그렇다면 클린 마법은 무슨 속성이지?』

"수."

물 속성인가. 이미 있는 속성이니 다행이라고 생각해야 하나.

"물 마법을 쓰는 동안에 발현할 거야. 먼저 수 속성을 계속 써."

발현? 번쩍 떠오르는 건가. 띠링—— 하고 꼬마전구에 불이 켜질 때까지 물 마법을 한번 써 보실까! 클린 마법은 가지고 싶으니까 말이지. 응? 그러고 보니 나는 물 마법을 쓸 줄 아는 게 없잖아. 이걸 어쩐다.

『그나저나 물 마법에는 뭐가 있지?』

"유명한 마법으로는 '서몬 아쿠아', '클린', '힐 워터', '워터 볼' 등이 있어."

흠흠. 서몬 아쿠아는 시로네가 보여준 적이 있으니까 상상하기 쉽다. 먼저 그것이 발현할 때까지 노력해 볼까.

"정보료 5,120엔이면 대충 이 정도. 더 가르쳐 줄 것도 없으니까, 이걸로 끝."

꼬마 아가씨의 종료 선언. 응, 배울 게 많았어. 꼬마 아가씨는 길드 접수처에 있는 만큼 지식이 풍부하구나.

마법의 정보도 알았고, 고양이 수레의 비용도 알았다. 자, 이제 뭘 할까? 오늘은 지금부터 퀘스트를 받을 마음도 없고 말이지. 음. 퀘스트를 안 받고 마을 밖을 산책해 볼까. 섣불리 퀘스트를 받으면 완수하지 못할 때가 무서우니까. 숲 고블린 퇴치를 받고 숲 고블린을 못 찾는 사태가 벌어지면 끔찍할 테고……. 그래, 일단 정찰해 보자. 그런고로 마을 밖에 나가 보기로 했다. 오늘로 두 번째네.

길드 꼬마 아가씨에게 작별 인사를 하고 마을 밖으로 나섰다. 그대로 이끼가 낀 포장도로를 벗어나 숲속으로. 한동안 걷다 보니 혼 래트 한 마리와 맞닥뜨렸다. 뭐, 잡몹이지.

——[스파이럴 차지]——.

창이 소리를 내며 나선을 그리고 혼 래트를 꿰뚫었다. 한 방에 끝냈네. 다만 이건 위력이 너무 세서 시체가 너덜너덜하다. 소재로 써먹기 어려워 보인다. 뭐, 숙련도를 올렸다고 생각하면 되겠지. 스파이럴 차지를 한 번 쓸 때마다 숙련도가 8이나 오르니까.

눈에 띄는 혼 래트를 창 스킬로 무찌르면서 걷는다. 그러나 숲 고블린과는 마주치지 않았다. 음, 의외로 희귀한 걸까? 숲 고블린 소굴이 아니면 안 살거나, 마주치기 힘들 가능성도 있다. MSP를 주는 적을 잡고 싶은데 말이야.

[부유] 스킬 레벨 2에는 MSP가 20 필요했다. 최고 레벨이 얼마인지 모르지만, 최소 2를 올려야만 다음 스킬 [전이]를 습득할 수 있으니까. 흠흠.

마을에서 별로 멀어지지 않았는데, 숲속에 거미집이 늘어나기 시작했다. 숲인 만큼 벌레가 많구나. 나는 벌레를 별로 좋아하지 않아서 참 곤란하다. 뭐, 지금은 내가 벌레지만!

거미줄을 무시하고 전진한다. 그러다 보니 거미집 규모가 점점 커졌다. 응? 이건 사람도 걸리겠는걸. 마치 내가 쓰는 마법의 실 같다. 그리고 그때, 나무 위에서 실이 날아왔다. 어?

실은 내 몸에 달라붙어 움직임을 방해했다. 내가 움직이지 못하는 것을 확인했는지 나무 위에서 몸길이가 50~60센티미터는 될 법한 거미가 내려온다. 저기, 저기요? 이거 혹시 내가 잡아먹히는 전개야? 거미가 입을 쩍 벌리고 다가온다.

──[실 분사]──.

나는 마법의 실을 쏴서 근처 나무에 붙이고 억지로 움직였다.

──[부유]──.

이어서 [부유] 스킬로 커다란 나뭇가지 위에 올라탔다. 상대의 실은 여전히 엉켜 있다.

──[실 분사]──.

나는 어깨가방에서 나이프를 꺼냈다. 그리고 마법의 실에 붙여서 휘둘러 몸에 달라붙은 실을 잘랐다. 휴. 평소와는 입장의 반대다. 내가 묶이는 지경에 처할 줄이야!

나는 거미를 노려봤다. 보이는 것은 엉덩이에서 나온 거미줄을 타고 매달려 있는 커다란 거미. 자, 반격할 시간이다.

──[실 분사]──.

커다란 거미를 향해 마법의 실을 날렸다. 거미는 실에 묶여 그대로 땅바닥에 추락했다. 나는 나무 위에서 거미로 뛰어내리면서 스킬을 발동한다.

──[스파이럴 차지]──.

창이 소리를 내고 거미에 박히더니, 그대로 자루가 부러졌다. 어? 뭐야? 부서졌어? 왜? 나는 무기가 이것밖에 없는데 말이지. 이걸 어쩐다. 기술의 위력을 무기가 견디질 못한 걸까······.

거미는 여전히 움직이지 못하지만, 부러진 창도 그대로 박혀 있다. 하는 수 없지. 아까처럼 실에 나이프를 붙여서 휘두른다. 휘둘린 나이프가 거미의 몸을 조금씩 찢어 나간다. 마침내 거대한 거미가 완전히 멈췄다. 조금 시간이 걸렸지만, 어떻게든 거미를 죽일 수 있었다.

거미의 몸뚱이를 챙길 마음은 안 생겨서, 마석만 떼었다. 거미의 경험치는 36. MSP도 1 늘었나. 어라? 이거 의외로 짭짤할 거 아닌가? 좋아. 퀘스트 중에 거미 퇴치가 없는지 확인하고, 내일은 거미 퇴치를 시작해 보실까? 하지만 오늘은 이만 돌아가자. 무기도 없으니까. 휴. 무기를 새로 사야 하나.

마을로 돌아가 대장간으로 직행했다.

『미안한데, 창이 부러졌어.』

"뭐, 뭐라고?"

견인족 화이트 씨가 안에서 나왔다. 흠. 언제 봐도 개 머리는 진짜 임팩트가 장난 아니네. 참고로 화이트 씨는 도베르만 느낌이 납니다. 그러니까 처음에 봤을 때 코볼트가 생각났지.

"잠시 보자."

화이트 씨에게 부러진 창을 건넸다.

"너, 이거 손질은 하고 다녀?"

어? 손질? 뭘 어떻게?

"하아…… 너 말이야. 도구는 소중히 다뤄. 특히 무기는 네 목숨과 다름없다고!"

으, 무기는 부서지지 않는다고 착각했었다. 하긴, 부서지지 않는 물건이 어디 있겠어.

"네가 하기 어렵다면 나한테 가져와. 공짜는 안 되지만 싸게 손질해 주마."

『그러지 뭐.』

"이 바보야. 말을 뭐 그렇게 해. 조금은 개념 있게 생각해 봐."

죄, 죄송합니다.

『새로운 무기를 찾고 있는데, 자루도 쇠로 된 창은 없나?』

"자루도 쇠로…… 너무 무거워지니까 실용적이지 않군. 그럴 바에는 지팡이가 훨씬 나아."

음. 자루를 써서 싸우는 것도 아니니까, 그럴 수밖에 없나. 부서질 때를 대비해서 여러 개를 준비해 두는 편이 나을지도.

『참고로 묻겠는데, 가장 싼 창은 얼마나 하지?』

"혼 래트의 뿔을 써서 만든 혼 래트 스피어가 있는데, 하나에 1,280엔이지. 투척용으로 한꺼번에 사는 모험가도 있어."

그렇구나. 뿔을 어디에 쓰나 했더니 이런 데서…….

"잘 부러지지 않는 창을 찾는다면, 진은에 리페어 마법을 부여하는 게 제일이지. 뭐, 돈은 무지막지하게 들겠지만."

나왔다. 마법 부여. 그리고 진은이라면 그건가? 미스릴 같은 건가? 리페어는 단어만 봐서는 자동 수리 같다.

『참고로 묻겠는데, 가격은…….』

"뭐, 싸게 잡아도 524만 2,880엔 정도는 하지 않을까."

네, 못 삽니다. 소금화 128개? 제정신입니까? 더군다나 싸게 잡아서 그 정도란다. 거참. 500만은 좀 아니지. 새 차를 한 대 뽑을 돈이라고. 할부가 없으면 무리.

『그렇군. 이번에도 쇠로 만든 창을 줘.』

"그래. 사 줘서 고맙다."

이번에도 은화 3개를 지출했다. 수중에 은화가 없어서 소금화를 내고 거스름돈을 받았다. 아, 소금화가 늘어나서 행복했는데…… 터덜터덜 여관으로 돌아갔다.

좌우지간 여관에 돌아왔다. 주인아주머니, 나 왔어요.

『주인장, 잠시 괜찮나?』

"그래. 무슨 일이야?"

주인아주머니는 나를 보고 털털하게 웃었다.

『숙박을 연장하고 싶어. 그리고 다음 고양이 수레를 타고 후우로우 마을에 가려고 해서, 그동안 방을 유지하고 싶은데…….』

지금 빌린 방을 다른 사람이 쓰면 싫으니까. 이건 여관이 아니라 방 하나를 월세로 빌린 기분이다.

"그래. 후우로우 마을에 가 있는 동안에는 2,560엔만 내. 출발하기 전에 꼭 말하고."

『그렇게 하지.』

나는 주인아주머니에게 소금화 4개를 줬다. 재산이 줄어서 좀 불안하지만, 머물 곳이 있고 없고는 중요하니까. 그런고로 식사하고 자자. 오늘도 수프가 나왔네. 수프는 질렸다. 쌀밥이 그립다. 카레가 그립다. 라면이 그립다. 잎만 먹고 살 때는 아무렇지도 않았는데, 나도 참 욕심이 많다.

오늘도 모험가 길드. 아침 일찍 나와서 게시판에는 카드가 많이 걸려 있다. 게시판 앞에는 이미 모험가들이 다수 진을 치고 있어서 카드를 챙기기 어려워 보인다.

"G랭크는 나중에 봐. 특히 벌레 놈은."

흠. 하는 수 없어서 어떤 게 있는지 살펴보기만 했다. 눈이 나빠서 자세히 볼 수는 없지만.

어디 보자, F랭크 그린 바이퍼 퇴치. F랭크 포레스트 울프 퇴치(야간 한정)와 E랭크 트렌트 퇴치가 보인다. 아, 퇴치가 많네. 그리고 사람이 줄어들길 기다렸다가 내가 챙긴 퀘스트는…….

G랭크

토벌 퀘스트

자이언트 스파이더 무리 토벌

자이언트 스파이더를 최대한 많이 사냥해 주세요.

퀘스트 보증금 : 640엔

보상 : 2,560엔

획득 GP : 4

사냥한 자이언트 스파이더의 숫자에 따라 추가 보상 640엔이 나옵니다.

기한 : 수주에서 4일

G랭크

채집 퀘스트

레이그래스 채집

힐 포션의 원료가 되는 풀을 채집해 주세요.

퀘스트 보상금 : 없음

보상 : 640엔

획득 GP : 2
레이그래스 한 묶음마다 1,280엔으로 추가 매입합니다.
기한 : 수주에서 4일

이렇게 두 가지다. 그나저나 이번에 안 거지만, 퀘스트 추가 매입은 일반적인 매입과 돈을 똑같이 받네. 추가로 하면 더 많이 받아야 할 것 같은데, 퀘스트 기본 보상이나 GP 말고는 아무런 이득이 없잖아……. 그럴 바에는 채집 퀘스트를 처음에 받을 이유가 없고. 거참. 그리고 이번에는 퀘스트 보증금 명목으로 돈을 뜯겼다. 이 돈은 퀘스트 완료 때 돌려받지만, 기한이 지나면 없어진다고 한다. 모험가 생활도 참 힘들다.

온 김에 환금소에 들러서 자이언트 스파이더의 마석을 환금했다. 640엔. 동화 1개였다. 음. 뭐랄까. 미묘한 돈이다. 이건 부숴도 되겠네. 여담으로 자이언트 스파이더의 소재를 물어봤더니, 배에서 나오는 실이 환금 대상이라고……. 마석과 실을 챙겨야겠네.

오늘도 마을 밖 숲으로. 거미가 나오는 곳은 파악했으니까, 채집할 풀이 없는지 바닥을 보면서 이동했다. 그러자 빛나는 풀을 한 줄기 발견해서 그대로 챙겼다. 이걸로 퀘스트 실패 가능성은 없어졌다.

나무에 거미집이 늘어났다. 나무를 보면 표시선을 따라 자이언트 스파이더의 이름이 보인다. 어라? 어제는 '마수'로만 표시된 것 같은데…… 왜 바뀌었지? 아무렴 어때.

——[실 분사]——.

나는 표시선을 따라 실을 날렸다. 실에 묶인 거대 거미가 추락했다.

——[스파이럴 차지]——.

그리고 떨어져 뒤집힌 거미를 창으로 찔렀다. 거미는 다리를 들고 바둥댔지만 잠시 후 움직임을 멈췄다. 흠. 아주 쉽다. 지금 쓰는 창 스킬이 센 건지, 거미가 약한 건지…… 뭐, 잘 잡힐 때 잡아 두자. 싫지만 배를 가르고 실을 꺼냈다. 대체 왜 실이 있는지 알 수가 없다. 이세계라서 그럴까? 거미는 거미줄을 만들지만, 배에 실이 있어서 그런 게 아닐 텐데.

그 뒤로 고전하는 일 없이 열네 마리의 거미를 잡고서 마을로 돌아갔다. 창 스킬을 자주 써서 그런지 재사용 시간도 줄어든 느낌이다. 내 예상으로는 MP를 소비하지 않는 대신 쿨타임 설정이 있는 것 같다. 숙련도가 오르면 재사용 시간이 단축하는 게 아닐까? 그렇다면 좋겠지만, 그런 기대가 있으니까 창 스킬을 많이 써야지.

길드에서 완료 카드를 받고 환금소로 갔다.

퀘스트 보상 : 640엔 + 2,560엔 = 3,200엔
레이그래스 : 1,280엔
거대 거미의 실 : 15개 × 1,280엔 : 1만 9,200엔
GP : +6 (총합 9)
합계 : 3만 3,680엔

이번 보상은 은화 4개와 동화 5개. 뭐랄까 단번에 벌이가 좋아진 기분이다. 이렇게만 하면 먹고살 수 있어! 자이언트 스파이더의 마석을 팔면 추가로 은화 1개와 동화 7개를 받았겠지만.

그대로 대장간으로 갔다. 손질이 어쩌고 혼났으니까 말이지. 신경이 쓰이잖아.

『저기, 무기를 좀 손봐 주지 않겠어?』

안에서 해머를 든 화이트 씨가 나왔다.

"너 말이야. 어제 오고 또 왔어? 무기가 그렇게 빨리 부서질 리가 없잖아. 뭐, 일단 보기는 하지."

여전히 개 머리다. 나는 화이트 씨가 물지 않을까 걱정되는데 말이야. 하지만 주위 사람들 눈에는 내가 사나워 보일까? 어쨌든 화이트 씨에게 창을 건넸다.

"넌 대체 무기를 어떻게 쓰는 거야? 내구가 반 이하잖아."

내구?

"거참. 고치긴 하겠지만, 2,560엔은 줘야겠어."

이번에도 스파이럴 차지를 마구잡이로 썼는데, 어쩌면 그것 때문에 무기가 손상된 걸까? 그야 위력은 강하니까.

화이트 씨가 고쳐 준 창은 신품처럼 변했다. 역시나 이세계. 알 수 없는 기술력이다.

화이트 씨와 헤어지고 곧장 여관으로 갔다.

『주인장, 식사하고 싶어. 그리고 목욕물을 좀 받을 수 있을까?』

"바로 필요해? 그러면 같이 가져갈게."

『응. 그렇게 해 줘.』

자, 방으로 가자. 계단을 성큼성큼 올라가 방에 가서 스테이터스 카드[블랙]을 보니 글씨가 떠 있었다.

【레벨이 올랐어.】
【너도 성장했구나.】

저기, 이게 뭐래? 어디선가 많이 본 문장이긴 하지만! 이거,
모 게임에 나오는 메시지 맞지? 직장 후배가 이 게임 시리즈를
좋아해서 '리메이크 따윈 없었어. 4는 나온 적 없어.' 같은 소리
를 떠는 것을 기억하고 있다고! 이것도 번역 기능이 이렇게 띄우
는 걸까? 잘 모르겠네. 뭐, 아무래도 좋은 일은 무시하고, 스테
이터스 카드[블랙]를 만졌다.

【레벨이 올랐습니다!!】
【보너스 포인트 8을 분배해 주세요.】

근력 보정 : 4
체력 보정 : 2
민첩 보정 : 0
솜씨 보정 : 1
정신 보정 : 1

음. 기본 보정에서 8이나 늘릴 수 있다면 레벨이 1 오를 때마
다 많이 강해지는 걸까? 아니면 이번에만 8이고, 다음에는 적을
수도 있다. 그리고 보너스 포인트에 제한이 있으면······ 분배해

서 내 몸에 어떤 변화가 생길지도 미지수고, 고민되는걸.

"들어가도 될까?"

고민하고 있을 때 주인아주머니가 찾아왔다.

"오늘은 귀한 걸 구했거든."

그렇게 말하고 주인아주머니가 가져온 것은 평소에 보는 수프와 구운 생선이었다. 오? 물고기다! 간장, 간장을 주세요!

"여기 뜨거운 물과 식사를 두고 갈게."

주인아주머니는 그렇게 말하고 방을 나갔다. 그나저나 물고기요리라. 숲이니까 귀한 걸까? 나는 본 적이 없지만, 강 정도는 있을 법한데. 좌우지간 뼈를 잘 바를 수도 없는 몸이라서 통째로 우물우물 씹어 먹었다. 조금 흙내가 난다. 역시 민물고기일까. 아니지, 식사에 몰두할 때가 아니야. 지금은 레벨 생각을 해야지. 이 포인트를 어떻게 분배해야 할까? 일단 민첩 보정 항목에 손대 본다. 숫자가 1이 되었다. 딱딱딱 연타해 봤다. 숫자가 8이 되었다. 아하, 이렇게 올리는 거구나. 그렇다면 다시 원래대로 돌려서 분배해 보실까. 엉? 이걸 어떻게 되돌리지? 자, 잠깐만. 설마 실수한 건가? 민첩에 8을 찍은 걸로 확정된 건가? 반성하자. 분배한 포인트는 원래대로 돌릴 수 없다. 게임 감각으로 결정 버튼을 누를 때까지 다시 초기화할 수 있다고 지레짐작했었다. 결정 버튼도 없는데 말이지! 다, 다음에 레벨이 오를 때는 신중하게 분배하자. 후회해도 소용없으니 보정 효과나 확인하자.

좌우지간 상체를 일으켜 두 다리로만 일어서 봤다. 응? 몸이, 가벼워! 여태까지 물속을 걷는 느낌이었는데, 지상에 올라온 느낌으로 달라졌다. 사람들이 보통 걷는 속도로 움직여. 오오오오. 이제 다른 사람을 기다리게 하거나, 뒤처지지 않을 수 있어. 그런데 8이나 찍고 보통 사람과 비슷한 속도라……. 다음에 8을 찍으면 보통 사람보다 빨라지겠구나! 오오오. 시험해 보고 싶다. 다음 레벨은…… 114/2000으로 뜨네. 다음은 2000에 레벨이 올라가나. 이 정도면 금방 오를 것 같다. 그렇다면 내일도 거미나 잡아야겠네.

아, 맞다. 마석을 부수자. 부숴서 [부유]를 2로 올려야지. 마석을 꼭 쥐어서 부수자 몸속에서 뭔가 흡수되는 느낌이 들었다. 스테이터스 카드[블랙]을 보니 MSP가 1 늘었다. 좋았어. 팍팍 부수자. 그리고 [부유] 스킬 레벨을 2로 올렸다.

【[부유] 스킬 레벨이 올랐습니다.】
【[부유] 스킬 2 : 임의의 사물 최대 2개를 띄울 수 있다.】

다음 레벨에 필요한 수치가 30/100이 되었다. 좋았어. 앞으로 70을 더 벌면 전이를 배울 수 있겠군. 후우로우 마을에 가기 전까지 전이를 배우는 것을 목표로 할까. 거미 35마리라. 이틀 정도 애쓰면 어떻게든 되겠지? 음. 임의의 사물을 띄워? 나 말고 다른 것을 띄울 수 있다는 뜻이겠지?

──[부유]──.

시험 삼아서 소금화 2개를 띄워 봤다. 소금화가 공중에 떠 있다. 떠 있기만 하고, 날릴 수는 없다. 이게 무슨 도움이 되지? 잘 모르겠는데.

자, 다음은 오늘 마지막 과제인 물 마법 습득. 그래서 통에 뜨거운 물을 받은 거다. 통 안에 물을 만들면 바닥을 적실 일도 없지! 나, 머리 좋아! 자, 애써 보실까. 상상력, 상상력. 시로네가 썼던 서몬 아쿠아를 쓰는 나를 상상해 본다. 꼬마 아가씨가 상상력이 중요하다고 했으니까.

그리고 한동안 애써 봤지만, 물이 생기는 일은 없었다. 하는 수 없이 옷을 빨고 잤다. 아, 이럴 줄 알았으면 세제를 살 것을. 아니지, 애초에 세제가 있기는 한가? 뭐, 나중에 노점에서 찾아보자. 내일도 마법이 발현하게 애써 보실까.

오늘도 퀘스트를 받고 숲에 사는 거대 거미를 퇴치하러 외출합니다.

숲을 걷다 보면 나무에 거미집이 늘어난다. 갈수록 거미집 크기가 커진다. 그리고 시야에 자이언트 스파이더라고 뜨는 표시선이 나타난다. 자, 사냥 시간이다.

마법의 실로 떨어뜨리고, 추락한 거대 거미를 스파이럴 차지로 꿰뚫는다. 자, 한 마리 끝. 마석과 실을 꺼낸다. 자, 단순 작업을 시작합니다. 그나저나 이렇게 마을에서 가깝고, 이렇게 쉽고, 이렇게 짭짤한 사냥터가 왜 방치되고 있을까? 다른 모험가는 하나도 안 보이네. 아, 두 번째 발견. 똑같이 단순 작업으로 자이언트 스파이더를 해치운다. 진짜 짭짤하다. 내일도 여기서 사냥하자. 레벨이 좀 오를 때까지는 여기서 돈과 경험치, MSP를 버는 게 좋을 듯하다. 그리고 '궁사' 클래스를 얻어서 세계수를 공략하면 될까. 그때, 거미집이 무성한 숲 안쪽에서 '마수'

표시가 떴다. 어? 자이언트 스파이더가 아니야? 이상한데…….
맞다. 이럴 때는 감정을 써야지!

【이름 : 전율의 여왕】
【종족 : 레드아이 (자이언트 스파이더 아종)】

어? 하, 하하하! 서, 설마 했던! 네임드 몬스터!

숲속에 빨간 등이 여덟 개 켜진다. 내가 감정하려던 사실을 감지했는지, 빨간 불이 이쪽으로 다가오고 있다.

나타난 것은 엄청나게 큰 거미. 포레스트 자이언트도 컸지만, 이것도 꿀리지 않게 크다. 지금껏 자이언트 스파이더라 불렸던 것이 새끼로 보일 만큼 덩치가 크다. 강철처럼 검게 번들거리는 다리로 나무를 긁고, 꺾으면서 이쪽으로 오고 있다. 다리 하나가 내 몸통만 하다. 무리다. 도, 도망치자.

나는 뛰었다. 뒤쫓듯이 레드아이도 속도를 높였다. 덩치는 큰데 진짜 빠르다. 레드아이는 다리를 구부렸다 펴서 하늘로 뛰어올랐다. 그리고 내 앞에 착지. 이건 도망칠 수 없겠네. 각오하자!

레드아이는 나를 찍어 누르려는 듯 다리를 움직였다. 뒤로 물러나서 피했다. 민첩 보정을 올린 성과인지 몸이 가뿐하다. 하지만 레드아이는 그보다 더 빠르게 좌우 다리를 교차해서 휘두른다. 회, 회피할 수 없어! 나는 창으로 다리를 후려쳤다.

──[실 분사]──.

그대로 뒤로 실을 날려서 거리를 벌리려고 했다. 마법의 실에 끌려서 후퇴하는 가운데, 실이 뚝 끊겼다. 레드아이가 바람의 칼날을 여러 개 만들어서 실을 절단했다. 그리고 나머지 칼날이 내 몸에 명중해 체력을 줄였다. 어정쩡하게 뒤로 날아가던 내 몸이 바닥을 구른다. 몸을 추스르기도 전에 눈앞에 닥쳐오는 강철 다리. 피할 수 없어! 몸에 강철 앞다리에 찔렸다. 끄어어, 아파, 아파. 레드아이는 그대로 나를 물려는 듯 거대한 이빨이 달린 얼굴을 가까이 댔다. 이대로 잡아먹힐 수는 없지! 고정된 상태에서 몸을 비틀어 레드아이의 다리에서 벗어난다. 몸이 찢어진다, 몸이 뜯어진다. 아파, 아파.

　──[실 분사]──.

　나는 그대로 실을 날려서 나무 위로 도망치려고 했다. 마법의 실은 아까와 똑같이 레드아이가 날린 바람의 칼날에 절단당했다. 나는 그대로 땅바닥에 추락했지만, 아까보다는 거리를 벌리는 데 성공했다.

　나는 내 몸을 봤다. 아까 찢어진 배의 상처는 사라지고 없었다. 아직 SP가 남아 있어서 그런가? 그나저나 위험하다. 쓰러뜨릴 방법이 떠오르지 않는다. 어쩌면 좋지? 지금까지의 필승 패턴인 마법의 실은 바람의 칼날로 무력화되고 있는데…….

　생각하는 동안에 레드아이는 눈앞까지 다가왔다. 고속으로 번갈아 공격하는 강철 앞다리. 오른쪽, 왼쪽, 오른쪽. 아, 안 돼. 내 회피 속도보다 상대의 공격 속도가 더 빨라. 창으로 앞다리를 쳐내자.

【[반격 찌르기]가 개화했습니다.】

──[반격 찌르기]──.

시스템 메시지와 함께 창이 상대의 다리를 쳐내서 몸이 한 바퀴 빙 돈다. 그리고 레드아이의 얼굴에 창이 빠르게 꽂힌다. 첫 대미지!! 레드아이는 내가 접근한 것이 싫었는지 뒤로 물러났다. 지금 상황에서 스킬이 개화한 것은 기쁘지만, 이걸로는 이길 수 없을 것 같아. 아, 그렇지!

나는 땅바닥을 봤다. 좋았어! 레드아이는 천천히 나와 거리를 좁혔다. 조금만 더, 조금만 더…… 좋아!

──[부유]──.

레드아이의 앞다리 밑에 있는 돌을 띄운다. 갑자기 다리가 올라간 레드아이는 균형을 잃었다. 좋았어. 잘됐다! 그대로 나는 레드아이에 접근하고.

──[스파이럴 차지]──.

필살의 일격을 얼굴에 때려 박았다!! 레드아이의 눈 하나가 부서지고 액체가 터져 나온다. 그대로 나는 다시 일격을 날리려고 했지만, 그때 좌우에서 강철 다리가 조이듯이 다가왔다. 나는 땅바닥에 창을 꽂고 장대높이뛰기 요령으로 뒤로 날아갔다. 휴, 위험했다. 너무 욕심을 부리다가 찌부러질 뻔했어.

레드아이는 눈을 하나 잃어서 화가 치민 듯했다. 칫. 아직 팔팔하네. 레드아이가 바람 칼날을 만들어 내게 날린다. 제길, 그렇다면!

──[아이스 볼]──.

나는 얼음덩어리를 날려서 바람 칼날을 상쇄했다. 좋아, 어떻게든 되나! 그대로 얼음을 레드아이에 맞혔다. 얼음덩어리는 딱딱한 껍질에 튕겼다. 대미지를 준 느낌은 없지만, 불쾌한 반응을 보였다. 주의를 돌리는 용도로는 써먹을 만한가?

레드아이는 바람의 칼날로 공격해도 소용없음을 깨달았는지, 아까와 똑같이 앞다리를 높이 들어서 공격했다. 제길. 반격 찌르기는 아직 쓸 수 없다. 막 배운 참이니까 쿨타임이 길다. 오른쪽, 왼쪽, 오른쪽. 몸을 움직여 회피했다. 하지만 역시 상대의 공격 속도가 더 빠르다. 이대로 가다간…… 이 자식의 다리를 어떻게든 처리해야 해!

궁지에 몰려서 그런지 머릿속에 뭔가 떠올랐다. 다리를. 맞아! 다리야!

【[아쿠아] 폰드 마법이 발현했습니다.】

──[아쿠아 폰드]──.

시스템 메시지와 함께 마법이 발동했다. 레드아이가 다리를 내린 곳에 작은 물웅덩이가 생긴다. 물웅덩이인데 연못(pond)이라니, 뭐가 어떻게 된 건지. 물웅덩이에 발이 빠진 레드아이가 균형을 잃는다. 좋아. 예상대로 됐어!

나는 창을 녀석의 몸 아래에 넣어서 지레의 원리로 들어 올렸다. 영차. 레드아이가 발랑 뒤집힌다.

──[실 분사]──.

마법의 실을 나무에 날려 공중으로 뛰어오르고, 그대로 낙하해서 창 스킬을 발동한다.

──[스파이럴 차지]──.

창이 소리를 내고 레드아이의 부드러운 배를 파헤친다. 그대로 몇 번이고 창을 찔렀다. 레드아이가 몸을 뒤척인다. 녀석은 배에서 실을 만들어서 나뭇가지에 붙여 벌떡 일어나 자세를 바로잡았다. 배 위에 있던 나는 날아갔다. 헉헉. 대미지를 많이 줬겠지?

레드아이는 아까처럼 강철 앞다리를 교대로 쳐들어 공격했다. 패턴이 하나밖에 없네!

──[반격 찌르기]──.

다리를 쳐내고 녀석의 얼굴에 강렬한 일격을! 다시 한번 눈을 부쉈다. 레드아이는 금속성 같은 비명을 지르고 머리를 흔들었다. 하, 한 방만 더! 창을 찌른다! 하지만 창은 녀석의 흉악한 입에 물려서 멈췄다.

그리고 그대로 창이 깨진다. 눈앞에서 부서져 날아가는 창. 다가오는 거대한 이빨. 나는 레드아이에게 물렸다. 거대한 이빨이 몸을 꿰뚫었다. 끄아아악! 죽겠다, 죽겠어! 이대로 가다간 죽을 거야!

나는 어깨가방에서 나이프를 꺼내 거대한 이빨에 박았다. 나이프가 튕겨 나간다. 상관없다. 몇 번이고 때려 박는다. 몸에 뭔가 침입하는 감각. 소화액을 주입한 건가? 이빨의 강도를 못 이기고 나이프가 부서졌다. 그래도 아랑곳하지 않고 나이프였던 것으로 계속해서 때렸다. 그러자 마침내 이빨에 금이 가기 시작했다.

나는 레드아이의 이빨을 부러뜨렸다.

──[아이스 볼]──.

그리고 녀석의 입에 얼음덩어리를 계속해서 발사했다. 밖은 안 통해도, 안이라면 통하겠지!

——[실 분사]——.

그대로 실을 날려서 입에서 탈출했다. 헉헉. 제길. 무기가 없다. 아니야. 아직 안 끝났어. 녀석은 이빨을 잃은 고통 때문에 움직임이 멈춘 상태야.

뭔가, 뭔가 없나? 나는 주위를 살폈다. 마침 아까 내가 부러뜨린 이빨이 보였다.

——[실 분사]——.

나는 부러진 이빨을 실로 끌어당겼다. 응. 들 수 있다. 무기로 쓸 수 있어!

내 공격에서 회복한 레드아이가 다시 앞다리를 교대로 쳐들어 공격하기 시작한다. 이제는 그 공격도 질렸다고!

손에 든 이빨로 앞다리를 쳐낸다. 쳐낼 때마다 앞다리에 금이 갔다. 그리고 마침내 레드아이의 앞다리가 부서졌다.

이걸로 끝이다!! 나는 손에 쥔 이빨을 세게 찔러 넣었다.

——[스파이럴 차지]——.

레드아이의 얼굴에 이빨이 박힌다. 나선의 궤도를 그리며 녀석의 얼굴을 후빈다.

그리고 레드아이가 움직임을 멈췄다.

휴…….

나는 해치운 레드아이에 몸을 기대고 그대로 주저앉았다. 그야 뭐, 애벌레라서 정확하게는 앉은 자세가 아니라 L자로 몸을 기댄 거지만. 강했다. 정말로. 이긴 것이 기적 같다.

이번에는 스킬과 마법을 새로 습득해서 좋았다. 역시 강한 적 앞에서 기술이 번쩍 떠오르는 것은 만국 공통이구나.

[반격 찌르기]는 카운터 기술로 앞으로도 활약하겠지. 하지만 아쿠아 폰드는…… 겨우 배운 물 마법이 이런 거라니. 이번엔 어쩌다가 도움이 됐지만, 늪이라면 모를까 물웅덩이를 만들어서 뭘 할 수 있지? 끙. 뭐, 클린을 배울 때까지 디딤돌이 되어 준다고 생각하기로 할까.

스테이터스 카드[블랙]을 확인해 봤다. HP가 70이었다. 죽을 뻔했는데도 별로 줄어들지 않았다. SP는 0이었다. 무, 무서워라. MP는 700 정도까지 줄었다. 이 수치 변동을 보자니, MP가 일정 이하로 줄어들면 SP 회복에 쓰이지 않는 건가? 경험치는 762/2000으로 늘어났다. 어? 레드아이 전에 거미를 두 마리 잡았으니까 녀석의 경험치는 565인가. 보통 거미의 16배라. MSP는 92가 되었다. 으허? 80이나 늘었나. 아 [전이] 습득할 수 있잖아. [전이]는 아마…… 그거겠지? 지정한 도시로 이동하는 듯한. 얼른 습득해 보자.

【[전이] 스킬을 획득했습니다.】
【[전이] 스킬 : 체크한 장소로 전이할 수 있다.】
【최대 체크 포인트 1 / 최대 전이 인원 1】

다음까지는 160이 필요하다고 뜬다. 다음 레벨에 체크 포인트가 2개, 전이 인원이 2명이 될까? 그나저나 뭐랄까, 이건 예상했던 스킬입니다. 편리한 스킬이 될 것 같군. 현재 상황을 생

각하면 체크하는 곳은 스이로우 마을이네. 그리고 마석 회수
를…….

나이프가 부러졌기 때문에 레드아이의 이빨을 써서 뜯어냈다.
끄집어낸 마석은 새빨갰다. 빨갛고 투명해서 보석 같은 마석. 이
건 희귀한 마석일 거야. 나도 알 것 같다.

자, 이제 돌아가 보실까.

──[실 분사]──.

나는 마법의 실로 레드아이의 몸을 묶었다 어디가 팔릴 소재
인지도 모르니까 전부 가져가야지! 그런고로 끌고 가져갑니다.
무, 무거워. 중간중간에 시체에 [부유]를 걸면서 운반했다. 죽은
뒤라면 [부유]를 걸 수 있다.

계속해서 [부유]를 걸면서 이동하다 보니 마침내 마을 입구가 보
이기 시작했다. 아, 마을 밖에서 전이용 체크 포인트를 설정하자.

──[전이 체크 1]──.

좋았어. 이걸로 되겠지.

"이, 이봐. 그건……."

마을에 들어가려던 차에 문지기가 내게 말을 걸었다.

『이걸 밖에서 잡아서, 환금소에 가져가려는데.』

"넌 참 대단하군."

그렇지? 암 그렇고말고. 나는 모험가 길드로 직행했다.

모험가 길드 밖에 레드아이 사체를 두고 안에 들어갔다. 사체
는 안에 들어갈 크기가 아니니까 말이지. 그리고 카운터로 이동.

"아까 밖에서 본 건, 네가 해치운 거냐?"

안대 아저씨가 있었다.

『맞아.』

"제법인걸!"

안대 아저씨가 카운터 너머에서 내 어깨를 두드렸다. 찰싹찰싹 마구 때리는 느낌이다.

"그러고 보니 이름이 뭐였지?"

이름, 기억하지도 않았나요…….

『빙람의 주인이라고 하는데.』

"그래? 람. 녀석을 잡을 줄이야. 이러면 인정할 수밖에 없지. 너는 이미 훌륭한 모험가야."

아저씨의 태도가 부드럽다. 좋아할 사람은 없을 것 같지만, 인정받으면 기쁘다.

『좌우지간 완료 카드를 받고 싶은데.』

"그렇군. 스테이터스 카드를 줘."

나는 카운터에 스테이터스 카드를 놓았다. 아저씨가 그 위에 금속 카드 같은 것을 댔다.

"다 됐어. 가져가."

안대 아저씨에게 완료 카드를 받았다.

"앞으로도 오늘처럼 잘해 보라고!"

아저씨의 격려. 이토록 변할 줄이야. 자, 다음은 기다리던 환금이다.

곧바로 환금소로 들어갔다.

『저기, 완료 카드를 가져왔는데. 그리고 밖에 있는 걸 환금하고 싶어.』

접수처 누나가 고개를 끄덕였다.

"네, 알겠습니다. 저 커다란 것은 사람을 불러서 운반할게요. 저 크기라면 다음에는 마을 밖에 둬도 돼요. 조금이라면 문지기가 지켜봐 주니까요. 그사이 저희를 부르러 오면 가지러 갈게요."

아하. 출장 서비스도 해 주는구나.

『참고로 묻겠는데, 저거라면 뭘 소재로 쓸 수 있지?』

"거의 전부예요. 딱딱한 껍질과 이빨은 무기나 방어구 재료가 되고, 뽑을 수 있는 은실은 마법 부여가 쉬워서 귀중하죠. 이번에는 타일런트 스파이더 중에서도 매우 크기가 커서, 최대한 열심히 감정해 볼게요!"

레드아이에서 은실을 뽑을 수 있는 건가. 아니지, 아니다. 이번에 잡은 것은 타일런트 스파이더의 네임드 몬스터라고 보는게 맞을까. 그래도 소재는 무명과 똑같은 취급이구나.

퀘스트 보상 : 2,560엔

레드아이 1마리 전체 : 33만 2,800엔

거대 거미의 실 : 2개 × 1,280엔 = 2,560엔

해체 수수료 : −5,120엔

획득 GP : +4 (총합 13)

합계 : 33만 2,800엔

소금화보다 큰 금화 1개와 은화 1개를 받았다. 우오오, 새로운 화폐잖아. 이게 가장 가치가 큰 화폐일까? 32만 7,680엔이 금화 1개인 셈이다. 그나저나 해체 수수료가 은화 1개라…… 뭐, 크기가 크니까 어쩔 수 없나. 저건 내가 해체할 수 없어 보이니까. 이번에 레드아이가 남긴 이빨만큼은 여기서 팔지 않기로 했다. 다음에는 대장간을 가야겠네…….

레드아이의 이빨을 챙기고 대장간을 찾았다.

"어제 오고 또 왔어? 무슨 일이야?"

오늘도 개 머리 화이트 씨가 나왔습니다. 혹시 이 대장간을 혼자서 꾸리고 사는 건가?

"아니지. 아무리 그래도 혼자 살지는 않아. 안에 아내와 제자가 있어."

아, 기혼자였군요. 적이네.

『이번에도 무기가 부서졌어. 그리고 해체용으로 나이프가 필요해. 또…….』

"이봐, 또 부수고 왔어? 넌 대체 어떻게 쓰는 거야?"

거, 이번에는 어쩔 수 없었다고요. 아, 맞다. 이걸 보여줘야지.

『이걸 가공해서 창으로 만들 수 없을까?』

나는 가져온 레드아이의 이빨을 보여줬다.

"이건…… 타일런트 스파이더의 이빨이냐? 아니군. 비슷하지만 달라. 이걸 어디서 구했어?"

어? 레드아이는 타일런트 스파이더의 네임드 몬스터 취급이라고 생각했는데, 아닌가? 그리고 보니 감정으로는 자이언트 스파이더의 아종이라고 나왔지. 호, 혹시……?

『마을 밖에 있는 거미 소굴에서 잡았어. 흠. 타일런트 스파이더에 관해 물어봐도 될까?』

"그래. 뭐, 간단한 설명밖에 못 하지만…… 자이언트 스파이더가 더 크고 흉악해진 느낌이지. 껍질이 쇠처럼 단단해. 소문으로는 쇠를 먹는다고 하던데. 뭐, 자이언트 스파이더가 진화한 모습이라고도 하지.”

음. 특징은 비슷하네.

『눈이 빨갛게 빛나거나, 바람 마법을 쓰지는 않나?』

“뭐? 거미가 마법을 쓸 리가 없잖아.”

어, 그런가요. 음. 완전히 다른 거잖아. 즉, 그게 정말로 자이언트 스파이더의 일종인가 하면 말인데……. 타일런트 스파이더의 네임드 몬스터라고 생각하기도 어렵군.

“그나저나 가공할 보람이 있는 재료군. 창이라고 했지? 만들어 주마. 그래도 돈은 받을 거야.”

그야 당연하겠지.

“재료가 있으니까, 깎아서…… 그래도 65만 5,360엔이군.”

끄엑. 수중에 있는 자금보다 2배나 되잖아. 재료를 가져왔는데 왜! 가공만으로! 시체 전체를 합친 돈의 곱절이 나오는 건데! 이상하잖아.

『선금을 두고 갈 테니까, 가공을 부탁해.』

어쩔 수 없이 금화를 하나 꺼냈다. 아, 모처럼 번 금화가. 내 금화가.

“고마워. 그리고 평소에 쓰던 창을 살 건가?”

『그거 말인데. 조금만 더 좋은 창은 없어?』

화이트 씨가 생각에 잠겼다.

“어렵군. 진은으로 만든 창은 무리라고 했지? 그렇다면 후우아 마을에 가거나, 대륙으로 넘어가는 거 말고는 모르겠군. 이마을에선 도끼나 검, 활밖에 안 쓰니까.”

네. 진은창은 무리입니다.

『평소 쓰던 창으로 줘.』

"그래. 매번 고맙군. 그나저나 나이프는 어떻게 할래? 나이프라면 '절단의 나이프'가 있는데."

이름이 그게 뭐래요. 무서운데요.

"해체용으로 좋은 나이프야. 이 동네 모험가들은 대다수가 가지고 있지. 그거보다 좋은 거라면 진은 나이프가 있어."

그건 몇만 엔이나 하는데요?

"4만 960엔 정도 하지."

어라? 의뢰로 싸네. 소금화 1개라면 어떻게든 되지. 사자.

"매번 고마워."

이렇게 내 나머지 자금은 소금화 1개, 은화 7개, 동화 7개, 푼돈 3개로 8만 130엔이 되었다. 많이 줄어들었네. 돈을 모으려고 하는데 자꾸 줄어드는 게 참 신기해!

그리고 며칠 동안은 거미나 숲 고블린 퇴치 퀘스트를 받으면서 하루하루를 보냈다. 숲 고블린 소굴에 숲 고블린이 늘어나지 않았나 살피러 가거나, 또는 레드아이 같은 강적이 나타나지 않나 찾거나 했지만, 탐색 범위는 넓히지 않았다. 타일런트 스파이더와도 싸워 보고 싶었지만, 근처 숲에는 자이언트 스파이더만 보였다. 역시 레드아이가 별종이었던 걸까. 별로 위험하지 않은 만큼 벌이도 평범했지만, 그냥 사는 데는 그걸로도 충분했다. 뭐, 모험가는 평생 직업이 아닐 테니까, 언젠가는 떼돈을 벌지 않으면 이렇게 생활할 수도 없어지겠지.

그리고 고양이 수레가 출발하는 날이 왔다. 나는 여관 주인아주머니에게 장기 외출을 알리고 고양이 수레 대기실로 갔다. 그런데 고양이 수레가 없었다.

고양이 수레가 안 왔어!

맞이방에는 오늘도 징그러운 아저씨가 있어서 물어봤다.

"무슨 소리야? 후우로우 마을은 내일 출발한다공."

어? 일주일 지났는데? 일주일 맞지? 서, 설마?

『물어봐도 될까? 일주일이 며칠이지?』

아저씨는 대체 뭔 소린가 하는 표정을 지었지만, 그래도 대답해 주었다.

"일주일이면 당연히 8일이지. 화, 수, 목, 금, 토, 풍, 암, 광요일이야."

으아. 일주일=7일이라고 생각했었다. 차, 창피해라. 그나저나 마법 속성을 그대로 요일로 쓸 줄이야…….

어쩔 수 없이 [전이] 스킬로 스이로우 마을에 돌아가려고 했다. 그런데 [전이] 스킬, 상상했던 것과는 완전히 달랐다. 처음에는 무슨 일이 일어났는지 이해할 수 없었거든!

──[전이]──.

내 몸이 저 하늘 높이 날아갔다. 그리고 공중에서 한 번 정지. 여기서 지정 좌표를 선택한다. 체크 포인트는 하나밖에 없으므로, 바로 낙하가 시작된다.

내 몸이 고속으로 낙하한다. 이 스킬의 무시무시한 점은, 착지를 전혀 배려해 주지 않는다는 것이다. 그렇다. 이대로 지면에 처박히고 끝난다.

——[부유]——.

[부유] 스킬을 써서 속도를 줄이고 착지한다. 정말이지 [전이]
는 미친 스킬이다. 그래도 뭐, 편리하지만.

마을에 들어가 여관으로 돌아갔다. 주인아주머니에게 오늘이
아니라 내일이었다고 전하고 내 방으로 갔다. 이참에 그동안 번
MSP로 [부유] 스킬 레벨도 올렸다.

좋았어. 내일이야말로 후우로우 마을로 출발하자.

다음 날. 고양이 수레 대기실에 파란 가죽 갑옷을 입은 모험가
스타일의 남자와 약간 젊으면서 딱 봐도 상인 같은 남자가 있었
다. 셋이라. 적구나.

"아, 미안해. 나는 호위라서. 이번에 후우로우 마을에 가는 사
람은 둘이야."

쿠웅. 소금화 1개를 인원으로 나누니까 은화 4개인가……. 이
제부터 이틀 동안 함께할 사람이니까, 감정해 보자.

【이름 : 그레이 카퍼】
【종족 : 보인족】

모험가 스타일…… 애초에 호위니까 모험가가 맞겠지. 이 사
람은 그레이 씨. 나머지 한 명은.

【이름 : 엔비 위즈덤】

【종족 : 마인족】

오호. 마인족이라. 이건 처음 보는 종족이네. 겉모습은 보통 인간과 다를 게 없는데.

"소개하지. 나는 보인족 그레이 카퍼. 편하게 그레이라고 불러 줘."

『나는 빙람의 주인이라고 해. 이틀 동안 잘 부탁하마.』

"그래. 맡겨만 줘."

그레이 씨는 밝고 이야기하기 편한 느낌이다.

"나도 자기소개를 할까요. 에브라고 합니다. 보다시피 보인족 상인이죠."

엔비 씨도 웃으며 자기소개를 했다. 그런데 에브……? 별명인가. 자기소개를 마치자 고양이 수레를 모는 사람이 왔다. 마부는 꽤 젊은데…… 그런고로 모두가 수레의 객차에 탔다.

고양이 수레는 바퀴가 넷 달리고(바퀴는 당연히 나무다) 별로 크지 않은 짐칸이 있는 마차 타입이다. 포장마차는 아니지만, 간단하게 지붕 같은 것이 달려 있다. 짐칸 안에는 간이 좌석이 있다. 호위를 맡은 그레이 씨도 마부 옆이 아니라 짐칸에 탄다. 마부 자리는 한 사람이 앉기도 벅차 보였다. 이러면 어쩔 수 없다.

자, 출발하자.

고양이가 끄는 수레가 숲을 달린다.

덩치는 커도 고양이가 끄는 수레라서 별로 빠르지 않다. 체감 속도는 시속 10㎞에서 빨라야 20킬로미터 정도려나. 예상했던 것보다 흔들리지 않아서 멀미는 하지 않을 것 같다. 느긋한 여행 길이다. 뭐, 숲속이니까 당연하려나.

"와, 람 씨는 성수님이지? 그런데 모험가가 되다니 신기한걸."

호위를 맡은 그레이 씨는 이렇게 자주 말을 걸어 주었다.

"람 씨, 고양이 수레가 느린 것 같지? 이것의 가장 큰 이점은, 마수가 다가오지 않는다는 거야."

그랬군. 안심하고 이동할 수단이라는 것이 세일즈 포인트인가. 뭐, 나는 돌아갈 때 [전이]를 써서 한순간에 갈 수 있으니까, 이렇게 느긋한 여행도 좋다.

『그레이 씨는 모험가 일을 오래 했어?』

"오랫동안 했다고 말할 정도는 아니야. 열두 살에 모험가가 되었으니까, 이제 10년 됐지. 베테랑 모험가들이 보면 아직 멀었어."

오호라. 지금 22세인가. 전생의 나보다 훨씬 젊은걸.

"그래도 좀 있으면 C랭크가 돼. C랭크가 되면 클랜을 만들 수 있으니까. 클랜을 만들면 람 씨도 올래?"

오, 반가운 제안이다. 나를 애벌레 몬스터로 의식하는 느낌이 없다.

『흠. 이런 모습으로도 괜찮다면.』

그레이 씨가 웃으며 대답했다.

"상관없어. 대륙에는 개미처럼 생긴 사람도 있으니까. 거기서 거기야."

"하하하. 즐거울 것 같군요."

엔비 씨도 웃으면서 이야기에 끼어들었다.

"이번에는 후우로우 마을에 갈 일이 생겨서, 호위면 공짜로 탈 수 있으니까 일을 받았거든. GP도 벌 수 있어서 기뻐."

"믿겠습니다, 그레이 씨."

엔비 씨는 밝게 웃는다.

"그러고 보니 에브 씨는 무슨 일로 후우로우 마을에? 거기는 장사할 만한 게……."

엔비 씨가 고개를 끄덕였다.

"오히려 그래서 가는 거지요. 이 대삼림에서 장사할 곳은 스이로우 마을밖에 없습니다. 그러니까 후우로우 마을에서도 장사할 수 있게 판로를 확장하는 겁니다."

신규 고객 개척인가. 대단한 일이다. 그때 엔비 씨가 팔찌 하나를 꺼냈다.

"그래서 말인데. 이게 팔 물건 중 하나입니다. 어떻습니까? 수호의 팔찌라고 해서, 장비한 사람을 보호해 주는 귀중한 팔찌입니다. 여기서 알게 된 인연도 있으니까 2만 480엔으로 깎아 드리죠."

그것을 본 그레이 씨가 쓴웃음을 지었다.

"성수님한테는 특별히 추천합니다. 이걸 쓰면 마수로 오해받을 일도 줄어들죠."

나는 잠시 시험 삼아 감정해 봤다.

【수호의 팔찌(가짜)】
【장비한 자의 수비력을 올려주는 팔찌(가짜)】

아, 이건 가짜네. 그레이 씨는 알아보고 쓴웃음을 지은 거구나.

『하나 사지.』

"람 씨, 그건……."

나는 그레이 씨의 말을 막았다. 은화 4개를 엔비 씨에게 주고, 팔찌를 차 본다. 뭐라고 할까. 여행 중에 필요도 없는 기념품을 산 기분이다. 은화 4개면 싸지 않아. 뭐, 장식으로는 나쁘지 않아서 패션으로 쓰지만, 군이 풍파를 일으킬 필요도 없다. 친해진 기념으로 치자.

"고맙습니다. 앞으로도 잘 부탁합니다."

고양이 수레가 느긋하게 숲속을 이동한다.

『그러고 보니 생각난 건데, 그레이 씨가 찬 검은…….』

"아, 알아보겠어요? 역시?"

그레이 씨가 허리춤에 찬 검을 뽑아서 보여준다. 정교하게 장식된, 파르스름한 은광을 내는 검이다.

"진은검이에요. 신출내기 시절부터 애써서 돈을 조금씩 모으고! 드디어 샀습니다. 이번에 후우로우 마을에 가는 것도 그 마을에 있는 지인에게 자랑하려는 이유도 있고요."

진짜 신나 보인다. 뭐, 자랑하고 싶은 마음도 다 압니다. 이건 그거다. 새 차를 뽑았다. 그것도 스포츠카를 샀다. 그런 지인과 똑같다.

고양이 수레의 힘인지, 마수의 공격도 안 받고 숲속을 순조롭게 이동한다. 얼마 후, 해가 지기 시작했다.

숲에서 탁 트인 곳에 수레가 멈춘다. 오늘은 여기서 야영한다고 들었다. 모닥불 흔적이 있다. 아마도 매번 같은 장소에서 야영하는 거겠지.

"람 씨, 먹을 것 가져왔어?"

아차. 전혀 생각하지 않았다. 요금도 비싸서 식사도 같이 주는 줄 알았는데.

"이 보존식량, 먹을래?"

그레이 씨가 딱딱해 보이는 빵 비슷한 것을 꺼냈다. 음. 그레이 씨한테는 미안하지만, 딱 봐도 맛없을 것 같네.

"후후후. 여러분, 좋은 게 있습니다."

엔비 씨가 웃었다. 그리고 고기와 뚜껑이 있는 항아리를 꺼낸다.

"오오, 고기!"

"그리고 이걸 보시죠. 이 항아리에는…… 술이 있습니다!"

수, 술? 이 세계에도 술이 있어? 처음 보는데. 서, 설마 술을 얻어먹을 수 있다니……. 호의를 감사히 받자.

"아무리 그래도 호위라서…… 술은 사양할래. 큭. 람 씨가 부러워."

그레이 씨는 술을 사양한다나 보다. 나는 받겠지만! 술을 입에…… 음, 좋다. 이건 벌꿀로 만든 술일까?

【[독 내성] 스킬이 개화했습니다.】

오, 스킬 개화. 왜 술을 마시니까 독 내성이 생기지? 뭐, 술은 과하면 몸에 해로우니까. 어떤 의미로는 독이나 다름없지. 그나저나 이런 데서 스킬을 얻다니 운도 좋아. 고기도 감사히 먹자.

아삭아삭 우물우물. 내가 먹는 것을 본 그레이 씨도 고기를 집어 먹었다.

술기운이 퍼져서 왠지 즐거워진다. 아, 맞다. 나도 먹을 게 있었지.

나는 세계수의 잎을 꺼냈다. 마부나 엔비 씨는 사양했지만, 그레이 씨는 받아 주었다. 나와 그레이 씨가 어깨동무하고 잎을 먹는다. 그야 뭐, 나는 어깨가 없으니 부둥켜안은 느낌이지만. 아삭아삭 우물우물. 오랜만에 먹는 잎은 맛있었다.

"람 씨, 이 이파리 진짜 맛있는데. 무슨 잎이지?"

『세계수, 세계수.』

정신 소통이라서 혀가 꼬이는 일이 없다. 음. 즐겁다. 이럴 때 분위기를 띄우려면 내 재주를 보여줄 필요가 있겠군.

『1번 람, 장기자랑 합니다. 실을 뽑아 봅니다.』

──[실 분사]──.

박수갈채가 쏟아진다. 왠지 진짜 즐거워졌다. 자, 다음에는 무슨 재주를 선보일까.

『그나저나 엔비 씨는 보인족과 구별이 안 되네요.』

내가 아무 생각도 없이 한 말에.

"람 씨, 지금 뭐라고 했어?"

어?

『에브 씨? 엔비 씨는 마인족이잖아요? 마을에는 없는 종족이던데.』

내 말을 들은 그레이 씨가 진은검을 뽑았다. 어?

"에브 씨, 람 씨의 말이 사실입니까?"

엔비 씨가 갑자기 웃음을 터뜨렸다. 지금껏 들었던 활기찬 웃음이 아니라, 조롱하는 듯한 웃음이다.

"대답해!!"

그레이 씨가 진은검을 엔비 씨에게 휘두른다. 그러자 엔비 씨는 잽싸게 뒤로 물러나 공격을 회피했다. 이 세계의 상인은 전투 스킬이 대단하네.

"거참, 이런 식으로 들킬 줄이야……. 아직 약 효과가 나타나지 않아 곤란한데요."

무슨, 소리야?

"네. 저 벌레 자식이 말한 것처럼 마인족이 맞습니다. 마인족 엔비 위즈덤 트웬티라고 하지요. 뭐, 이름을 대도 의미는 없겠지만요."

그레이 씨는 뭔가 스킬을 써서 엔비 씨에게 공격을 시도했다. 하지만 이를 한발 먼저 피하는 엔비.

"도망쳐, 람 씨!"

그레이 씨의 움직임이 서서히 느려진다. 그레이 씨는 이마에서 땀을 뻘뻘 흘리고 있었다. 어? 왜? 무슨 일이 생겼어?

"아, 이제야 효과가 나오는군요. 슬슬 끝을 볼 때입니다. 아, 역시 C랭크에 근접한 모험가. 이대로 뒀다간 죽을 뻔했군요. 무서워라."

엔비가 히죽히죽 웃는다. 단번에 술이 깼다. 나는 이제야 사태를 파악하고 창을 들었다. 이 녀석은 적이다. 도망쳐? 그레이 씨를 두고? 도망칠 수 있을까 보냐!

"꼼짝 마!"

엔비 씨가 말하고, 내 몸이 멈췄다. 뭐지? 그래도 억지로 몸을 움직이려고 하자 팔찌에서 강한 통증이 퍼졌다. 온몸에 고압 전류가 흐르는 듯한 느낌이다.

"거참, 저 벌레로는 이득이 안 나니까 실망한 차였는데."

나는 움직일 수 없어서 사태를 지켜볼 수밖에 없다.

"당신이 있어서 정말 다행입니다. 이 진은검은 비싸게 팔리겠지요."

엔비가 그레이 씨에게 다가간다. 그 손에는 어느새 나이프가 있다. 그레이 씨가 엔비의 나이프를 필사적으로 회피한다. 그레이 씨는 움직임이 굼뜨다. 그리고…… 뒤에서 찔렸다.

그레이 씨의 뒤에는 어느새 마부가 있었다. 한패였냐! 쓰러지는 그레이 씨. 이게 뭐야. 아까는 즐겁게 지냈잖아…….

"라, 람 씨. 어떻게든 도망……."

"시끄럽군요."

쓰러진 그레이 씨를 걷어차는 엔비. 무슨 짓이야! 그러지 마!

"어라? 애벌레는 아직 여유가 있나 보군요. 왜 못 움직이는지 모릅니까? 그 팔찌는…… 물론 수호의 팔찌가 아닙니다. 예속의 팔찌라 하지요."

그게 뭐야. 뭐냐고.

마부가 그레이 씨를 나이프로 찌른다. 몇 번이고, 몇 번이고. 그 몸에 나이프를 박는다.

"아, 이유가 궁금합니까? 모험가는 질긴 녀석들이 많다 보니, 확실하게 처리해야지요."

나이프를 든 엔비가 다가온다. 오지 마, 오지 마!

"그러고 보니 성수님에겐 마석이 있을까요? 확인해 봅시다."

이 자식이 뭘 하려는지 안다. 그만둬. 하지 마!

나는 도망치려고 몸을 움직였다. 팔찌에서 통증이 퍼진다. 그래도 죽는 것보다는 낫다. 아픔을 꾹 참고 천천히 몸을 움직였다.

"헛수고입니다."

금방 따라잡혔다. 그대로 나이프가 내 몸에, 내 안에……. 아파, 아파.

『그, 그만둬…….』

내 [정신 소통]이 안 들리는지, 녀석은 나이프로 내 몸을 갈랐다. 산 채로 몸이 해체당한다. 아파, 아파. 갈라진 내 몸에 녀석이 손을 넣는다. 몸에 이물질이 들어오는 감각. 싫어, 싫어. 뿌직하고 내 안에서 무언가가 끊기는 감각. 마치 전지가 빠진 것처럼…… 눈앞이 흐릿해진다.

"오호, 참 예쁜 마석이로군요. 파랗게 빛나는, 마치 수정 같은…… 이렇게 깨끗한 마석은 처음 봅니다."

아, 아, 아.

"아직 의식이 있습니까? 당신의 물건은 우리가 잘 활용해 드리지요."

내 시야에서 점점 빛이 사라져 간다.

"어라? 신기한 스테이터스 카드가 다 있군요. 이것도 비싸게 팔리겠습니다."

이력에 남으니까, 도둑맞지 않는다고 들었는데…….

"아, 이 안경은 안 빠지네요. 흠. 뭔지 궁금했는데. 뭐, 그냥 포기하지요."

몸에서 완전히 힘이 빠진다. 으으, 추워. 추워……. 더는 움직일, 수가, 없어.

"어라, 죽었나 보군요. 우리도 슬슬 절벽 아지트로 돌아갑시다."

이것이 내가 들은 마지막 말이었다.

내 시야는 완전히 어둠 속에 묻히고, 이제는 아무것도 알 수 없었다.

번외편 : 궁금해요, 무이무이땅

시로네 : 안녕하세요. 므후. 시작했네요.

미캉 : 그래. 잘 부탁하마.

시로네 : 므후. 그러면 후다닥 해 봐요.

미캉 : 그래.

시로네 : 이번에는 므후. 지금까지 여행하면서 알기 어려웠던 것들을 해설할게요.

미캉 : 어르신에게 큰일이 생겼는데, 그래도 되겠느냐?

시로네 : 므후. 괜찮아요. 주인공은 안 죽어요! (번뜩)이에요!

미캉 : 그건 또 참……

시로네 : 네! 신경 쓰지 마세요. 심심풀이라고 생각하고 함께 해 주세요. 자, 처음은…… 왜 처음에 마법을 썼을 때 기절했는가? 인데요.

미캉 : 그래. 기절했다면 역시 MP가 다 떨어져서? 하지만 MP는 성장하지 않지? 마법 하나로 고갈하는 건 이상한데.

시로네 : 네. 그건 착각이죠. 므후. 그 해답은 조금 있으면 나올 거예요.

미캉 : 그러고 보니, 왜 처음 모험가들은…… 숙련자 같은데, 자이언트 크롤러 따위의 공격을 맞은 거지?

시로네 : 아, 그건 말이죠. 그 아줌마…… 아아, 그 탐구사는 귀찮은 일을 싫어해서, 일부러 공격을 맞고 애벌레의 움직임을 봉쇄한 거예요. 그런데도 멍청한 전사가 마석과 같이 베었으니까 화낸 거군요. 무식하게 힘만 센 것들은 글렀어요. 므후. 참고로 (이것도 착각이지만) '도적'이란 클래스는 없어요.

미캉 : 그랬군. 일부러 미끼가 됐는데도 마석을 못 구해서 화가 난 거였어.

시로네 : 그래요.

미캉 : 그러고 보니 세계수 미궁에는 목 속성이 많았던 것 같은데.

시로네 : 그래요. 그래서 수, 풍 속성은 효과가 작아도 통하기는 해요. SP에 막혀서 효과가 없다고 착각한 거지만요. 아, 그리고 멍청한 우라는 마물에는 SP가 없다고 착각하고 살죠. 무식하게 힘만 센 것들은 이래서 글렀어요.

미캉 : 그러고 보니 대삼림에는 S랭크 모험가가 있던가?

시로네 : 므후. 세계에서도 몇 명밖에 없다고 하니까요. 뭐, 8대 미궁 중 하나, 이름을 봉인당한 영봉을 공략하러 온 팀에는 한 명쯤 있을지도 몰라요.

미캉 : 참고로 처음에 어르신이 계신 곳은 나한 대삼림이라고 하는 섬이고, 대륙의 이름은 아스티아라고 하지.

시로네 : 와, 엄청나게 딱딱한 해설이네요.

미캉 : 음. 그, 그런가?

시로네. 그럼요. 므후. 계속해 봐요. 세계수의 활과 화살의 가공이 폐급이어도 비싸게 팔리는 이유는, 세계수의 소재 자체가 귀하기 때문이죠. 그런데 왜 눈앞에 있는 것을 떼어서 쓰지 않느냐면, 단순히 떼어낼 수가 없기 때문이에요. 그게 되는 건 그 사람뿐이죠.

미캉 : 그래. 그걸 깎을 자는 어르신 정도밖에 없지. 아, 맞다. 어르신의 실도 귀중한 소재로구나. 실을 팔아서 생계를 꾸리는 것이 더 편할 것 같아.

시로네 : 뭐, 그러지 않아서 지금이 있는 거니까요.

미캉 : 그러고 보니 여관 주인은 왜 처음에 마구간으로 안내하려고 했지?

시로네 : 아, 그거 말이군요. 마구간은 길들인 마수를 두는 곳이니까요. 즉, 본인은 사람 취급을 받았다고 감동했지만, 여관 주인은 마수로 취급하고 있는 어처구니없는 상황이죠. 뭐, 여관 주인의 가벼운 농담일 테지만, 하나도 안 웃겨요.

미캉 : 그래. 지금부터 여관 주인을 베고 오마.

시로네 : 므후. 워워, 참아요. 그런 일로 사람을 베면 못써요.

스텔라 : 베, 베지 마세요…….

미캉 : 그러고 보니 어르신은 종종 선이 보인다고 말하는데, 선에 나타나는 표시가 다르다고 하더군.

시로네 : 그러게요. 감정이 끝난 것이나 지식으로 아는 것, 지혜의 외눈안경이 아는 것에는 이름이 표시되는 것 같아요. 그는 최근에야 알았다는데요.

미캉 : 아하.

시로네 ; 그리고…… 중급 감정은 보통 실패하지 않는데요. 그러나 실패한 적이 있죠. 왜 그랬을까요?

스텔라 : 그건…….

시로네 : 자, 스톱. 그 이야기는 그만하죠. 그리고 감정 정보가 적은 것도, 중급 감정을 잘못 써서 그런 거지만요.

미캉 : 그나저나 이런저런 이야기를 했는데. 이렇게 많이 이야기해도 되는가? 어르신에게 직접 물어본 것도 아니고.

시로네 : 네. 그러면 이번엔 이쯤에서 그만하죠.

스텔라 : 어? 내 차례는…….

시로네 : 당신이 나설 차례는 영원히 없어요.

미캉 : 그건 좀 불쌍한 것 같은데…….

시로네 : 늙은이 말투를 쓰는 사람은 입 다물고 있어요.

미캉 : 늙은이 말투……. 난 그런 적 없거든?

시로네 : 자, 스톱. 본성이 드러나네요. 거참. 나도 앞으로 나올 차례가 있을지 의문인데. 사람을 늘려서 어쩌자는 거예요.

미캉 : 괘, 괜찮다. 대륙에 건너갈 정도로 어르신이 진행하시면…….

시로네 : 그러게 말이죠. 그러면 좋겠네요. 뭐, 이제 슬슬 끝내볼까요.

미캉 : 그래.

시로네 : 자, 다음이 있다면!

미캉 : 잘 부탁하마.

스텔라 : 안녕히 계세요.

제3장

나는 한없이
이기적이니까

꿈을 꿨다. 나는 애벌레가 되어 이세계에서 모험했고…… 살해당했다. 아, 꿈이었구나. 꿈이라서 다행이야. 악몽이지만. 아, 맞다. 오늘은 내 생일이고, 어제 산 케이크가 냉장고에 그대로 있다. 그 케이크는 어떻게 생겼었더라…….

으, 윽…… 꿈, 꿈이었어. 그건 전부 악몽이었다고.

그래, 알아. 안다고! 아아…….

"오, 이제야 정신을 차린 것 같네."

목소리에 이끌려, 나는 천천히 눈을 떴다. 빛이 눈에 부시다……. 여기는 어디지……?

"안녕. 몸은 좀 어때? 말할 수 있겠어? 아, 너는 [정신 소통] 스킬로 말한다고 그랬던가."

『그, 그래…… 맞아.』

"괜찮아 보이는군."

괜찮아? 그게 뭐가 괜찮은데!

"응? 왜? 여기가 어딘지 궁금해? 여긴 후우로우 마을이야."

후우로우 마을……? 후우로우 마을이라고?!

『아, 아아…… 아아…….』

"진정해. 너는 살았어. 살았다고."

살았어……? 살았어?! 마, 맞다.

『그, 그레이 씨는? 같이 있던 호위인데…….』

"그레이가 있었나……. 아니, 못 봤어."

『그렇군…….』

그레이 씨의 시체는 없었나. 그 상태로 살았을 것 같지는 않다. 설마 그 뒤로 마수에게 먹혀서……? 제길. 장례도 치를 수 없나.

"그래서 말인데. 알려줄 수 있겠어?"

나는 다시 눈앞에 있는 인물을 봤다. 빨간 반다나로 짧은 머리를 세웠다. 등에는 날이 양쪽으로 달린 커다란 도끼를 멘, 역전의 전사 같은 인물.

"무슨 일이 있었어?"

『마인족 남자가, 엔비 위즈덤이라고 하는 마인족이…….』

으, 뭐지? 어지럽다. [정신 소통] 스킬을 쓰기 힘들다.

"이, 이봐. 무슨 일이야? 괜찮아?"

『그, 그래. 고양이 수레의 마부와 상인으로 위장한…… 마, 마인족이…….』

나는 그때 의식을 잃었다.

정신이 깬다. 머리가 무겁다. 주위 경치는 변함이 없다.

"일어났어? 한 시간 정도 기절했는데. 괜찮아?"

『그래.』

아직 머리가 지끈한 것 같기도 하다. 괜찮나……?

"괜찮은 것 같군. 아, 맞다. 내 소개를 아직 안 했군. 나는 이라. 액스 피버라고 하는 클랜의 서브리더야. 네 이야기는 우라한테 들었어."

아, 우라 씨의 클랜 사람이었다. 그랬군. 그래서 도끼를 가지고 있는 거야.

"고양이 수레의 마부로 위장한 마인족에게 습격당했다는 게 사실이야?"

『그, 그래.』

함께 탄 상인이 마인족이지만, 정정할 생각은 없다.

"역시나⋯⋯. 그나저나 놈들이 뭐라고 안 했어? 놈들의 아지트를 알 단서를 말이야. 뭐든지 좋아."

그러고 보니, 절벽 아지트가 어쩌고 했었지. 하지만 나는 가르쳐 줄 마음이 없다.

"마인족은 사람을 속이고, 교란하고, 배신하고, 도둑질해. 인간 세상에 피해만 주는 종족이야. 보이는 족족 죽일 수밖에 없어!"

마인이라고 해서 뭔가 특수한 종족인가 싶었는데, 듣기로는 그냥 사기꾼이나 도적 집단 같다. 그야 죽일 수밖에 없겠지. 그러고 보니 내 옷은? 짐은? 내 스테이터스 카드[블랙]은?

나는 주위를 살폈다. 나는 나무 침대에 누워 있는 듯하다. 이불도 없다. 주변에는 나무로만 간단하게 만든 방. 당연히 내 짐은 없다. 창도, 산 지 얼마 되지도 않은 절단의 나이프도, 하나도 없다!

『저기, 내 짐을 못 봤어?』

"아, 현장에는 아무것도 없었어. 배를 다친 너만 있었지."

하하하하. 아무것도, 없었다고! 애써 모은 돈도, 무기도, 하나도 없었다고! 앞으로 어쩌라는 거지? 아무것도 없는 이 상태로!

"진정해. 그리고 이걸 받아."

이라 씨가 내게 준 것은⋯⋯ 스테이터스 카드였다.

"스테이터스 카드가 없으면 불편하잖아."

『나한테 이런 걸 줘도 돼?』

"우라한테 들었어. 너는 처음 셋 퀘스트를 끝마쳤다며? 그 보상이야. 네가 정당한 권리를 갖는 스테이터스 카드라고. 그래 봤자 초보용 브론즈 카드지만."

구리색 스테이터스 카드에 손을 대 봤다. 글씨가 표시된다.

【스테이터스 카드[브론즈] 인증 완료.】

그리고 나타나는 스테이터스.

이름 : 빙람의 주인

소지금 : 0

길드 랭크 : G

GP : 25 /100

MSP : 2

종족 : 디아크롤러 / 종족 레벨 : 2

종족 EXP : 1036/2000

클래스 : 없음

클래스 EXP : 0/-

HP : 40 / 100

SP : 5 / 810

MP : 8 / 11

근력 보정 : 4

체력 보정 : 2

민첩 보정 : 8

솜씨 보정 : 1

정신 보정 : 1

보유 스킬 : 중급 감정(지혜의 외눈안경), 실 분사(숙련도8121), 정신 소통(숙련도2576), 독 내성(숙련도2400)

클래스 스킬 : 창 기술(숙련도 1232), 스파이럴 차지(숙련도 384), 반격 찌르기(숙련도 24)

서브 스킬 1 : 부유 3(숙련도 120), 전이(숙련도 40)

보유 속성 : 물(숙련도 344), 바람(숙련도 342)

보유 마법 : 아이스 니들(숙련도 100), 아이스 볼(숙련도 584), 아쿠아 폰드(숙련도 2)

하, 하하, 하하하하. 이게 뭐야? 이게 뭐냐고? MP 최대치가 11? 11이 뭔데? 비상 스킬 트리도 사라졌다. 습득했던 것이 사라지고 없거나, 트리 자체가 사라지다니. 하하하하. 절망적이다. 절망밖에 없는 상황이다. 하, 하, 하, 하. 좋아. 알았어. 어디 한번 해 보자고. 왜 살아남았는지 알 수는 없지만, 살았으니까. 살아남았으니까!

돈도 없다. 무기도 없다. MP도 없다. 스킬 트리도 사라졌다.

그래서? 그래서 뭐가 어떻다고?

질까 보냐!!

마인족 엔비 위즈덤! 목을 잘 씻고 기다려라! 나를 죽이지 못한 것을 후회하게 해 주마. 반드시, 기필코! 그레이 씨의 원수를 갚겠다. 내 손으로!!

그날, 나는 복수를 맹세했다.

나는 짧은 내 팔을 봤다. 팔에 있었던 예속의 팔찌는 없었다. 하하하, 아깝다고 회수했나? 내가 더 생각하고 행동했다면, 다른 결과가…… 알았는데, 알았는데! 아니다. 그만두자. 지금은 '뭘 어떻게 할지'를 생각해야 한다.

"람 씨를 만나고 싶어 하는 사람이 있는데, 괜찮을까?"

나는 고개를 끄덕였다.

"소드 아하트 씨. 들어와도 돼."

나무 문이 열리고, 갑옷으로 무장한 이족보행 개미가 들어왔다. 어라? 설마 개미 인간?

"지지지. 람이라고 했나. 본관은 소드 아하트라고 한다."

어라? 자막에 '지지지'라고 뜨는데, 실제로도 '지지지' 소리를 내는군.

"본관은 제국, 제3부대 소속이다."

제국? 제국이란 나라가 있어?

"아, 소드 아하트 씨는 대륙에 있는 우둔 제국의 군인이야. 람 씨한테는 신기할지도 모르지만, 의인족 사람이지. 의인족은 모두가 제국 군인인데……."

두 다리로 서 있구나. 나도 노력해서 두 다리로 걸어 볼까. 그러면 마수로 오해받는 일도 조금은 줄어들지 몰라.

"그래. 그 말처럼 본관은 제국 군인이다. 지지지. 그건 그렇고, 이걸 보게나."

소드 아하트 씨가 종이 한 장을 꺼냈다. 오, 종이다. 이 세계에도 종이가 있어?

"자네가 본 도적은, 지지지, 이렇게 생겼나?"

종이에는 그 엔비가 그려져 있었다.

『맞아. 이 녀석이야.』

"지지지. 그랬군. 나한에 와 있었나. 정보를 줘서 고맙군."

『왜 그 녀석을 찾는지 물어봐도 될까?』

소드 아하트 씨는 팔짱을 끼고 생각에 잠겼다. 팔짱을 낄 수 있을 만큼 팔이 길어서 부럽군. 똑같은 벌레인데, 이 차이는 뭔가!

"으음. 지지지. 군사 기밀이라고 말하고 싶지만, 말해도 되겠지. 우리 제국의 어리석은 귀족이 이 도적과 접점이 있다. 지지지. 그 어리석은 귀족이 이 도적에게 준 것을 쫓고 있다."

혹시 엔비는 제국에 쫓겨서 대삼림에 온 건가?

"그것은 용이 그려진 엠블럼인데. 지지지. 혹시 찾으면 가르쳐 주게. 비싸게 사들이지."

그렇군. 정보를 공개한 이유는 내가 엠블럼을 입수했을 때 엇갈리지 않기 위함인가.

『알았어.』

으, 머리가 지끈거린다. 제길. 이건 MP가 줄어든 탓인가. [정신 소통]으로 소비하는 MP가 부담된다. 대화도 벅찰 줄이야……

"지지지. 본관이나, 본관의 부하가 이 마을에 당분간 머물 작정이다. 잘 부탁하마. 다친 몸으로 말하게 해서 미안하군. 푹 쉬도록 해라."

"람 씨, 나도 당분간 이 마을에 있을 테니까 뭔가 일이 생기면 불러."

『그래, 고마워……. 다음에 또 보지.』

그리고 나는 그대로 기절했다.

눈을 떴다. MP 고갈로 기절하면 대충 한 시간이면 정신이 드는 듯하다. 일어나면 MP가 다 차 있으니까, 어쩌면 MP가 다 찰 때까지 기절하는 것일지도 모른다. 그리고 그때 중요한 사실을 알아차렸다. MP가 고갈할 때까지 쓰면 최대 MP가 늘어난다. 현재의 최대 MP는 12다. 우라 씨가 MP는 늘어나지 않는다고 했는데…… 늘었잖아. 그나저나 뭐랄까. MP가 늘어나서 희망이 생겼다. 아, 하지만 최대 MP가 늘어나면 기절하는 시간도 늘어날까? 그건 좀 곤란한데.

자, MP를 늘릴 방법도 찾았으니 최대 MP가 줄어든 문제는 해결될 것 같다. 다음으로는 돈, 식량, 아이템을 넣을 물건, 처음 목적이었던 클래스 획득이다. 그 생각을 할 때 하나밖에 없는 나무 문을 두드리는 소리가 들렸다.

"안녕. 일어났나 보네?"

이라 씨가 들어왔다.

"아까처럼 한 시간 걸렸나? 혹시 MP 고갈이야?"

나는 [정신 소통]을 쓰지 않고 고개만 끄덕였다.

"뭐, 무리하지 마. 여기는 언제까지고 있어도 돼. 여행자들을 위한 공동 공간 같은 곳이니까."

그랬군. 공용 숙박 시설이 있어서 다행이다.

"후우로우 마을에선 돈을 못 쓰니까. 물물교환이 기본이지."

어? 뭐라고? 뭐 그렇게 원시적인…….

"다시 말해서 잘 곳은 공짜로 구할 수 있지만, 밥은 알아서 구하든지 교환할 소재를 찾아오든지 해야 한다는 뜻이지."

히, 힘들겠군.

"그래서 말인데. 한 가지 좋은 제안이 있어."

음?

"람 씨. 아직 클래스가 없다고 들었는데, 사실이야?"

나는 끄덕였다.

"여기서 바로 '궁사' 시험을 봤으면 해."

시험이 있구나.

"'궁사' 시험을 볼 때는 아무것도 필요하지 않으니까. 게다가 1차 시험을 통과하면 초보용 활과 화살을 줘. 전부 잃은 람 씨에게는 딱 좋지 않을까?"

1차 시험 난이도가 얼마나 어려울지에 따라 다르겠지만, 무기를…… 활을 준다면 고맙다. 최악의 경우 전이를 써서 여관으로 돌아가는 것도 생각해 봤지만(식사비는 이미 치렀으니까), 여기서 클래스를 얻을 수 있다면 나쁘지 않다. 또 이틀 걸려 여기 오는 것도 멍청한 짓이니까.

『물어볼 게 있는데, 시험은 지금 당장 볼 수 있어?』

"이봐, 그야 시험은 언제든지 볼 수 있지만, 배에 구멍이 났었는데, 괜찮겠어?"

괜찮지 않다. 하지만 먹을 것도 없이 궁지에 몰린 상황에서 시간을 허비하기 싫다. 여관으로 도망치는 짓은 하기 싫다.

"단단히 결심한 것 같군. 알았어. 안내하지. 이 마을 족장이 있는 곳으로."

족장……이라. 군인인 소드 아하트 씨도 엔비 그 자식을 쫓고 있다. 서둘러야지. 서둘러 힘을 키워서, 누구보다도 먼저, 내가! 그 녀석을 해치우겠어!

이라 씨와 함께 집을 나왔다. 그리고 나는 바깥 광경에 숨을 삼켰다.

"어때? 놀랍지? 대륙 사람들은 대체로 놀라더라고. 성수님이라도…… 너라도 놀랄 거야."

집 밖은 커다란 나무 위였다. 뭐라고? 커다란 나뭇가지 사이에는 나무판으로 된 다리가 걸렸고, 그 위에 집이 많이 서 있었다. 우와, 이건 완전히 엘프 마을 느낌이네.

"스이로우 마을은 결계로 마수와 악의로부터 마을을 지키는 걸 알지?"

모르는데요. 그랬어요?

"결계가 없는 후우로우 마을에서는 나무 위에서 사는 걸로 마수의 위험을 피하고 있는 거야."

결계가 있으면 마수가 들어올 때 죽는다든지 하는 건가.

"이쪽으로 와."

다리를 걸어서 도착한 곳은 나뭇가지 사이에 줄로 연결된 곤돌라였다.

"족장의 집으로 가려면 이 곤돌라를 타야 해."

나무로 된 곤돌라에 줄만 묶인 물건이라서 흔들리면 떨어질 것 같았다. 이런 곤돌라로 이동해야 하나…… 고소공포증이 있는 사람은 발광할 법한 설비로군.

나와 이라 씨는 곤돌라를 탔다. 레버를 움직이자 도르래가 움직이면서 곤돌라도 이동하기 시작했다. 아, 도르래를 만들 기술력이 있구나.

우리가 탄 곤돌라가 이동하자 맞은편에서 곤돌라가 오기 시작했다. 이렇게 교대로 움직여서 이동하는 듯하다.

"다 왔어. 족장의 집이야."

곤돌라를 내리자마자 족장의 집이 나왔다. 크고 둥그스름하고 나무집. 우리는 그대로 족장의 집에 들어갔다.

"오, 이라. 뒤에는 그 성수님인가."

족장이 집에 들어가자마자 젊은 청년이 나왔다. 창백한 얼굴에 뾰족한 귀. 딱 봐도 삼인족이다.

"그래. 맞아. 성수님인 람 씨야."

『성수, 빙람의 주인이다. 잘 부탁한다.』

눈앞에 있는 청년이 족장……이겠지.

"뭐, 무사히 정신이 들어서 다행이야. 나는 이 후우로우 마을의 족장인 사가 실버 후우로우. 잘 부탁해."

사가 씨라…… 탑이라도 오를까? 이것도 생명의 숙명인가.

"족장, 미안하지만 람 씨가 '궁사' 시험을 보게 해 줘."

"그랬군요. 아직 몸을 덜 회복했을 텐데, 괜찮아?"

괜찮을지 어떨지, 그건 시험 내용에 달렸습니다.

"나는 이만 가 볼게. 람 씨, 힘들겠지만…… 뭐, 다음에 또 볼 때를 기대하지. 잘 있어."

묵직한 양날 도끼를 등에 짊어진 이라 씨는 그렇게 말하고 손을 흔들면서 자리를 떴다. 자, 나도 힘내 보자.

"자, 시험 내용을 설명하죠. 1차 시험은 활 적성을 확인합니다."

이라 씨가 떠나고 곧장 족장이 입을 열었다. 호오?

"먼저 이걸 받아 주시죠."

족장이 활과 화살 여덟 발을 가져왔다.

"자, 이제 밖에 나가죠."

족장과 나는 집 밖으로 나왔다.

"저쪽에 과녁이 보입니까?"

족장이 멀리 떨어진 점을 손으로 가리켰다. 시력이 나쁜 내 눈에는 흐릿하게 보이지만, 과녁 같은 물체가 있는 것 같다. 여기서라면 대충 30미터 정도 거리일까.

"이 활과 화살로 저 과녁에 다섯 발을 맞히면 1차 시험을 통과합니다."

받은 활은 간단하게 나무로 만든 것이다. 크지도 않아서 비거리나 위력이 나올 것 같지 않다. 화살도 내가 만든 것보다는 깔끔하지만, 화살촉이 없이 나무만 깎았고, 끝에는 뭔가 깃 같은 것만 달렸다. 이걸로 반 이상 맞히라고요? 말도 안 돼. 뭐, 어떻게든 맞혀 보겠지만.

"자, 해 보세요."

나는 활을 겨눴다. 활대를 잡고, 화살을 걸고, 마법의 실로 시위를 당긴다. 그리고 멀리 흐릿하게 보이는 과녁을 시야로 포착했다. 피융 소리와 함께 날아간 화살은 과녁을 크게 벗어나더니, 바람에 실려 어디론가 날아갔다.

두 번째 화살. 이번에는 과녁 근처 나뭇가지에 맞았는데, 박히지는 않고 튕겨서 땅에 떨어졌다. 흠. 비거리는 충분한가. 그러나 의외로 바람이 센걸.

세 번째 화살. 포물선을 그리며 날아가 과녁에 명중했다. 뭐랄까, 그냥 맞은 느낌이다.

네 번째 화살. 아까보다 완만한 포물선을 그리고 과녁으로 날아간다. 그래도 과녁에 푹 박혔다. 음. 이 정도 위력이라면 괜찮은데.

다섯 번째~일곱 번째 화살은 어렵지 않게 과녁에 명중했다. 이걸로 시험은 통과했다. 아주 쉽네. 세계수 시절에 쓰던 활로 연습하길 잘했다. 이 체형이라도 활을 쓸 수 있게 열심히 연습했거든. 그때 쓴 질 나쁜 활에 비하면, 이 정도는 맞히기 쉬운 편이다.

"오호. 한 번에 1차 시험을 돌파했네요. 람 씨는 우수하군요."

네. 칭찬해 주세요.

"그렇다면 다음 시험을 봐야겠어요."

간단한 것이라면 좋겠는데.

"다음 시험은 지금 가지고 있는 초보용 활로 혼 래트를 세 마리 사냥하는 겁니다. 그걸 돌파하면 '궁사' 클래스를 당신에게 내리겠습니다."

어? 혼 래트 정도면 돼? 뭐, 처음 클래스를 얻는 시험이 어려워도 이상한가.

"지금 당신이 가지고 있는 활을 드리겠습니다. 그리고 이 화살통과 화살 30발도 드리죠. 자, 잘해 보세요."

오, 화살과 화살통도 같이 준다면 고맙군.

『언제까지 하면 되지?』

"일주일 이내로 부탁합니다."

아, 여기 일주일은 8일이었지? 여유로운 시험이네.

『그럼 바로 사냥하러 나가 보지.』

그렇다면 오늘 중으로 끝내 보실까.

나는 족장의 집을 나와서 그대로 지나가던 마을 사람에게 안내를 부탁해 마을 출구로 걸어갔다.

『이 마을 사람들은 다들 젊어 보이는데…….』

"오? 머릿속에?! [정신 소통]은 언제 들어도 깜짝 놀라는군."

안내해 준 삼인족 청년이 놀랐다. 아까도 [정신 소통]으로 말했는데.

"아, 성수님은 삼인족을 잘 모르나 보지? 우리는 성인이 되면서 성장이 멈춰. 보인족 사람들에 비하면 수명도 길고. 뭐, 성수님의 수명이 더 길어 보이지만."

음. 그렇다면 삼인족 사람들은 젊게 보여도 사실은 나이가 지긋할 가능성이 있는 건가……. 뭐, 그럴싸한 종족이니까. 그렇게 생각하고 있는 동안에 아래로 내려가는 곤돌라가 앞에 왔다.

"이 곤돌라는 위아래로 도니까, 타이밍을 봐서 내려 주세요."

보니까 곤돌라는 알 수 없는 힘으로 원을 그리며 운행하고 있다. 관람차가 생각나네. 그래도 칸막이가 없으니까 쉽게 추락할 것 같아서 무서워.

자, 땅이다. 조금 궁금한데, 다쳐서 기절한 나를 어떻게 위로 올렸을까? 그리고 큰 마수의 소재는 위로 올릴 수 없지 않을까? 뭐, 뭔가 특별한 방법이 있겠지.

그런고로 지상에 왔습니다. 길을 헤매다가 여기로 못 돌아오는 것만 조심해야지. 뭐, 마을 중심에 있는 커다란 나무가 눈에 띄니까, 최악의 상황에는 그걸 보고 직진하면 되겠지. 뭐, 크다고 해도 세계수만큼 크지는 않으니까 멀어지면 안 보일 수도 있겠지만.

숲을 조금 탐색해 보다가 금방 혼 래트를 발견했다. 흔한 잡몹이네요. 좌우지간 활로 잡을까.

마법의 실로 어깨에 걸친 화살통에서 화살을 꺼내 시위에 메기고 쏜다. 화살은 혼 래트의 미간으로 날아가 뿔에 맞아 튕겨 나갔다. 아차……. 일격에 잡으려고 머리를 노렸는데 뿔이 있잖아. 나도 참 멍청하긴.

혼 래트가 뿔을 내세워 나에게 돌격한다. 그런 굼뜬 돌격에 새삼스럽게 맞을까 보냐. 깔끔하게 회피를…… 아차, 접근했을 때 공격할 방법이 없잖아? 하는 수 없이 화살을 들고 위에서 내리찍듯이 찔렀다. 결국에는 접근전이냐……. 나무로 된 화살은 부러졌지만, 어떻게든 해치우는 데 성공했다. 나머지 화살은 28발. 이건 활로 잡은 걸로 치지 않겠지?

다음 혼 래트는 금방 찾았다. 진짜 쥐가 많은 숲이다. 이번에는 제대로 몸통을 노리고 쐈다. 화살은 쥐의 몸통을 관통해서 숨통을 끊어 놓았다. 우선 한 마리. 그나저나 해체용 나이프도 없어서 피를 빼는 처리든 뭐든 아무것도 할 수 없다.

곧바로 찾은 다음 두 번째 혼 래트는 어렵지 않게 쏴 죽였다. 괜히 세계수에서 활 연습을 한 게 아니야! 앞으로 한 마리만 더 잡으면 시험 끝. 그런데 혼 래트를 찾고 있을 때 고블린을 알리는 선이 보였다. 숲 고블린인가…… 음, 이건 좀 많은데. 다가오는 표시선은 점점 늘어나서 10개 정도가 되었다. 화살이 닿는 범위에 들어간 숲 고블린에 화살을 날렸다. 표시선을 기준으로 삼아서 쏘는 거니까 맞으면 행운이라는 수준이다. 선이 바뀐 숲 고블린은 무시하고 계속 쏜다. 공격을 알아차린 숲 고블린들이 내가 있는 곳으로 쇄도했다. 총 여섯 마리. 별로 안 줄어들었다.

──실 분사──

나는 마법의 실을 써서 나뭇가지 위로 이동했다. (왠지 현기증이 나는데) 설마 또 MP 고갈 현상이 시작된 건가? 나는 스테이터스 카드를 확인했다.

3/14

우와. 줄었네. 설마 마법의 실 때문에? 어라? 잘 보니 완전히 고갈하지 않았는데도 최대치가 늘어났네. 이러면 늘어나는 조건을 특정할 수 없다. 짚이는 구석이라고는…… MP가 적을 때 늘어나거나, MP를 쓰는 행위에 따라 늘어나거나, 그것도 아니면 다른 무언가의 원인이……. 그렇게 생각하고 있을 때, 숲 고블린이 던진 돌이 날아왔다. 저기, 지금 난 SP가 없으니까 맞으면 위험하다고.

나는 나무 위에서 활을 쐈다. 화살은 숲 고블린의 머리통에 꽂혔다. 어? 아직 살았네. 한 발 더 날릴까 했는데 숲 고블린이 그대로 고꾸라졌다. 아, 죽었다. 그야 뇌에 화살이 꽂혔으니까 죽겠지. 이걸로 다섯 마리 남았나. 그때 숲 고블린 중 하나가 등에 메고 있던 나무 방패를 앞으로 내밀었다. 우오, 방패가 있네! 아무리 상대의 방패가 나무라고 해도, 지금 활로는 방패를 관통할 위력을 낼 수 없다고.

——실 분사——

하는 수 없이 위에서 살짝 비스듬하게 실을 날려서 방패를 빼앗았다. 오, 어쩌다 보니 방패를 득했네. 그리고 MP 고갈에 따른 현기증이 사라졌는데? 왜지? 나는 다시 스테이터스 카드를 봤다.

6/14

회복했어? 설마……!

나는 마법의 실을 정제하는 것처럼 주변에 떠다니는 아지랑이 같은 공기를 몸에 모았다.

8/14

역시나. 이게 MP의 원재료인가. 이제야 깨닫다니……. 그랬군. 마법의 실을 쓸 때마다 MP가 회복했으니까, 마법의 실을 만드는 행위가 MP를 소비하는 것을 눈치챌 리가 없다. 이거라면 아까처럼 연속으로 마법의 실을 만들지 않으면 괜찮을까? 그나저나 MP 회복 수단을 알아내고, [정신 소통]도 쓰기 편해졌군. 그렇게 생각하고 있는 동안 또다시 숲 고블린이 돌을 던졌다. 아, 전투 중이었지.

나는 빼앗은 나무 방패를 들어서 투석을 막고, 이어서 활을 쐈다. 화살이 숲 고블린 한 마리의 팔에 꽂혔다. 또 한 발…… 이번에는 숲 고블린의 머리에 박히고, 그대로 고꾸라뜨렸다. 네 마리 남았군. 화살은 14발…… 다 해치울 수 있을까?

색깔 아지랑이를 흡수해 MP를 회복한다.

──실 분사──

마법의 실로 자꾸 돌을 던지던 숲 고블린을 묶어서 구속했다.

"기기기, 벌레? 아니야?"

숲 고블린들이 소란을 피웠다. 하지만 아랑곳하지 않고 활을 쐈다. 화살을 숲 고블린 한 마리의 다리에 박혔다.

"까악. 기기기. 도망쳐. 도망쳐."

숲 고블린들이 도망치기 시작했다. 다리에 화살을 맞아 뒤처진 숲 고블린에게 화살을 날린다. 화살은 머리에 박혀 숲 고블린을 해치웠다. 마법의 실에 묶여 꼼짝도 못 하는 숲 고블린에게도 화살을 날려 숨통을 끊었다. 도망치는 나머지 두 마리 숲 고블린은 쫓지 않는다. 화살만 아까우니까.

나뭇가지에서 내려와 박힌 화살을 확인했다. 하나같이 부서져서 다시 쓸 수가 없다. 나무 화살이니 어쩔 수 없나……. 그나저나 숲 고블린의 마석을 회수하고 싶은데. 나무를 깎아서 만든 화살로는 해체할 수 없고 말이지……. 음, 아까워라. 하는 수 없다. 돈이 될 법한 장비나 챙기자. 마법의 실을 써서 돈으로 바꿀 만한 무기를 묶어서 짊어졌다. 궁사 클래스를 얻으면 스이로우 마을에 가져가서 환금하자. 아, 맞다. 혼 래트를 한 마리 더 잡아야 했지.

곧바로 혼 래트를 찾아 아무 일 없이 해치웠다. 잡은 혼 래트는 아무 처리도 안 했지만, 필요할 거 같아서 남은 화살에 꽂아 매달고 가져갔다.

남은 화살은 여덟 발. 자, 후우로우 마을로 돌아가자.

마을에 돌아왔다. 큰 나무가 표식이 되어서 헤매지 않았다. 마을 곤돌라 앞까지 오니 커다란 도마뱀이 있었다. 아니, 정확히는 커다란 도마뱀 사체다. 그것을 삼인족들이 에워싸고 있다.

『이게 뭐지?』

"우오, 누구야?"

[정신 소통] 스킬에 익숙하지 않은 사람들은 처음에 거의 무조건 놀란다.

『미안하군. 무슨 일인가 싶어서.』

"아, 그래. 마침 마을 전사들이 사냥을 마치고 돌아온 참이라서. 자이언트 리저드는 처음 보나?"

나는 고개를 끄덕였다. 고개를 끄덕였다고 할까, 머리만 움직인 거지만.

"자이언트 리저드는 날렵한 도마뱀인데, 성질이 사납지. 하지만 고기가 진짜 맛있어서 마을에서는 인기가 많아."

몸길이가 4~5미터 정도 되는군. 뭐랄까, 이 세계는 전체적으로 큰 것이 많다.

『그나저나 이만한 크기를 해치우다니…….』

"후후후, 그냥 싸우면 어려운 적이지. 하지만 이것은 추위에 약해서, 몸을 차갑게 하면 움직임이 느려지니까 쉽게 사냥할 수 있다고."

그랬구나. 좋은 정보를 들었다. 앞으로 눈에 띄면 얼음 마법으로 공격해 보자. 아, 지금은 MP가 적으니까 어렵나……. 그러고 보니 식용 버섯 퀘스트를 했을 때 환금소 안쪽에서 해체하던 것이 이거 아니었을까? 그때는 더 작았지만 맞는 거 같다.

잠시 후 위에서 커다란 승강기가 내려왔다. 삼인족들은 그 위에 자이언트 리저드를 올렸다. 아하, 이렇게 하는 거구나. 뭐, 나는 곤돌라로 올라가자. 빙 돌아서 내려온 곤돌라를 타고 위로 가자. 자, 족장의 집으로 가 보실까.

『족장, 있어?』

족장의 집에 들어가 바로 [정신 소통]을 썼다.

"있습니다."

그러자 족장이 안쪽 방에서 나왔다.

『이걸 확인해 줘.』

나는 화살에 매단 혼 래트 세 마리를 족장에게 건넸다.

"확인했습니다. 이쪽으로 오시죠."

족장은 안쪽 방으로 나를 안내했다. 아까 족장이 나온 방이네. 그 방에는 네모난 검정 기둥이 우뚝 서 있었다. 어, 이건? 스킬 모노리스잖아.

나는 바로 감정해서 확인해 봤다.

【클래스 모노리스(궁사) : 기본 클래스 궁사를 취득할 수 있다.】

"자, 이걸 만져 보시죠."

아, 역시 만지는 건가요. 뭐랄까, 생각했던 것과 다르다고 할까…… 기술을 배우고 취득하는 게 아니구나. 그런데 시험이 왜 필요해?

나는 클래스 모노리스를 만졌다. 그러자 모노리스에 글씨가 떴다.

【기본 클래스 궁사를 취득합니까? Y/N】

물론 Yes.

【궁사를 취득했습니다. 자세한 내용은 스테이터스 카드를 확인해 주세요.】

스테이터스 카드를 보니 클래스 항목에 궁사가 추가됐다.

클래스 : 궁사 LV 1
클래스 EXP : 0/8000
클래스 스킬
: 활 기술 LV 0(0/100), 집중 LV 0(0/20), 속사 LV 0(0/40)

예상대로…… 어? 다음 레벨에 필요한 경험치가 8000이라고? 너무 많지 않아? 전체 경험치를 이제 2000 정도 벌었는데. 다음 레벨이 너무 멀다. 아무래도 클래스 스킬은 스킬 트리처럼 전제 스킬이 없는 듯하다. 처음부터 모든 스킬을 습득할 수도 있다. 뭘 얼마나 찍을지 고민되네. 그리고 스테이터스에도 보정이 있는 듯하다.

근력 보정 : 4(1)
체력 보정 : 2(1)
민첩 보정 : 8(2)
솜씨 보정 : 1(4)
정신 보정 : 1(0)

아마도 괄호 안 숫자가 보너스 수치겠지. 괄호 안 숫자가 더 작으니까 그렇게 변한다는 뜻은 아닐 테고.

"클래스를 얻었습니까?"

그나저나 집 안에, 더군다나 한복판에 이런 검정 비석이 있다니. 족장은 생활하는 데 불편하지 않을까?

"클래스 설명을 듣고 싶습니까?"

오, 설명을 들을 수 있어? 정말 감사합니다.

"궁사는 활을 잘 다루는 클래스입니다. 활을 써서 기술을 배우고, 명중률을 올릴 수 있죠. 상위 클래스나 파생 클래스로 '사냥꾼'이 될 수도 있습니다."

흠흠.

『사냥꾼은 어떻게 되지?』

"경험을 조금 쌓고 마수를 길들이는 데 성공하면 사냥꾼이 될 수 있습니다. 테이밍은 압니까?"

마수를 길들여서 부하로 삼거나, 동반자로 삼거나 하는 건가?

"자격이 생긴 단계에서 언제든 클래스를 변경할 수 있습니다.

다만 사냥꾼이 편리해서 그대로 지내는 분이 많죠."

그렇군. 또 여기 돌아올 필요는 없을 듯하다.

『상위 클래스는 어떻게 돼?』

"궁사로 경험을 많이 쌓고, 활 솜씨가 극치에 다다른 자만이 될 수 있습니다. 파생보다 조건이 엄격해서 되신 분이 별로 없죠."

흠. 어쩌면 클래스 레벨 MAX, 스킬 전체 습득 같은 조건이 있을까? 만약 그렇다면 아직 멀었다.

『이 혼 래트는 어쩌지?』

"아, 시험 때 잡은 것 말입니까. 궁사를 취득한 사람을 축하할 때 요리 재료로 씁니다. 오늘은 마침 자이언트 리저드도 잡혔으니 호화 식사로 축하하죠. 당신도 꼭 먹고 가세요."

시험, 시험이란 대체…… 으그그그. 대접해 준다면 사양하지 말고 먹자. 자이언트 리저드의 맛도 궁금하니까. 이제는 어색하지 않게 사냥도 할 수 있으니까, 이 세계에 참 익숙해졌다. 그런 일을 겪은 뒤인데도 말이지.

밤이 되고, 식사가 나왔다. (음, 오늘 중에는 스이로우 마을에 돌아가려고 했는데.) 뭐, 자이언트 리저드의 맛이 궁금하니까 어쩔 수 없지.

나는 식사를 받고 공용 숙박 시설로 돌아왔다. 받은 것은 수프…… 또 수프야. 수프밖에 없나! 그리고 불에 구운 하얀 고기다. 아, 주위에 나무나 잘 타는 물건이 많은데 불을 피워서 요리해도 되나? 내가 아는 엘프는 나무 열매만 먹고 고기는 안 먹는 것 같은데 등등. 여러모로 시답잖은 생각을 했습니다. 그리고 이번에 가장 충격이었던 것은 귀로를 연기할 만큼 기대했던 자이언트 리저드를 조리하는 방법이, 굽는 걸로 땡. 그걸로 땡이라고!

이세계는 식문화가 뒤처졌어!

수프만 먹으면 심심하니까…… 하다못해 간장이라도 있었으면. 뭐, 수프도 재료 맛이 잘 살았고, 부드럽게 익혀서 혼 래트 고기 같지 않은 고기는 식감도 좋아서 그냥 먹을 수 있지만. 맛이 너무 심심해서 뭔가 부족하단 말이지. 더 진한 맛을 원한다. 된장이나 간장만 있어도 맛이 확 달라질 텐데.

자, 다음에는 고대하는 자이언트 리저드 고기. 굽기만 한 고기라서 조금 불안하지만, 이건 의외로 맛있다. 탱글탱글한 고기가 혀 위에서 뛰어노는 느낌. 입에서 확 퍼지는 육즙도 풍미가 진하다. 뭐랄까, 겉으로 봐서는 닭고기를 생각했는데 이건, 그거다. 문어다. 문어를 구워서 먹는 느낌이다. 이걸로 타코야키를 만들면 최고 아닐까? 생으로 먹든 구워서 먹든 다 맛있을 것 같다. 아, 제길. 간장 그립다.

그래도 매일 먹고 싶을 만큼 맛있었으므로, 다음에 눈에 띄면 적극적으로 잡아 보자. 이길 수 있다면 말이지. 자, 다 먹었으니까 잠이나 자자. (그냥 자면 좀 아쉬운데……)

———부유———

MP 소비를 검증해 보자. 자, 어떤 조건으로 최대치가 늘어나는 걸까?

그런고로 다음 날 아침. 조, 졸려……. MP 고갈로 기절하면 피로가 안 풀린다. 이, 이거 실수했는걸. 고갈 현상이 있으면 한 시간 뒤에 저절로 눈이 떠져서 잠든 느낌이 들지 않는다. 거참.

기절, 기상, 기절, 기상을 반복하는 것은 진짜 몸에 부담을 많이 준다. 수명이 줄어들 것 같아. 그래서! 이번에 반복해서 알아낸 것은, 아직 검증 횟수가 부족하다는 점입니다. 현재, 고갈 상태에서는 최대 MP가 반드시 1 늘어난다. 음. 이러면 고갈 상태가 아닐 때 늘어난 이유를 알 수 없단 말이지. 뭐, 당분간은 최대 MP를 늘리기 위해서라도, [부유] 숙련도도 올릴 겸 애써 보자.

족장에게 인사하고, 그대로 스이로우 마을로 돌아갈 채비를 한다. 자, 떠나자.

──전이──.

내 몸이 하늘 높이 날아오른다. 그리고 공중에서 딱 멈췄다가 낙하했다. 하늘에 이 섬의 크기와 나무에 덮인 모습이 한눈에 볼 수 있다. 그중에서도 가장 눈에 띄는 것이 세계수와 커다란 산이다.

──부유──.

나는 [부유] 스킬을 서서 스이로우 마을 근처에 착지했다. 그때 또 현기증이…… 고갈 상태? 전이도 MP를 소비하는 거야? 으, 위험했다. 최대 MP를 안 올렸으면 땅바닥에 처박혀 죽을 뻔했어. 나는 곧장 색깔 아지랑이를 흡수해 MP를 회복했다. (헉헉. 죽는 줄 알았네.)

자, 스이로우 마을이다. 아, 그리운 문과 울타리. 문지기 사람도 반갑다. 아직 며칠밖에 안 지났는데, 벌써 몇 년이나 지난 것 같다.

나는 스이로우 마을에 들어갔다. 먼저 환금소에 가자. 그런고로 직행했다. 안에 들어가서 곧바로 [정신 소통]을 썼다.

『저기, 환금을 부탁하고 싶은데.』

오랜만에 보는 접수처 삼인족 누나.

"어머, 오랜만이네요. 오늘은 어떤 물건을 가져오셨죠?"

나는 숲 고블린을 죽이고 회수한 장비들을 카운터에 놓았다. 솔직히 쓰레기 같지만, 한 푼이라도 돈이 필요하다.

녹슨 동검 : 2개 × 640엔 = 1,280엔

너덜너덜한 나무 방패 = 320엔

썩은 가죽 갑옷 : 4개 × 8엔 : 32엔

정체불명의 광석 : 8개 × 8엔 : 64엔

합계 : 1,696엔

동화 2개와 푼돈 52개…… 이게 지금 전 재산이군. 참고로 초보의 활 매입가를 물어봤더니 동화 1개였다. 공짜로 주는 거니까 당연히 그렇겠지. 비싸게 팔리면 팔고 장비를 바꾸려고 했는데, 당분간 활을 써야 할 것 같다.

환금을 마치고, 화이트 씨의 대장간으로 직행했다. 다음으론 물건을 사자.

『저기, 여기서 화살도 파나?』

안에 들어가 곧바로 [정신 소통]을 썼다.

"오, 오랜만이군. 화살이라면…… 쇠로 촉을 만든 게 있는데."

오, 있었나. 다행이다. 문제는 돈이군.

"하나에 1,280엔이야. 쇠를 써서 나무 화살보단 비싸지."

음. 싼 건지 비싼 건지 잘 모르겠다.

『그리고 가장 싼 해체용 나이프는 얼마나 하지?』

"2,560엔이야."

윽. 동화 4개. 부족하다……. 해체용 나이프는 나중에 사자. 살 수 있다면 오늘은 마석이 있는 마수를 사냥하려고 했는데. 하는 수 없지. 채집 중심으로 할까.

"그리고 부탁받은 창은 잘 만들어지고 있어. 기대하라고."

응. 정말 기대되네. 하지만 우선 돈을 구해야 한다. 좌우지간 전 재산을 털어서 쇠 화살을 하나 샀다. 쇠라면 재활용할 수도 있을 테니까. 자, 지금부터 조금씩 돈을 모아 보실까.

그런고로 묵묵히 채집에 힘쓰자. 채집의 좋은 점은 모으고 나서 퀘스트를 받아도 된다는 것이다. 곧장 스이로우 마을 밖으로. 돌아올 때는 전이로 한 방에 오니까 편해서 좋아. 뭐, 지금 가장 곤란한 것은 채집한 물건을 담을 것이다. 환금해서 구한 돈을 화살통에 넣을 정도로 보관할 곳이 부족하다. 돈이 생기면 작은 주머니나 배낭을 사자. 아, 마법 손가방은 참 편리했는데. 작은 것을 2종류까지 여러 개 넣을 수 있었으니까. 채집한 것과 사냥한 것을 보관할 데가 없어서 정말 불편하다.

오, 바로 버섯을 발견했다. 척척 챙깁니다. 버섯은 마법의 실에 걸어서 달고 다니자. 눈에 띄는 버섯을 계속해서 단다. 천장에 매달린 말린 감 같다.

버섯을 찾는 동안 산토끼를 발견했다. 쇠 화살의 위력도 확인하고 싶으니 바로 써 봤다.

화살이 산토끼를 관통했다. 어라? 이 초보용 활은 장력이 그렇게 세지 않은 것 같은데. 고작해야 10킬로그램이 조금 넘을까. 화살 하나만으로 이렇게 많이 바뀌나……. 회수한 화살로 산토끼의 목에 상처를 냈다. 그리고 뒤집어서 나무 화살에 꿰어 매달 았다. 이러면 피가 빠지겠지.

회수한 쇠 화살은 부서지지 않아서 다시 쓸 수 있을 것 같다. 음. 촉과 이음새 부분 모두를 쇠로 보강해서 그런가. 깃이 가장 먼저 상할 것 같다. 자, 다음.

곧바로 혼 래트를 발견했다. 이것도 쇠 화살을 썼다. 화살은 혼 래트의 몸통을 관통했다. 우와, 화력이 엄청나네. 화살만 바꿨는데 이 정도인가……. 이것도 이세계 보정? 잡은 혼 래트도 쇠 화살로 상처를 내서 피를 뺄 겸 거꾸로 나무 화살에 매달았다. 그나저나 혼 래트는 진짜 약하네. 고작해야 쥐새끼라서 그런가. 조만간 메탈 혼 래트나 외톨이 혼 래트도 나오지 않을까?

쇠 화살을 쓰면서 느낀 건데(지금 화살통에는 10발밖에 안 들어가지만), 회수를 생각하면 10발만 있어도 충분할지도 모르겠다. 10발로 못 잡거나, 적이 많으면 위태롭겠지만. 쇠 화살을 10발 모으면 자이언트 스파이더가 나오는 곳으로 가자. 나무 화살은 껍질에 막힐 것 같지만, 쇠 화살이라면 충분히 꿰뚫을 것 같다. 아, 맞다. 아쿠아 폰드를 쓰면서 걸어야지! 수 속성의 숙련도도 올리고 싶고, 쓰다 보면 다른 물 마법이 발현할지도 몰라. MP가 줄어들면 주위에 떠다니는 색깔 아지랑이를 흡수해서 회복할 수 있으니까. 마법을 너무 쓴다고 곤란할 일은 없어져서 참 좋다.

오, 레이그래스 발견. 이건 비싸게 팔리니까 짭짤하단 말이지. 감사감사. 다른 모험가는 찾기 어려운 풀도 표시선이 보이는 내 게는 아주 쉽습니다. 그 점만큼은 나도 참 운이 좋다. 이 힘을 쓰면 채집만으로 먹고살 수 있습니다.

자, 저녁때까지 채집한 결과를 발표하겠습니다. 돌아갈 때는 [전이] 스킬을 쓸 거니까 멀리 나가서 마구 채집했으니, 돈을 제법 벌 수 있을 것 같다.

우선 모험가 길드에 가자. 채집 퀘스트가 남아 있는지 확인해 보니…… 없다. 상설 퀘스트밖에 없네. 역시 저녁에는 남지 않나……. 아무리 나중에 받아도 되는 퀘스트라지만, 다음 날에 가면 물건에 따라서는 실패할 수도 있으니까. 뭐, 버섯 퀘스트로 만족하자.

퀘스트를 받고 환금소에 갔다.

퀘스트 보상 : 640엔
숲에서 자라는 식용 버섯 : 26개 × 32엔 = 832엔
숲에서 자라는 식용 버섯 (상급) : 2개 × 640엔 = 1,280엔
레이그라스 : 3개 × 1,280엔 = 3,840엔
산토끼(미해체) : 2,560엔
혼 래트(미해체) : 2개 × 640엔 = 1,280엔
해체 수수료 : −640엔
획득 GP : +1 (총합 26)
합계 : 9,792엔

은화 1개, 동화 7개, 푼돈 24개를 벌었습니다. 으, 그리운 은화. 그러나 예상보다 돈은 많이 벌리지 않았다. (채집이 다 그렇지…….) 그나저나 지금 안 건데, 혼 래트는 해체한 것보다 해체

하지 않은 것이 더 비싸게 팔리잖아. 그토록 고생한 해체가 헛수고였을 줄이야……. 오히려 손해를 봤다니…… 으그그그. 속은 기분이다. 진짜 이상해.

자, 물건을 사러 가 보자. 저녁때는 노점도 줄어드니까 서둘러 사서 돌아가야 한다. 은화 1개로 어깨가방, 동화 4개로 쇠 나이프, 동화 2개로 쇠 화살 1개를 샀다. 좋았어. 하루 만에 어떻게든 사냥할 수 있는 상태로 돌아왔다. 그나저나 모험가 길드에서 받은 쇠 나이프는 가장 싼 해체용 나이프였군. 공짜로 주는 이유를 알겠다. 나머지 동화 1개와 푼돈 68개를 어깨가방 주머니에 넣었다. 음. 정말로 푼돈이 거치적거리네. 푼돈은 됐다고 말할 수 있는 부자가 되고 싶어.

자, 여관으로 가자.

『주인장, 지금 왔어.』

여관에 가서 주인아주머니에게 [정신 소통]을 썼다. 주인아주머니는 술집에 온 손님에게 요리를 가져가다가 나를 알아채고는 인사해 주었다.

"어머, 어서 와. 오늘부터 식사가 필요해?"

『그래. 부탁할게.』

통통한 딸도 보인다. 통통하지만 빠르게 요리를 척척 나르고 있다. 열심히 일하네.

"잠깐만 기다려. 마침 저녁 식사 준비가 다 됐으니까."

그렇게 말하고 주인아주머니는 안쪽에서 오늘 저녁밥을 가져왔다.

『주인장, 앞으로 며칠 더 머물 수 있지?』

요리를 가져온 주인아주머니에게 물어봤다.

"앞으로 10일 남았어."

10일이라. 아직 여유가 있군. 먼저 추가 숙박비를 내길 잘했다.

나온 요리는…… 오늘도 수프입니다. 당신들, 매일 수프만 먹으면 안 질려? 오늘은 빨간 수프와 짝퉁 빵(멋대로 명명)이다. 수프에 들어가는 그린 바이퍼 고기는 제법 맛있으니까 그냥 참자.

──실 분사──

나는 실을 써서 요리를 챙겼다.

"너는 그걸 진짜 잘 쓰는구나. 손이 하나 더 있는 것 같아."

그렇지? 암 그렇고말고. 이렇게 될 때까지 며칠 걸렸을지도 모를 만큼 많이 썼으니까.

『그래. 소중한 손이야.』

그때 시스템 메시지가 떴다.

【[실 분사] 스킬이 성장 한계에 도달했습니다.】
【[실 분사] 스킬이 [사이드암 나라카]로 변이했습니다.】
【[사이드암 나라카]가 개화하면서 [마법의 실] 스킬을 작성했습니다.】

어? 설마 드디어 [실 분사] 스킬이 한계치까지 성장한 거야? 역시 9999가 최고인가? 내 눈앞에 투명한 팔이…… 요리 그릇을 잡고 있던 실이 어느새 투명한 팔로 변해 있었다. 응? 이거, 내 의지로 움직여!

팔이 하나 새로 생긴 느낌이다. 그보다도 길이로 봐서는 자유롭게 움직이는 팔이 생긴 느낌인데. 이, 이것은?

이거라면 지금껏 실에 의존하던 행동을 평범하게 할 수 있다.

"저, 저기 봐. 그릇이 공중에 떠 있어!"

그때 다른 손님이 놀라는 목소리가 들렸다. 어라? 이 팔은 다른 사람한테 안 보이나? 다른 사람 눈에는 접시가 허공에 뜬 것처럼 보이는 건가. 부유와 조합해서 슥 움직이면 반응이 좋을 것 같은데.

새로운 팔로 수프와 짝퉁 빵을 챙겨 방으로 돌아간다. 그리운 내 방…… 아니, 남한테 빌린 곳이지만. 퍽퍽한 빵을 수프에 적셔서 우적우적 먹는다. 아, 그리운 맛이다. 맛없어. 참을 수 없어. 하지만 속이 든든해. 더불어 스테이터스 카드[브론즈]를 확인했다. [실 분사] 스킬이 사라지고 [마법의 실]과 [사이드암 나라카]가 추가됐다. 스킬 항목의 옆에는 아무것도 없고. 숙련도도 늘어나지 않는 듯하다. 흠. 이게 완성형인가?

자, 이제 잠만 자면 되는데…… 피곤하지만, 오늘도 MP 검증 실험을 해야지.

아침밥을 먹고 모험가 길드로 갔다.

"벌레, 잘 왔어."

오늘은 꼬마 아가씨가 있나. 거미 퇴치 의뢰는 없을까. 진짜, 화살이 조금만 더 있었으면…… 처음에는 쇠 화살이 10발 모이면 거미를 잡으러 갈까 했는데, 채집 수입이 너무 짰다. 그렇게 돈이 안 벌릴 줄은 몰랐거든. 하는 수 없이 예정을 더 앞당겨 바로 거미를 잡으러 갑니다. 우선 돈을 벌 체제를 갖추는 것이 중요하니까.

지금은 쇠 화살이 2발밖에 없지만, 어떻게든 거미를 하나 잡아서 환금하고, 그 돈으로 화살을 사고, 사냥하는 숫자를 늘리고 해서…… 조금씩 효율을 늘리는 방향으로 추진해 보자. 뭐, 한 마리라도 잘 잡히면 몇 마리 더 잡을 예정이지만.

"벌레, 한가해?"

그때 신기하게도 꼬마 아가씨가 먼저 내게 물어봤다. 음? 평소엔 완전히 귀찮다는 듯이 있으면서, 무슨 일이래?

『바쁘진 않아.』

한가하다고 할 수도 있긴 한데. 나는 돈을 벌어야 해.

"그럼 따라와."

꼬마 아가씨가 말하고 카운터에서 나왔다. 어, 오늘은 무슨 일이야? 그리고 그대로 내 등에 올라탔다. 저기요. 나는 탈것이 아닌데요…….

"뭐 해? 빨리 움직여."

『어딜 가게? 오늘은 거미나 사냥하려고 했는데…….』

"벌레의 마법을 검증할 거야. 어차피 보스가 잡힌 거미 소굴에는 거미가 별로 없어."

등에서 들려오는 꼬마 아가씨의 목소리. 거미 소굴에 거미가 없으니까 자기 일을 도우라는 건가? 오늘은 말수가 많네.

꼬마 아가씨를 태운 나는 애벌레 스타일로 마을 안을 걸었다.

"신성국에는 헬 크롤러를 타는 기사도 있어. 신경 쓰지 마."

아니, 신경 쓰이지. 내가 신경 쓴다고. 그리고 헬 크롤러가 뭐야? 아, 대체 무슨 일인지.

마을 밖으로 나가려던 차에 큰길에서 낯익은 얼굴을 목격했다. 상대도 우리를 봤는지 말을 걸었다.

"소피아짱 선생님, 므후. 무슨 일 있어요?"

"검증."

세계수에서 구해준 시로네다. 진짜 오랜만이다. 그나저나 꼬마 아가씨는 진짜 최소한으로만 말하네.

어째서인지 견학에 참여한 시로네 씨와 함께 숲속을 걸었다. 꼬마 아가씨, 가볍기는 해도 슬슬 내 등에서 내려와 줄래요?

한동안 걷다 보니 자이언트 스파이더 표시가 보였다. 좋아. 새로워진 [마법의 실]의 능력과 위력을 시험해 보실까!

──마법의 실──

[마법의 실]을 날려서 자이언트 스파이더를 나무 위에서 떨어뜨렸다. 자, 활로…… 그때 어째서인지 등에 탄 꼬마 아가씨가 머리를 때렸다. 저기, 너무하잖아.

"마법을 써."

검증이 마법 검증을 말한 거였어? 나는 최대 MP가 적다고.

──[아이스 볼]──.

쥐똥만 한 MP를 써서 얼음 구슬을 만들었다. 그리고 그것을 꼼짝하지 못하는 거미에게 날렸다. 거미에게 얼음 구슬이 닿고, 얼음이 깨져 날아갔다. 음. 역시 미묘해.

"이상해. 한 번 더."

저기, MP가 빠듯하다니까. 그리고 이제 슬슬 등에서 내려와

주겠어?

——[아이스 볼]——.

얼음 구슬이 거미에게 닿고, 역시 깨져서 날아갔다.

"상상력이 부족한가……?"

꼬마 아가씨가 내 등에서 뭔가 끙끙 소리를 내며 중얼거린다.

"므후. 소피아짱 선생님, 왜 그래요?"

"마법이 너무 약해."

시로네 씨의 말에 꼬마 아가씨가 대꾸했다. 너무 약해? 약해서 미안하네요.

"알았어. 돌아가."

아, 그러십니까. 자, 돌아가시죠. 뭐랄까, 꼬마 아가씨의 막무가내에 휘둘리기만 하네.

"불만 있어?"

아뇨. 없습니다.

"이번엔 내가 준 퀘스트로 취급해 줄게."

어? 그건 고맙습니다. 나는 지금 돈이 진짜 궁하거든. 그래 주시면 감사합니다. 아, 맞다. 모처럼 만났으니까 꼬마 아가씨에게 '세계수'의 마수에 관해 물어볼까? 거미로 돈을 벌 수 없다면 '세계수'에 가는 것도 방편일 테니까.

『세계수 미궁에 어떤 마수가 있는지 가르쳐 주겠어?』

내가 말하자 꼬마 아가씨가 뒤척이는 느낌이 들었다.

"은화 1개."

역시 돈을 요구하는군요.

"소피아짱 선생님. 므후, 아직 그거 하는 건가요?"

"응."

저기, 나는 돈이 없는데. 이걸 어쩐다. 오늘 벌려고 했는데.

"제가 낼게요. 므후. 이것도 도움을 받은 답례예요."

옆에서 나란히 걷고 있던 시로네 씨가 은화 하나를 꺼내 소피아에게 주었다. 고마워.

"받았어."

우리는 천천히 마을로 돌아가면서 대화했다.

"지금 벌레가 세계수에 가는 건 추천하지 않아."

그, 그야 마법은 약하지만.

"첫 번째로, 레벨이 부족해. 최소 3, 클래스 레벨도 1 올리는 게 좋아."

음. 우라 씨도 3은 되어야 한다고 그랬었지. 보너스 포인트 8로 그렇게 큰 차이가 생기나?

"다음으로 GP가 아까워. 세계수에 서식하는 마수는 대부분 E랭크나 F랭크 토벌 대상. 지금처럼 E와 F랭크 퀘스트를 못 받는 상태에서 가도 GP만 손해를 봐."

"므후, 진짜 그래요."

음. 확실히 이 이야기를 들으면 F랭크로 올라간 다음에 가야 효율이 높을 것 같은데. 그건 알겠지만, 앞으로 GP를 74나 벌어야 한단 말이지. 거미라도 효율적으로 잡고 다닐 수 있으면 좋았을 텐데. 꼬마 아가씨 말로는 보스가 잡혀서 거의 안 남았다지? 그 말대로 오늘은 정말 거미가 눈에 띄지 않았다. 아까 본 한 마리가 다였으니까.

"그래도 갈 거야?"

나는 고개를 끄덕였다. (끄덕였다고 할까, 머리 부분을 움직인 거지만.) 뭐, 시험 삼아, 확인만 하러 간다고 할까.

"알았어."

그렇게 말하고 꼬마 아가씨는 세계수 미궁의 정보를 가르쳐 주었다. 이러니저러니 해도, 아 꼬마 아가씨는 박식하다. 길드 직원은 역시 다르나?

"우선, 세계수 미궁은 길이 하나밖에 없어서 헤맬 일이 없어. 통로도 넓고, 빛도 있어."

어라? 내가 있던 곳과는 느낌이 완전히 다르네. 함정도 많고, 어두웠는데…….

"이미 공략이 많이 된 곳이라서, 이렇다 할 보물은 별로 튀어 나오지 않아."

『튀어나와?』

무슨 뜻이지?

"미궁에서 보물을 입수하고 얼마 지나면 또 생기거든요. 그러 지 않는 고정 보물도 있지만요. 므후. 다시 안 나오는 고정 보물 이 더 좋다고 해요."

"그래. 하지만 세계수는 이미 거의 남은 게 없어."

다시 생기는 건가……. 왠지 점점 게임다워지는걸. 어떤 식인 지 실제로 보고 싶어.

"다음으로 마수."

응. 그 정보는 중요해.

"하층에서 출현하는 것은 F랭크 '마이코니드'. 버섯 인간으 로, 그 포자를 마시면 몸에 해로워. 소재는 마석 근처에 있는 금색 점액. 약점은 화 속성. 하지만 불태우면 소재를 못 챙겨."

흠흠. 자세한 정보를 들어서 다행이다. 정보가 있고 없고에 따라서 차이가 크니까.

"므후. 저는 질색이에요."

나는 시로네 씨가 허리춤에 찬 단검을 봤다. 뭐, 접근해서 싸우면 위험할지도 모르겠네.

"다음이 F랭크 '포이즌 웜'이야. 벌레와 똑같이 생겼는데, 뾰족뾰족해. 독이 있으니까 절대로 물리면 안 돼. 소재는 몸. 일단은 식용이야. 맛없어. 팔아도 돈이 안 돼."

나랑 똑같이 생겼다니 말이 너무 심하네. 나는 디아크롤러 님이라고!

"G랭크 '바인'은 풀. 들러붙거나 조이는 공격이 성가셔. 소재는 씨앗. 식용이야. 씨앗을 구우면 말랑말랑해져서 배가 불러. 화 속성에 약해."

말랑말랑하고 밤 같은 맛이 나는 빵의 재료가 이건가!

"마지막으로 E랭크 '블루 배트'. 마주치면 도망쳐."

음. 혹시 그건가? 처음에 맞닥뜨린 파란 박쥐. 별로 위험한 느낌은 안 들었는데.

"잽싸고, 하늘에 있으니까 공격 수단도 한정돼. 이빨로 물어뜯는 공격이 성가셔. 큰 소리가 약점. 하지만 어려워. 소재는 이빨과 몸. 몸은 식용."

그랬군. 도움이 되는걸.

『중층은?』

하층이 있으면 중층도 있겠지. 어쩌면 다음이 바로 상층일지도 모르지만.

"중층, 상층은…… 거기 갈 실력을 먼저 키우고 나서."

그렇군. 그건 아직 가르쳐 줄 수 없다는 건가.

"저는, 므후. 갈 수 있을 것 같은데요……."

꼬마 아가씨는 시로네 씨의 말을 무시했다.

"그리고 조언. 세계수에서 구하는 잎과 가지는 환금하지 않고 길드에 가져오면 GP로 교환할 수 있어. 랭크를 올리고 싶으면 가져와."

조언은 고마운데…… 그건 값을 보고 생각해야겠군. 비싸게 팔리면 고민할 것 같다. 수제 세계수의 활이 동화 4개였으니까, 그것과 비슷한 수준이겠지만.

『고마워. 덕분에 많이 배웠어.』

일단 정보를 구했다. 나는 이런 기초가 부족한 것 같다.

"그럼 저는 이만."

왜 따라왔는지 모를 시로네 씨와 헤어졌다. 이야기하다 보니 모험가 길드 앞으로 돌아온 것 같다. 그대로 애벌레처럼 기어서 모험가 길드에 들어갔다. 다른 모험가는 보이지 않는다. 내 등에서 내린 꼬마 아가씨가 카운터 안쪽으로 걸어갔다.

"벌레, 스테이터스 카드."

아, 그러고 보니 퀘스트로 취급해 준다고 했지. 꼬마 아가씨에게 스테이터스 카드[브론즈]를 주자 평소처럼 손에 댔다. 정말이지, 이건 뭘 하는 걸까?

"받아."

꼬마 아가씨 카운터 아래에서 완료 카드를 꺼냈다. 보, 보상을 얼마나 줄까? 그냥 마법만 쓴 거니까 많이 주지는 않겠지? 일단 환금소에 가 보자.

나는 곧바로 환금소에 가서 완료 카드를 삼인족 누나에게 건넸다.

『완료 카드를 확인해 줘.』

퀘스트 보상 : 3,840엔

GP : +4 (총합 : 30)

합계 : 3,840엔

동화 6개인가. 뭐랄까, 진짜 미묘한 보상이다. 아니, 그래도 GP를 많이 줘서 고맙긴 하네. 아, 이럴 줄 알았으면 잡은 거미의 소재를 챙길 걸 그랬다. 그렇게 생각하고 있을 때 누나가 은화를 하나 더 주었다.

『이게 뭐지?』

"예전에 잘못 지급한 내역이 있어서, 그걸 보충하는 거예요."

엉? 그런 일이 있었어? 전 재산을 잃기 전의 나였다면 일 처리가 개판이라고 했을 테지만, 지금은 정말 고맙다. 저금한 돈을 찾은 기분이네. 이걸로 은화 1개, 동화 7개, 푼돈 76개가 모였다. 조금만 더 모이면 철창을 사고 싶은데.

자, 이제는 화살을 사고 여관으로 가자.

드디어 왔습니다. 세계수. 날짜가 바뀌고 곧장 세계수로 직행 했습니다. 모험가 길드에 들러도 세계수 퀘스트를 받을 수 없으 니까 헛걸음만 하겠지.

눈앞에 있는 나무는 끝이 안 보일 정도로 크다. 나 말고 다른 모험가는 없다. 나무 아래쪽, 무수히 뻗은 뿌리 사이에 감춰진 듯이 입구가 있었다. 입구에는 문지기가 없어서, 멋대로 들어가 도 되는 듯하다. 특별히 관리하는 건 아닌가 보네.

자, 돌아왔다. 세계수여, 내가 돌아왔다. 그런고로 탐색을 시 작하자. 나는 드디어 세계수 미궁을 정면에서 진입하는 것이다. 흠, 감개무량.

미궁 안은 빛이 들어와서 그럭저럭 밝다. 나무 안이고, 사방이 나무인데도 신기한 기술이다. 세계수 안을 걷자 오른쪽 벽에서 풀이 난 게 보였다. 표시선에는 바인이라고 뜬다. 저게 그건가. 어쩔까. 불 마법을 쓰면 불타고 끝날 테지만.

좌우지간 활을 써 보기로 했다. 화살은 풀 중심, 양배추의 심 같은 곳에 박혔다. 양배추가 풀을 움직여 날뛰더니, 시들듯이 무 너졌다. 오, 잡았나? 일단 스테이터스 카드[브론즈]를 확인해 보 자. 그러자 경험치가 12 늘어나 있었다. 제대로 잡은 것 같군. 그런데 이렇게 약한 것이 경험치 12…… 많이 주는군. MSP도 1 이 딱 늘어났으니까 이건 짭짤한 적 아닐까? 좋아. 힘내서 잡아 보자.

좌우지간 마석과 소재를 회수해야지. 나이프로 양배추를 갈랐 다. 안에는 씨앗과 작은 마석이 있었다. 회수하자. 그렇게 방심 한 것이 실수였는지, 시야 위쪽에서 바인의 표시선이 보였다.

아차.

위에서 잎이 스르륵 내려와 달라붙으려고 한다. 서둘러 나이프를 쥐고 들러붙는 잎을 찢었다. 그러자 잘린 곳에서 잎이 길어졌다. (제길 이건 진짜 성가셔.) 어느새 양배추 본체가 눈앞에 와 있었다. 그 양배추가 잎을 하나하나 벌려서 안쪽을 드러냈다. 벌어진 잎이 나를 에워싸듯 퍼진다. 혹시 나를 포식하려는 걸까? 양배추 주제에 육식이야? 역시나 마수. 이대로 심을 찌르면 잡을 수 있겠지만, 달라붙는 잎을 치우느라 빠듯해서 그런 것까지할 여유는 없었다.

──[아이스 볼]──.

효과는 별로겠지만 얼음덩어리를 만들었다. 이거나 먹어라. 하나, 둘, 셋…… 심에 계속해서 얼음이 부딪힌다. 얼음덩어리가 부딪힐 때마다 녹색 충격파가 퍼졌다. 그동안에도 늘어나는 잎을 자른다. 다섯 번째! 얼음덩어리의 충격에 못 버텼는지 바인이 날아간다. 나는 곧바로 활을 들어 심을 노리고 쐈다.

화살이 심에 꽂히고, 바인이 움츠러들었다. 휴…… 시야 밖에서 공격당할 줄이야. 선이 보인다고 완전히 방심하고 말았다. 선은 안경을 쓴 오른쪽 눈 시야에만 나타난다는 것을 완전히 까먹고 있었네. 주위를 둘러보고 적이 없는지 확인했다. 그리고 화살을 뽑고 아까처럼 씨앗과 마석을 뗀다. 휴. 방심하지 않으면 쉽게 이길 것 같군.

바인을 몇 번 잡으면서 천천히 언덕을 올라가자 탁 트인 장소가 나왔다. 천장이 안 보이네. 시야 구석으로 벽을 따라 커다란 나선형 언덕이 보였다. 이걸 올라가라 이건가.

길이 넓어서 폭이 100미터쯤은 되어 보인다. 이만큼 넓으면 아무리 속이 뻥 뚫렸다고 해도 발을 헛디뎌 추락할 일은 없겠지.

그리고 한 시간 정도 걸었는데, 아직 바인 말고 다른 마수는 보지 못했다. 의외로 마주칠 확률이 낮은 건가?

응? 그때 길 가장자리에 나무로 된 딱지 같은 게 보였다. (이게 뭐지?) 딱지는 잘 뜯어질 것처럼 생겨서 큰맘 먹고 뜯어 보았다. 안에는…… 마법 손가방이 들어 있었다.

오오오오. 마법 손가방이야. 돌아왔어. 기뻐. 혹시 이건 보물 상자인가? 오오오, 처음이 마법 손가방이라니 운이 좋은걸. 마법 손가방 득! 안에서 마법 손가방을 꺼내 바로 사용자 등록을 했다.

【마법 손가방S(1)】
【아공간에 작은 물건을 넣을 수 있는 마법의 손가방. 넣을 수 있는 아이템은 1종.】

어……? 하나? 하나라. 뭐, 화살을 넣기만 해도 전혀 다르니까. 어? 화살이 안 들어가. 화살 크기로도 안 되나? 시험 삼아 동화를 넣어 봤다. 동화는 들어간다. 이거, 쓸 데가 있나? 그냥 주머니가 아이템이 더 많이 들어갈 것 같은데. 기뻤던 기분이 순식간에 다운됐다. 좌우지간 바인의 마석을 넣기로 했다. 하다못해 2, 3개 종류를 넣을 수 있으면 써먹을 길이 있을 텐데…….

그렇게 다운된 상태로 걷다 보니 위에서 버섯이 툭 털어졌다. 커다란 버섯 중심에는 고통스러운 얼굴처럼 생긴 구멍이 있는데, 그 안에서 포자 가루가 확 나왔다. 표시선을 보니 마이코니드라고 떠 있다. 좋아. 이제 새로운 게 나오네.

버섯에는 다리처럼 주름이 잡혔는데, 그걸 움직여서 엉금엉금 내게 걸어왔다. 가까이 오게 하면 위험할 것 같다. 특히 저 포자 가루는 위험할 것 같다. 뭐, 내게는 활과 화살이 있으니까. 멀리서 쏘기만 하자.

쇠 화살이 마이코니드에 박힌다. 마이코니드는 "푸어억." 하고 비명(?)을 질렀다. 무시하고 쇠 화살을 날렸다. 두 번째도 명중. 몸이 커서 맞히기 쉽다. 마이코니드는 비명을 지르면서도 멈추지 않고 다가온다. 세 번째 화살. 아직 안 죽었다. 네 번째 화살. 아직. 푸억푸억 소리를 내면서 걸어온다. 쇠 화살을 추가로 사길 잘했어. 다섯 번째. 마이코니드가 멈췄다. 오, 이제 거의 다 잡았나? 여섯 번째. 마지막 쇠 화살을 쐈다. 이걸로 안 잡히면 힘든데. 마이코니드에 마지막 쇠 화살이 박힌다.

그러나 마이코니드는 아직 움직였다. 하는 수 없이 나무 화살을 썼다. 추가로 나무 화살을 네 발 쏜 다음에야 마이코니드를 쓰러뜨릴 수 있었다. 움직임이 느릿느릿한 만큼 튼튼한 건가. 이건 포자 가루를 주의하면서 창으로 싸우는 게 나을지도 모르겠다. 어쩌면 사격에 내성이 있을지도. 화살을 빼면서 생각해 봤다. 마이코니드의 소재는 마석 근처 금색 점액이었지? 그런데 점액은 어떻게 챙기지? 곤란한걸. 정보를 들었는데도 준비도 안 한 내가 바보로군요. 그때, 뭔가 번뜩였다.

나는 마이코니드의 몸을 갈랐다. 죽은 뒤에는 포자 가루가 나오지 않아서 완전히 쪼갤 수 있었다. 마석 근처에서 금색의 끈적끈적한 액체가 나왔다. 수액 같은걸. 나는 그걸 (손이 안 더러워지게) 사이드암 나라카로 퍼서 바인의 마석을 꺼내 빈 마법 손가방S에 넣었다. 음. 잘되네. 아공간 보관이라면 더러워질 일도 없으니까. 앞으로 이 마법 손가방S는 금색 점액 전용으로 써야지. 그렇게 생각하면 입수한 타이밍이 딱 좋았을지도 모른다. 뭐, 원래 쓰던 마법 손가방이 있으면 그렇게 생각할 일도 없었겠지만.

그나저나 이걸 어쩐다. 이번에는 마이코니드가 한 마리밖에 없어서 다행이지만, 두 마리가 나오면 다 잡을 수가 없어. 이만큼 튼튼하면 쇠 화살이 열 발밖에 안 들어가는 초보용 화살통으로는 부족하고, 위력이 더 강한 활도 필요하고, 창도 필요한데.

끙.

오늘은 이만 돌아가자. 오늘 구한 소재를 환금하고 다시 생각해 보자.

마이코니드의 경험치는 64였다. MSP도 2 늘었다. (이거…… 여기서 사냥하면 레벨이 금방 오를 것 같네.)

사냥터를 세계수로 옮겨야 할까 보다. 이렇게 좋은데 왜 다른 모험가가 안 보일까? 레드아이의 기억이 머리를 스치지만…… 뭐, 모험가 길드에 가서 물어보자.

후다닥 돌아가자. 온 길을 그대로 돌아간다. 지난번처럼 나뭇가지에서 뛰어내려 한 번에 아래로 내려갈 수 없어서 불편하다. 아, 맞다. 여기서 [전이]를 쓰면 어떻게 될까?

——전이——

몸이 확 들리는 것처럼 상공으로 날아간다. 그대로 천장에 충돌하고, 낙하해서 지면에 처박혔다. 으악. 죽는 줄 알았네. 아,

하지만 다친 데는 없네. 그 속도로 부딪히고도 상처가 없다니, 혹시 이 스킬을 쓰는 동안에는 방어 필드 같은 것이 보호해 주는 걸까? 낙하 때도 굳이 [부유]를 쓰지 않아도 됐을까? 우와, 괜한 짓을 했구나……. 뭐, 하나 배웠으니까. 앞으로는 착지 때 [부유] 스킬을 안 써도 된다는 것을 알았으니 잘됐다고 치자.

음. [전이]는 천장이 있는 곳에서 쓸 수 없다. 의외로 불편한 스킬이네.

마수를 싹 잡으면서 왔는데, 돌아갈 때는 바인이 또 나타났다. 어디서 튀어나온 거지? 외길인데 참 신기한 일도 다 있다. 뭐, 미궁이니까 알 수 없는 힘이 작용한 거겠지.

다시 나타난 바인을 잡고 세계수 밖으로 나왔다. 돌아올 때는 서둘러서 왔는데, 그래도 왕복 세 시간이다. 끙. 이건 당일치기로 공략할 수 없겠네. 미궁 안에서 야영할 준비가 필요한가……. 자, 이번에는 진짜 전이로 마을에 가자.

돌아왔습니다. 스이로우 마을. 먼저 환금소로 갑니다.

『환금을 부탁해.』

평소처럼 삼인족 누나에게 부탁했다. 정말이지 쉬는 것을 못 보네요.

"네, 알겠습니다."

『그리고 마법 손가방의 아공간에 금색 점액을 넣어서 가져왔는데.』

"아, 그러면 대나무 통을 가져올 테니까 그쪽으로 옮겨 주시겠어요?"

어? 지금 대나무 통이라고 했어요? 자막에는 확실하게 대나무라고 떴다. 오오오, 대나무가 있어! 이 세계에도 대나무가 있구나!

죽순을 먹을 수 있잖아. 대나무 갑옷도 만들 수 있잖아. 뭐, 안 만들겠지만.

『저기, 이 주변에서 대나무를 구할 수 있어?』

"아니요. 이 주변에서는 못 구해요. 북쪽 후우아 마을의 특산품이에요. 종종 견인족 행상인이 철과 함께 가져와서 싸게 입수할 수 있으니까 자주 이용하지만요."

그렇구나. 이 마을 주변에서 구할 수 없다고 해도, 대나무가 있는 걸 알아서 기쁘다.

『대나무 통은 어디서 살 수 있지?』

"그건 말이죠. 화이트 씨네 대장간에서 팔아요."

어? 대장간에서 대나무를 팔아? 설마, 죽창을 만드는 건 아니겠지? 있으면 가지고 싶을지도…… 재미로. 뭐, 그런 생각을 하면서 사이드암 나라카를 써서 금색 점액을 대나무 통에 옮겼다.

『이 점액은 어디에 써?』

"이건 불에 약한 마수가 많은 세계수 공략의 필수품이에요. 모험가들이 많이 애용하는데, 무기에 쓰면 일정 시간 화 속성을 부여할 수 있는 아이템으로 가공할 수 있어요."

인챈트 아이템을 만들 수 있나. 그래도 가공할 수 있다는 말은, 그대로는 못 쓴다는 뜻이겠군. 좌우지간 환금해 두자.

바인의 씨앗 : 14개 × 640엔 = 8,960엔

바인의 마석 : 14개 × 640엔 = 8,960엔

금색 점액 : 5,120엔

마이코니드의 마석 : 2,560엔

대나무 통 : 무료

합계 : 2만 5,600엔

은화 5개다. 우와. 돈이 왕창 벌리는데요. 차, 창을 살까? 이
만큼 벌었으면 내일도 세계수에 가고 싶어지는데. 내일은 안 가
지만. 음. 이럴 거라면 바인의 마석은 부수는 게 나을까? 얼른
궁사 스킬을 취득하고 싶으니까.

　정보가 필요해서 그대로 모험가 길드로 갔다.

『저기, 물어보고 싶은 게 있는데.』

"오, 람이잖아."

　대머리 안대 아저씨가 있었다. 끙. 꼬마 아가씨가 더 박식해
보여서, 이 아저씨에게 물어봐도 될지 걱정되네.

"넌 벌써 세계수에 도전한다면서? 역시 내가 눈여겨본 만큼은
하는군. 보통 모험가의 몇 배나 빨라. 역시 인간과 성수님은 근
본부터 다른가? 너는 우리 모험가 길드의 유망주야!"

　안대 아저씨가 껄껄 웃었다. 이 아저씨 진짜 돌았나? 처음에는
금방 죽을 거라느니 난 모른다느니 그러면서 무시한 걸 지금도
기억하고 있는데요.

『물어보고 싶은 게 있는데…….』

"응? 뭔데."

혼자 신난 참에 미안하지만, 물어보고 싶은 게 있다고.

『세계수 미궁에서는 모험가를 못 봤는데?』

"아, 그거 말인가."

안대 아저씨가 설명했다.

"세계수에 도전할 모험가는 아직 자라지 않았어. 반대로 이미 다 자란 것들은 여길 떠났지. 그래서 지금은 딱 그 주변에 모험가가 없는 시기지. 마음껏 사냥할 수 있으니까 좋잖아? 뭐, 본래는 세계수는 둘 이상이 같이 공략하는 게 상식이지만. 너라면 혼자서도 괜찮겠지."

정말 일을 대충하네. 그나저나 사람이 없는 이유는 타이밍 때문이었나……. 솔로도 외롭지 않거든. 아, 본론을 잊었네. 정말로 물어보려는 것은 그게 아니야.

『그리고 말인데…… 이 근처에 절벽이 있는 곳을 알아?』

"절벽은 널리고 널렸지."

아, 쓸모없네. 이 아저씨 진짜 쓸모없다.

"음? 잠깐……? 네가 말하는 건 혹시 거긴가?"

오?

"후우로우 마을에 가는 데 왜 이틀이나 걸리는 줄 알아? 직진하면 금방 갈 거리인데."

아, 그랬어? 후우로우 마을은 사실 가깝나 보다.

"거기에 절벽이 있고, 그곳에 사는 실버 울프 무리가 있지. 정기적으로 사냥하려고 하지만, 놈들도 교활해서 잘 풀리지 않아. 하는 수 없이 무리를 피해서 빙 돌아가는 거다."

실버 울프? 포레스트 울프가 F랭크 토벌 대상이었지. 그거의 상위종인가? 아, 그래도 이건 완전 딱 걸렸다. 위치를 금방 찾아낸 것은 운이 좋았어. 하지만 틀렸을 가능성도 있으니까 사전에 확인해 볼 필요가······.

『고마워. 정보료는 얼마지?』

안대 아저씨가 손을 흔든다.

"뭘, 됐어. 이 정도는 서비스야. 그리고 너, 소피아에게 정말로 5,120엔을 줬다면서? 그 거스름돈이라고 치면 돼."

응? 무슨 소리지? 그러고 보니 자막에는 5,120엔이 아니라 은화 1개로 나왔었지. 설마 그건 정말로 은화 1개를 내놓으라는 뜻이 아니라, 뭔가 다른 표현이었나! 쿵. 무식하면 손해를 본다는 게 딱 이거군. 그리고 그렇다면 말하라고, 가르쳐 달라고, 이 꼬마 아가씨야. 순순히 은화 1개를 주고 말았잖아. 시로네 씨도 줬고 말이야.

뭐, 지나간 일은 어쩔 수 없다. 다음에는 대장간에 가야지. 대나무 통도 사야 하고······ 하아.

대장간, 대장간.

『대나무 통 줘.』

"오자마자 뭔 소리야."

오늘도 씩씩한 개 머리 화이트 씨.

"대나무 통? 좋아. 그거에 쓰는 거지? 4개에 640엔이야. 몇 개나 필요해?"

몇 개? 얼마나 잡을 거냐는 뜻인가. 뭐, 싸니까 8개를 살까.

『8개 줘.』

"자, 고마워."

화이트 씨가 작은 대나무 통 8개를 가져왔다. 작은 뚜껑도 달렸다. 마법 손가방S에 안 들어가나 시험해 보니 들어갔다. 그런고로 마법 손가방에 봉인합니다. 이건 소박한 의문인데, 금색 점액이 든 대나무 통과 그냥 빈 대나무 통은 따로 취급할까? 어떠려나. 끙. 이게 2종류 들어가면 좋은데. 뭐, 다음으로 넘어가자.

『그리고 활은 없어? 있으면 뭐가 있는지 가르쳐 줘.』

"활? 있지."

화이트 씨는 그렇게 말하고 곧장 안에서 활을 세 개 가져왔다.

"이건 쇼트 보우. 가볍고 다루기 쉽지. 보조 무기 겸 원거리 무기로 챙기는 모험가도 많아. 참고로 1만 240엔이다."

흠. 은화 2개로군. 이건 초보용 활보다 조금 나은 수준으로 보이는걸.

"다음은 콤포지트 보우. 철판과 나무를 조립해서 만들어서 파괴력이 있지. 크기가 작고 미궁에서 쓰기 편하지만, 무겁고 비거리도 그냥저냥 수준이다. 가격은 2만 480엔이고."

은화 4개로군. 크기로 봐서는 쇼트 보우와 별로 차이가 없는 것 같다. 가공 면에서는 이게 더 화려하다. 복합궁이라니 대단한 기술력이군.

"마지막이 롱 보우. 비거리와 파괴력 모두 이번에 소개한 것 중에서는 으뜸이지. 하지만 내구가 가장 떨어져. 막 쓰다간 부서질걸. 이것도 가격은 2만 480엔이다."

똑같이 은화 4개인가. 봐서는 일본 활과 비슷하고 길이는 2미터나 되어서 엄청나게 박력이 있다. 비거리와 파괴력이 모두 좋지만 부서지기 쉽다는 점에서 고민되네.

"참고로 주문하면 따로 내구를 올린 철제 롱 보우도 만들어 줄 수 있어. 그 대신 숙련된 궁사가 아니면 당길 수 없을 만큼 무거워지지만."

금액으로 보면 쇼트 보우지만, 그래도 콤포지트 보우가 낫겠지.

『콤포지트 보우를 줘. 그리고 쇠 화살도 4개 사겠어.』

끙. 창은 못 사는군. 다음에 사야지.

"매번 고마워."

은화 5개와 동화 2개를 지불했다.

"지금 쓰는 활은 어쩔 거야? 안 쓰면 내가 사들이고 그만큼 돈을 빼 주지."

제안을 받아들였다. 그래도 동화 1개밖에 안 싸지지만! 화살통에 넣지 못하는 나무 화살도 매입을 부탁했다. 이건 돈이 안 됐다. 폐기 처분하니까. 다음에는 창과 화살통을 사야지. 그게 다 끝나면 옷을 사자. 아무리 애벌레처럼 생겼어도, 알몸은 슬슬 졸업하고 싶습니다.

아직 조금 이르지만, 여관으로 돌아왔다.

"오, 오늘은 일찍 들어왔구나."

『그래.』

주인아주머니는 테이블을 닦고 있었다.

"나는 이제부터 저녁 재료 준비를 할 거야. 식사는 더 기다려야 하고."

수프? 수프지?

『알았어. 나중에 방으로 가져와 줄 수 있겠어?』

"그래. 나중에 스텔라에게 가져가게 하마."

스텔라……. 아, 통통하고 얌전한 딸 말이군. 감정해서 이름은 알았지만, 주인아주머니 입으로 듣는 것은 처음이네. 나는 주인 아주머니에게 고개를 끄덕이고 방으로 갔다.

방에 돌아온 나는 먼저 마법 손가방S에서 대나무 통을 꺼내 바닥에 놓았다. 자, 몰래 물 마법 연습을 하자. 현재, 최대 MP는 32까지 늘어났다.

소비 MP는 [정신 소통]이 4초에 1. 처음에 예상했던 것처럼 숙련도 1000마다 MP 1을 쓰는 시간이 1초씩 늘어나는 듯하다.

[실 분사](지금은 [마법의 실]이지만)의 소비 MP도 한 번에 1. 이건 여섯 번 연속으로 발동하든, 한 번만 쓰든 1만 쓴다.

사이드암 나라카는 발동하는 데 MP 8을 쓴다. 한 번 발동하면 없애지 않는 이상 MP가 추가로 소비되지 않는다. 참고로 발동 후에는 잠들어도 없어지지 않았다.

[부유]의 소비 MP는 1초에 1. 이것도 [정신 소통]과 똑같이 숙련도 1000마다 MP 1을 쓰는 시간이 1초씩 늘어나는 듯하다.

[전이]의 소비 MP는 16. 예상보다 많았다. 그나저나 전이든 부유든 스킬 취급인데 MP를 쓰는 것을 이해할 수 없다.

[아이스 볼]의 소비 MP는 하나에 2. 나는 한 번에 6개를 만들 때가 많으니까, 그것만으로 12를 쓴다. 지금껏 싸운 것을 생각하면 쓰는 MP와 위력이 걸맞지 않은 것 같다.

[아쿠아 폰드]의 소비 MP는 1이지만, 이건 숙련도를 올리면 소비 MP가 늘어날 것 같다. 숙련도를 올리면 물웅덩이 규모가 커지겠지만, 그만큼 소비하는 MP도 늘어날 것 같기 때문이다.

스킬 관련으로는 MP를 쓰지 않지만, 연속으로 쓰지 못하는 것 같다. 뭐, 그렇게 지금까지 알아낸 정보를 정리해 보았다. 음. 메모지가 있으면 이것도 메모할 텐데. 왠지 까먹을 것 같잖아.

——[아쿠아 폰드]——.

대나무 통에 물웅덩이를 만들려고 했는데, 발동하지 않는다. 그러나 숙련도는 올랐고, MP도 줄어들었으니까 이대로 계속했다. 아마도 이 마법은 땅바닥이 있어야 발동하는 게 아닐까? 그리고 최대 MP 증가의 법칙 말인데, 왠지 알 것 같았다. 아마도 MP를 소비하는 행동을 취할 때마다 늘어날 확률이 있는 것이다. 그리고 고갈 때마다 반드시 1이 늘어나는 거지. MP를 소비하는 행동 때 늘어날 확률은 정말 낮아서, 고갈시키는 것이 가장 효율이 높을 정도였다.

똑똑. 그때 문을 두드리는 소리가 들렸다.

『들어와.』

통통한 아가씨, 스텔라가 방에 들어왔다.

"저, 저기…… 두고 갈게요."

스텔라 씨는 식사를 두고 금방 나갔다. 자, 오늘 메뉴는 뭘까? 무슨 수프일까…… 어?!

이, 이건…….

그릇에 있는 것을 보고 놀랐다. 이, 이건 쌀이잖아! 수프 같은 액체에 담긴 하얀 쌀알 같은 무언가. 딱 봐서는 백미 같다. 죽처럼 됐네……. 이, 일단 먹어 보자.

한입 먹어 봤다.

이, 이건! 달다. 이게 뭐야, 달잖아. 죽에 설탕과 벌꿀을 넣은 느낌이다. 못 먹을 정도는 아니지만, 이해할 수 없는 느낌이다. 쌀 같은데 말이야. 기대한 만큼 엄청나게 실망했다. 그리운 흰쌀 맛을 볼 줄 알았는데……. 뭐, 식문화가 뒤처진 이세계니까, 쌀이 나와도 현미여야 정상이겠지. 쌀이 하얗게 될 때까지 깎는 정미 과정을 생각할 리가 없다. 겉만 보고 기대한 내가 바보였어. 반찬은 없고, 밥은 이게 끝이다. 준비를 하고 이게 다라니. 이상하잖아? 진짜 이상해. 그만큼 이 쌀 비슷한 것은 조리하기 힘든 걸까? 뭐, 이런 세계니까 단맛이 귀한 걸지도 몰라.

　다음 날. 나는 탐색을 시작했다. [전이]를 쓰면 순식간에 돌아갈 수 있으니까 큰맘 먹고 멀리 탐색해 보는 거다. 일단 고양이 수레 정류소에서 후우로우 마을로 가는 길을 따라간다. 멀리 돌아간다는 이야기에서 유추해, 후우로우 마을의 위치와 [전이] 스킬을 썼을 때 상공에서 보인 스이로우 마을의 위치를 생각해 탐색 범위를 좁혀 나갔다.

　나는 [마법의 실]을 써서 나무를 뛰어다니며 빠르게 이동했다. 그리고 마침내 찾아냈다. 뛰어다니기를 몇 시간, 거리로 보면 100킬로미터가 넘게 탐색했다.

　시야에 걸리는 것은 실버 울프의 표시선. 이게 안대 아저씨가 말했던 실버 울프가 산다는 절벽이겠군. 주위에는 다른 선이 안 보이니까 한 마리밖에 없겠군……. 마침 잘됐다.

　나는 콤포지트 보우를 꺼냈다. 아, 찾느라 정신이 없었는데, 시험 사격을 해 볼 걸 그랬나? 뭐, 상관없어…….

실버 울프의 표시선을 노리고 화살을 날린다. 명중. 공격을 받아 나를 감지한 실버 울프가 달려온다. 크다. 그래도 레드아이처럼 요새 느낌이 물씬 나는 덩치는 아니지만, 그래도 보통 늑대보다도 훨씬 크다. 정말이지 뭐든 크게 나오는 이세계야.

실버 울프의 속도는 빠르지만, 나는 조바심을 내지 않고 화살을 메겨 쐈다. 작지만 묵직한 콤포지트 보우에서 바람 소리를 내며 화살이 날아간다. 화살은 정확히 실버 울프의 머리통에 박혔다. 늑대의 움직임이 멈춘다. 비틀비틀 움직이거니, 머리를 흔들어 그대로 으르렁대고 다시 달리기 시작한다. 화살이 박혔는데도 기운이 넘치네.

한 발 더. 실버 울프는 급정지해서 오른쪽으로 살짝 뛰어 회피했다. 뭐라고? 초보용 활보다 화살이 날아가는 속도가 더 빨라졌을 텐데도 피하는 건가……. 아, 접근하게 둘 수는 없지. 접근전 무기가 없으니까 위험해.

다시 화살을 날렸다. 이것도 오른쪽으로 뛰어 회피하지만……바로 또 화살을 날렸다. 이번에는 명중. 이것은 머리에 박혔다. 머리에 화살이 두 발이나 박힌 실버 울프가 포효한다. 그 소리에 호응한 것인지 주위에서 차례차례 실버 울프 표시선이 늘어난다. 이건 큰일인걸. 머리에 화살이 박힌 실버 울프는 눈에 보이는 데까지 다가왔다. 그나저나 머리에 화살이 박히고도 살아 있는 것이 이상한데.

모여든 실버 울프도 표시선이 아니라 실제로 눈에 보일 만큼 가까웠다. 2, 3, 4…… 열 마리 정도. (이거 외통수 아닌가?) 주위 실버 울프는 바로 덤벼들지 않고 내 주위를 집단으로 빙빙 돈다. 큰일이다. 사냥당하겠어.

주위에 있던 한 마리가 원에서 빠져나와 내게 덤벼들었다. 나는 [마법의 실]을 날려서 몸을 이동해 피했다. 하지만 그걸 노린 것처럼 다른 한 마리가 덤벼든다. 나는 쇠 화살을 사이드암 나라카로 잡고, 뛰어든 실버 울프를 향해 뻗었다. 화살은 물어뜯으려고 쩍 벌어진 실버 울프의 입 안으로. 그대로 목구멍을 관통했다. 실버 울프는 못 참고 뒤로 펄쩍 뛰었다. 그러나 바로 다음 실버 울프가 뛰어든다. 제길. 무리야.

──[마법의 실]──.

나는 [마법의 실]을 날렸다. 목표는 제일 처음 머리에 쇠 화살이 박힌 실버 울프. 그러나 오른쪽으로 폴짝 뛰어서 [마법의 실]을 피했다. 하지만 나는 땅바닥에 붙인 [마법의 실]을 그대로 줄여서 그쪽으로 날아갔다. 그리고 실버 울프의 옆을 지나가면서 머리에 박힌 화살을 사이드암 나라카로 붙잡았다.

──[전이]──.

나는 화살을 붙잡은 상태로 저 멀리 상공으로 날아갔다. 사이드암 나라카가 밑으로 끌리는 느낌이 엄청나다. 이걸 내 손으로 잡았더라면 부러졌을지도 모른다. 사이드암 나라카가 어떻게 됐는지 볼 여유는 없다. 상공에서 정지하고, 바닥으로 낙하한다. 그대로 땅바닥에 처박힌다. 세계수에서 시험했듯이 무언가의 방어 필드가 지켜주는지, 다치거나 그러진 않았다.

자, 사이드암 나라카가 붙잡은 실버 울프는 어떻게 됐지? 멀쩡하게 있다. 아니, 기운이 없기는 하지만 아직 죽지 않았다.

──[마법의 실]──.

나는 [마법의 실]을 써서 실버 울프를 구속했다. 이 거리에서는 피할 수 없다.

——[마법의 실]——.

계속해서 [마법의 실]을 써서 나무 위로 올라간다. 그리고 쇠화살을 쐈다. [마법의 실]에 구속된 실버 울프는 뭘 어쩌지도 못하고 몸에 화살을 맞았다. 실버 울프가 몸부림을 치기 시작했다.

다시 한 발. 실버 울프는 화살이 몸에 박히기 전에 [마법의 실]에서 벗어나 몸을 틀어 화살을 피했다. 아직 안 죽었냐!

남은 화살은 두 발.

——[마법의 실]——.

나는 [마법의 실]을 실버 울프에게 날렸다. 움직임이 느리지만 회피당했다. 하지만 그 패턴은…… 파악했어! 이미 준비해서 날린 화살이 [마법의 실]을 피한 실버 울프에게 박힌다. 예상 지점에 와 줘서 다행이야. 이 녀석은 피할 때마다 오른쪽으로 뛰었으니까. 예상이 맞았어.

그리고 실버 울프는 천천히 정지하고…… 쓰러졌다. 이겼나? 레드아이만큼 힘들게 고생하지는 않았지만, 내 힘이 얼마나 부족한지 통감했다. 결정타가 필요한걸. 결국, 화살은 한 발만 남았다. 제길. 너무 아슬아슬하게 싸우네. 회수한 것은 몸에 박힌 여섯 발과 빗나간 하나뿐. 이러면 실버 울프의 환금 금액에 따라선 적자일 수도 있다. 세 발이나 버리고 온 것은 아쉬운걸. 하아…… 피곤해라.

좌우지간 실버 울프의 경험치와 MSP를 확인하자. 경험치는 144, MSP는 4였다. 많이 늘어났는걸. 실버 울프를 학살할 수 있게 되면 짭짤하지 않을까? MSP를 어떻게든 100까지 모아서 활 기술을 취득하자.

마을은 가깝다. 일단 돌아가자. 부유를 써서 실버 울프의 사체를 띄워 운반한다. 써먹을 길이 없다고 생각했던 [부유]가 의외로 편리합니다. 그래도 아직 숙련도가 부족해서 띄운 상태로 얼마간 이동한 다음에 쉬고, MP를 회복하고, 이런 지루한 작업을 반복해야 하지만. 뭐, 숙련도를 올리는 작업이기도 하고, 언젠가는 점점 효율이 좋아지겠지.

일단 환금소에 가자.

『저기, 환금을 부탁하고 싶은데.』

헬로. 평소 보는 누나에게 말을 걸었다.

"네, 알겠습니다. 무엇을 가져오셨죠?"

『이걸 가져왔는데…….』

나는 부유를 써서 실버 울프의 사체를 환금소 안에 들였다.

"이, 이건 실버 울프네요. 혹시 퀘스트를 받으셨나요?"

응? 무슨 소리지.

"실버 울프는 특별 토벌 대상 마수라서, 퀘스트를 안 받은 분도 GP를 받아요. 여기서 기다리고 있을 테니까, 처음에는 모험가 길드에 들러 보세요."

으허. 그랬구나. 준다면 꼭 받자. 그런고로 모험가 길드에 가야겠군. 맞은편 건물이니까 가까워서 참 좋네.

모험가 길드에 왔다. 오늘은 건물 안에 모험가들이 몇 사람 있다. 음. 그러고 보니 다른 모험가와 접점이 별로 없네. 우라 씨도 그때 이후로 얼굴을 못 봤으니까. 우라 씨는 이 마을에만 있는 모험가인 줄 알았는데, 다른 볼일을 보다가 들렀다고 한다. 그래도 이 마을 모험가들에게는 형님 소리를 듣지만. 뭐, 남을 잘 챙겨 주는 사람이니까, 존경받을 만도 하지. 어쩌다가 우라 씨가 있는 타이밍에 이 마을에 온 나는 운이 좋았다.

"벌레, 이 시간에 왜 왔어?"

오늘은 꼬마 아가씨가 있네. 뭐, 안대 아저씨보다는 낫지.

『실버 울프를 잡았는데.』

그 말을 듣고 주위 모험가들이 술렁거렸다. "진짜?", "우리랑은 근본부터 다르다니까.", "원래는 마수."라는 자막이 보이네. 너희는 숨어서 안 들리게 말한다고 생각하지만, 나는 자막으로 뜨니까 다 안다고!

"시끄러워. 실버 울프 정도로 놀라지 마. 그러니까 진짜 의미로 신출내기를 졸업하지 못하는 거야."

음. 사냥터의 상황을 봐서 짐작했지만, 이 마을에는 랭크가 높은 모험가가 별로 없나? 아마도 E나 F랭크 모험가가 많나 보다. 게시판에 붙은 퀘스트도 E나 F가 중심이니까. 랭크를 봐도, 혼래트 퀘스트라도 최소 1 GP는 주니까 100일이면 누구나 E랭크가 될 수 있는 셈이다. 그냥 예상한 거지만, 그런 식으로 시간을 들여 랭크를 올린 모험가가 많을지도 모른다.

"스테이터스 카드."

알았어. 제출하라 이거지? 는 스테이터스 카드[브론즈]를 꼬마 아가씨에게 줬다. 꼬마 아가씨는 언제나 그렇듯 스테이터스 카드[브론즈]에 손을 얹었다.

"확인했어. 특별 보상으로 GP 10을 줄게."

우호. 10이나 줘? 이걸 열 마리 잡으면 F랭크네.

"그리고 벌레. GP는 매직 아이템으로 교환할 수 있어. 랭크는 늦게 올라가지만, 볼래?"

아, 그런 것도 돼? 꼭 보고 싶다.

"알았어. 이게 리스트."

꼬마 아가씨가 글씨가 적힌 판자를 꺼냈다. 리스트에 있는 것은…….

1,000,000 GP 마법 배낭L(20) 1회 한정

100,000 GP 골든 액스

10,000 GP 마법 가방M(10) 1회 한정

1,000 GP 스킬 극의서

100 GP 스테이터스 카드[실버] 1회 한정

10 GP 화염 항아리

"교환하는 매직 아이템은 모험가 길드마다 달라. 우리는 이거."

어? 가장 위에 필요한 GP가…… 처음에는 숫자를 잘못 봤나 싶어서 두 번 봤다. 100만? 현실적으로 벌 수 있는 수치야?

"마법 가방L(20)만큼은 어느 모험가 길드에 가도 똑같아."

아, 1등 상품은 똑같은 거구나. 골든 액스라는 무기는 굉장한 건지 환금용인지 판단하기 어렵네. 스테이터스 카드[실버]는 지금 내 것과 뭐가 다르지? 경품이 될 정도니까 뭔가 다를 텐데.

『설명해 줄 수 있겠어?』

꼬마 아가씨가 노골적으로 싫은 내색을 했다. 귀찮은 거겠지.

"배낭, 많이 들어가. L사이즈 아이템도 들어가니까 편리해. 골든 액스, 강해. 가방, M사이즈까지 들어가니까 편리해. 극의서, 쓰면 마법이나 스킬 숙련도가 올라가. 스테이터스 카드(실버) 서브클래스, 서브스킬 트리를 가질 수 있어. 화염 항아리, 세계수에서 유용하게 쓰이는 일회용 화 속성 공격 아이템."

그렇군. L사이즈가 얼마나 큰지 몰라도, 용 사체도 들어간다면…… 완전히 치트 아이템이겠네. 만약 그렇다면 100만 GP인 것도 이해가 된다. 그 정도는 됐으면 한다. 뭐, 도끼는 필요 없지만. 스테이터스 카드(실버)는 꼭 가지고 싶네. 그리고 비장의 수로서 화염 항아리를 받는 것도 좋을 것 같다. GP가 남아돌 정도로 강해지면 극의서를 많이 교환해서 단련해 보는 것도 가능할 것 같고…… 다 가지고 싶지만, 숫자가 장난 아니다. 결국, 지금 상황에서는 구하기 어려운 것밖에 없다.

『고마워. 잘 알았어.』

지금 상황에서는 무리야! 무리라고!

"그래. 어서 실버 울프를 환금하고 와."

나는 꼬마 아가씨에게 인사하고 모험가 길드를 나섰다.

자, 환금하러 가자. 곧바로 맞은편 건물, 환금소로 돌아갔다.

『다시 환금을 부탁하고 싶은데.』

"네, 알겠습니다."

누나가 다른 직원을 불러 실버 울프를 운반했다. 한동안 카운터에서 기다리고, 누나와 다른 직원이 돌아왔다.

"감정이 끝났어요. 마석은 꺼내지 않았는데, 그래도 환금하시겠어요?"

나는 고개를 끄덕였다.

실버 울프 : 2만 480엔 (은화 4개)
실버 울프의 마석 : 4만 960엔 (소금화 1개)
합계 : 6만 1,440엔

소금화 1개, 은화 4개다. 우오, 오랜만이야 소금화. 음. 돈이 확 들어왔네. 모험가가 이렇게 돈을 많이 벌면 다른 장사를 하는 사람들에게 미안해지는걸. 뭐, 그만큼 목숨을 걸고 하지만. 후, 모험가 말고 다른 직업은 한심해서 하기 싫어.

누나에게 물어보니 실버 울프는 이빨, 가죽, 고기를 소재로 쓴다고 한다. 이번에는 한 마리를 통째로 계산했지만, 부위별로 따로 매입해 주기도 한다나 보다. 그중에서도 가장 비싼 것이 털가죽. 앞으로 너무 잡아서 크기가 부담될 때는 털가죽만이라도 챙겨서 가져와도 되겠네. 이걸로 옷과 화살통과 화살과 창을 사자. 레드아이 이빨로 만든 창은 아직 가공 대금을 다 치르지 못할 것 같으니까.

물건을 다 사면, 내일은…… 또 세계수에 가자. 실버 울프는 좀 힘들다. 더 강해져야지.

자, 즐거운 쇼핑 타임. 대장간으로 직행.

『내가 왔다.』

안에서 혀를 차는 느낌으로 화이트 씨가 나왔다.

"넌 뭘 그렇게 잘난 척이야."

다른 손님도 없으면서.

『화살통을 사고 싶은데. 그리고 쇠로 만든 창과 화살도.』

"화살통이라…… 몇 개 있는데, 다 볼 거야?"

나는 고개를 끄덕였다.

"하는 수 없지."

화이트 씨가 안에서 화살통을 네 개 가져왔다.

"일단 설명하지. 이게 대나무 화살통, 쇠 화살은 네 발 정도 들어가. 가격은 1,280엔. 싸고 가벼운 게 장점이지."

동화 2개라……. 싸지만, 이건 필요 없겠네. 쇠 화살이 네 개밖에 안 들어가면 뭐에 쓰라고.

"다음이 가죽 화살통이지. 가볍고 튼튼해. 쇠 화살은 열두 발 들어가지. 가격은 3,840엔이야."

동화 6개군. 두 발밖에 안 늘어나는데…… 필요할까?

"다음이 추천하는 쇠 화살통이지. 무겁지만 열여섯 발이 들어가. 가격은 1만 240엔."

은화 2개. 갑자기 비싸지네. 그런데 16발…… 적은 거 같은데.

"마지막이 마법 화살통이지. 가볍고 화살도 서른두 발이나 들어가. 가격은 16만 3,840엔이다."

소금화 4개군. 노력하면 못 살 돈도 아니지만…… 이건 아직 나중 일이야.

『쇠로 된 창과 화살통, 화살을 열 발 사지.』

"매번 고마워. 3만 8,400엔이야."

어디 보자. 3만 8,400엔이면 은화 7개와 동화 4개던가……?

【암산 스킬이 개화했습니다.】

【암산 스킬이 개화하면서 이능 언어 이해 스킬과 연동합니다.】

어? 무슨 뜻이야? 물건을 살 때마다 암산했더니 스킬로 개화한 건가? 그나저나 효과를 잘 모르겠는걸……. 뭐, 암산 스킬은 나중에 생각하자. 나는 소금화를 주고 거스름돈을 받았다.

다음은 옆에 있는 옷 가게로 갔다.

"어서 오세요. 람 님."

보인족 여자 점원이 인사했다. 오, 기억해 준 건가. 모범 점원이네.

『리넨으로 만든 조끼를 만들어 줘. 그리고 망토도 있어?』

"리넨 조끼 말이군요. 2,560엔(동화 4개)입니다. 그리고 망토라면, 은실과 리넨이 있네요. 은실은 8만 1,920엔(소금화 2개), 리넨은 5,120엔(은화 1개)입니다."

오, 자막이 변했네. 엔과 통화 가치를 자동 변환해 주는데? 이게 암산 스킬 효과인가? 뭐, 이러면 편리하니까, 처음부터 그랬으면 좋았겠지만…… 너무 늦은 감이 있는데. 뭐, 소금화는 없으니까 얌전히 리넨 조끼와 망토를 사자.

『리넨 조끼와 망토를 만들어 줘.』

나는 은화 2개를 주고 동화 4개를 거스름돈으로 받았다. 그나저나 가게에서 바로 거스름돈이 나오는 걸 보면, 잔돈이 많나 보네. 물어볼까?

『잔돈이 많아 보이지 않는데, 거스름돈이 바로바로 나오네.』

"네? 아, 그렇군요. 잘 모르는 분이 보시면 신기할지도 모르겠어요."

네. 신기합니다.

"어느 정도 장사하는 사람들은 다 가지고 있는데, 작은…… S 사이즈 4종이 들어가는 마법의 지갑이 있어서, 그걸 쓰는 거예요. 마법 지갑도 수납 매직 아이템이라서 등록자만 열 수 있죠. 도둑맞을 걱정 없이 안심하고 돈을 가지고 다닐 수 있어서 애용하고 있답니다."

아하, 편리하네.

『그건 얼마나 하지?』

"그러게요……. 저는 131만 720엔(금화 4개)로 샀어요."

비싸. 진짜 비싸. 무지무지 비싸. 하지만 있으면 편리할 것 같다. 이것도 언젠가 가지고 싶은 물건 리스트에 넣어야겠군.

"아, 그러고 보니…… 오늘이라고 할까, 방금 막 들어온 건데. 실버 울프의 털가죽으로 만든 망토를 제공할 수 있어요."

그거 내가 판 게 아닐까? 시간으로 봐서는 그렇겠지? 아까 판 그거겠군.

『가격이 얼마나 하지?』

"요새는 실버 울프의 소재가 귀해서 4만 960엔(소금화 1개)예요."

한 마리를 통째로 은화 4개로 팔았는데, 털가죽만 가지고 소금화 1개야? 완전 바가지네! 이 세계는 상인들이 가장 돈을 잘 버는 거구나. 나도 상인이 되고 싶어라.

『소재를 가져와서 부탁해도 돼?』

"네, 괜찮아요. 그때는 싸게 지어 드릴게요."

다음에는 환금하지 말고 가져오자. 제길, 손해 봤네!

『실버 울프의 망토는…… 다음에 기회가 생기면.』

음. 다음에 실버 울프를 잡으면 소재를 가져와야지.

"리넨 망토는 수선이 필요하지 않으니까 지금 드릴까요?"

아, 망토는 그대로 쓰니까 지금 받을 수 있나.

『지금 줘.』

나는 리넨 망토를 받았다.

바로 탈의실에서 입었다. 이 망토는 목 부분에 두르고 걸치는 타입이었다. 용사가 걸치는 것처럼 팔락팔락 하늘을 날 것처럼 나부끼는 망토가 아니었다. 뭐랄까, 판초나 레인 코트와 같은 느낌이다. 리넨이라서 뻣뻣한 느낌이 든다. 특히나 알몸에 걸친 나는 따끔따끔해서 감촉이 영 좋지 않다. 조끼도 그랬지만, 가공 수준의 차이일까? 뭐, 어쨌든 알몸을 졸업했다. 조금은 문명인으로 발전했을까?

알몸 망토는 완전히 신사 스타일이네. 내가 애벌레 모습이 아니었다면 신고당할 일이다. 애벌레라서 다행이야. 애벌레 만세. 자, 볼일도 다 봤으니까 이제는 여관에 가서 내일 준비를 하자.

내일은 세계수를 공략하러 갈 거다.

다음 날. 아침 일찍 출발합니다. 좌우지간 노점에서 가죽 배낭을 은화 2개로 구매. 그리고 그린 바이퍼 구이를 도시락 대신 샀다. 잘 모르는 잎으로 포장해 주었다. 2개 사면 은화 1개입니다. 그대로 옷 가게에 들러서 리넨 조끼를 받았다. 이제는 다 잃기 전 생활에 거의 근접하지 않았을까.

어깨가방, 가죽 배낭, 마법 손가방S(1), 창, 리넨 조끼, 리넨 망토, 콤포지트 보우, 화살통, 화살 16발, 대나무 통 8개……

자, 준비도 다 했으니 세계수로 가 보실까. 마을 밖으로 나온 다음에는 나무 사이를 [마법의 실]로 날아서 휙휙 이동했다. 음. 이 이동 방법은 참 편리하네. 정말 거미 인간이 된 기분입니다.

자, 세계수에 왔다. 안에 들어가 걷다 보니 곧바로 표시선에 바인이 떴다. 네, 잡몹이네요. 콤포지트 보우에 화살을 메겨 쐈다. 힘차게 날아간 화살이 바인의 중심, 양배추 심을 관통했다. 양배추는 그대로 힘을 잃었다. 아주 쉽네. 마석과 씨앗을 쓱싹쓱싹 해체했다.

자, 후다닥 가자.

바인 네 마리를 잡고 언덕을 올라가니 탁 트인 장소가 나왔다. 그대로 벽을 따라 난 나선 언덕을 올라간다. (여기까지가 지난번에 온 곳이다.)

뻥 뚫린 언덕을 올라가다 보니 지난번처럼 위에서 버섯이 내려왔다. 고통스러운 표정에서 포자 가루가 나왔다. 지난번에는 화살이 부족해서 고전했으니까, 이번에는 창으로 싸워 볼까. 창은 오랜만에 쓰는군.

——[스파이럴 차지]——.

창이 소리를 내면서 나선을 그리고 마이코니드의 얼굴(로 보이는 부분)을 꿰뚫었다. 그 충격에 대량으로 나오는 포자 가루. 창으로 찌르려고 접근한 탓에 나는 그 포자 가루를 뒤집어썼다. 콜록콜록. 이게 뭐야.

시야가 흐릿해진다. 왼쪽 시야 세 군데가 이상하다. 빙글빙글 돌고 있다. 지혜의 외눈안경을 쓴 오른쪽 시야는 정상이다. 다리도 휘청거린다. 똑바로 걸을 수 없다. 윽, 이 거리는 위험해. 휘청거리는 다리를 무시하고, 나머지 가운데 팔을 써서 천천히 후퇴했다. 그러자 마이코니드도 천천히 전진했다. 조금 떨어져 있지만, 추가로 한 마리가 더 내려왔다. 윽, 이런 상황에서 두 번째가 나타나나.

——[마법의 실]——.

나는 후방에 [마법의 실]을 날려서 도약해 마이코니드와 거리를 벌렸다. 곧바로 콤포지트 보우에 화살을 메겨 쏜다. 움직임이 느린 마이코니드는 화살을 피하지 못하고 그대로 맞았다. 화살이 박힌 마이코니드가 비틀거리고 머리를 흔든다. 그러자 포자 가루가 한가득 나왔다. 이 거리라면 포자를 뒤집어쓸 걱정은 안 해도 되겠군.

추가로 화살 한 발이 박혔다. 마이코니드가 "끄헉." 하고 비명을 질렀다. 추가로 한 발. 명중. 화살의 위력에 밀려 그대로 뒤로 넘어간다. 처음 나온 마이코니드가 움직임을 멈췄다. 좋아. 한 마리 남았다.

두 번째 마이코니드와는 거리가 충분하다. 화살을 날린다. 한 발…… 두 발…… 셋, 넷, 다섯…… 마침내 마이코니드가 고꾸라졌다. 음. 콤포지트 보우와 쇠 화살로 다섯 발인가. 처음에는 세 발로 잡았으니까, 스파이럴 차지의 위력은 쇠 화살 두 발과 비슷하단 뜻일까.

나는 화살을 회수했다. 그때는 다리와 시야도 멀쩡해졌다. 그나저나 움직임이 굼뜬 마이코니드는 창으로 싸우는 게 편할 줄 알았는데, 포자가 너무 위험했어. 접근전을 완전히 봉쇄하는걸. 이 녀석은 활로 싸워야 할 상대야. 다음에는 아끼지 말고 쇠 화살을 써서 사냥하자. 잊지 말고 마석과 금색 점액도 채집해야지.

예상대로, 금색 점액을 넣은 대나무 통과 그냥 빈 통은 다른 아이템으로 취급되었다. 마법 손가방 안에 같이 들어가지 않는다. 하는 수 없이 빈 통을 어깨가방에 옮겨 담았다. 마법 손가방은 금색 점액을 넣은 대나무 통 전용입니다. 그리고 조금 이르지만 이대로 밥을 먹었다. 숄더백에서 잎으로 싼 그린 바이퍼 구이를 꺼냈다. 자, 먹자. 아삭아삭 우물우물. 맛있어. 이제 조미료만 좀 있으면 최고일 텐데. 앞으로 이 분야에서 내가 현대 지식을 동원해서 간장과 된장 같은 조미료를 개발하고…… 치트를 써야지! 이세계 치트 개막이오! 그럼 망상을 하면서 고기를 우적우적 먹었다. 음, 목이 마르네. 아, 물주머니가 없어. 안 샀어! 바보냐, 난. 아, 맞다. 이럴 때일수록 마법을 써야지! 지금이라면 될 것 같다. 아니, 된다. 반드시 될 거야. 맞아. 이렇게 간절해지게 물주머니를 잊은 거지. 아마도.

물, 물, 물……. 상상해라. 공중에 뭔가 압축하는 감각. 이건 됐네, 됐어.

【워터 볼 마법이 발현했습니다.】

——[워터 볼]——.

오른쪽 눈에 장착한 지혜의 외눈안경에 표시된 시스템 메시지와 함께 공중에 물 구슬이 나타났다. 아니야. 그게 아니야. 좌우 지간 공중에 떠 있는 물 구슬을 날려 봤다. 엄청나게 빨리 날아가서 외벽에 부딪혀 터졌다. 아니야. 그게 아니라고. 이건 아이스 볼의 물 속성 버전인가…… 봐서는 시로네 씨가 만든 서몬 아쿠아와 비슷하지만, 아무리 봐도 공격 마법이네.

——[워터 볼]——.

다시 물 구슬을 만들었다. 나는 더 있는 물 구슬에 얼굴을 대봤다. 물 구슬이 터져서 얼굴을 적셨다. 아, 아파. 무진장 아파.

스테이터스 카드[브론즈]를 확인해 보니 SP가 0이 됐고, HP가 10이나 줄어들었다. 하하하, 웃기지도 않아. 난 대체 무슨 짓을 한 거야. 뭐, 얼굴을 가까이 대면 수분 보급이 되지 않을까 싶어서 해 봤는데 말이지. 아…….

——[아쿠아 폰드]——.

바닥에 물웅덩이를 만들었다. 좋았어. 나무 위라서 발동하지 않을까 싶었는데, 잘 발동했다. 물웅덩이에 있는 물을 사이드암 나라카로 떠서 입에 넣어 본다. 음, 그냥 마실 수 있네. 아니, 처음부터 이랬으면 될 것을. 하아…… 슬슬 이동하자. 아직 천장은 보이지 않는다.

갈 길이 멀어 보인다.

나무 벽을 따라 언덕을 올라간다. 오, 딱지를 찾았다. 야호. 보물 상자야. 얼른 열어 보자. 내가 딱지에 다가가자 포이즌 웜 표시가 늘어났다. 새로운 적인가. 보물 상자의 내용물이 더 궁금하긴 하지만.

나타난 포이즌 웜은 송충이처럼 작은 가시가 나 있었다. 색도 흉흉하게 보라색과 녹색이네. 아, 이건 다가가면 안 되겠군. 좌우지간 콤포지트 보우로 공격하자.

화살을 날렸다. 움직임이 굼뜬 독벌레는 회피하지 못하고 화살이 몸에 박힌다. 독벌레는 뀨뀨 소리를 내어 울었다. 자, 한 발 더. 이것도 명중. 독벌레는 화살이 박힌 채로 내게 다가오고 있다. 정말 느릿느릿하다. 이건 다가오기 전에 충분히 잡을 것 같다. 다시 한 발. 당연히 명중. 여전히 뀨규 울고 있습니다. 그때 독벌레가 입을 쩍 벌리고 보라색 액체를 뿜었다. 예상을 벗어난 기습에 나는 액체를 확 뒤집어쓰고 말았다. 으아, 더러워라. 거리가 먼데도 이쪽까지 튈 줄이야……

……

그나저나 아무 일도 없다. 응. 아무 일도 안 생기는데. 더럽기만 하잖아. 다시 공격하자 독벌레는 더 움직이지 않았다. 독벌레는 네 발로 처리. 독니로 무는 공격은 활을 쓰면 당할 일이 없을 것 같으니, 여유롭군. 일단 경험치를 확인해 보자. 56이 늘었다. 이걸로 현재 경험치는 1974니까, 조만간 레벨이 오르겠군. 기대된다. MSP는 3이나 늘었다. 오, 많이 주네. 경험치는 마이코니드보다 적지만, MSP는 많아서 좋군. 적극적으로 사냥하자. 그나저나 외길이라서 필연적으로 잡을 수밖에 없지만. 소재는 고기가 식용이라고 했던가? 어? 이걸 먹어? 가시가 있는데. 색도 징그럽고. 꼬마 아가씨는 맛없다고 했지? 방치하자.

마석만 빼자. 자, 다음은 기대하던 보물 상자입니다. 안에는…… 작고 하얀 병이 있었다. 도자기인가? 깨지지 않게 천천히 뺐다. 감정해 보자.

【힐 포션S】
【상처를 아주 조금 치료해 주는 포션.】

포션이구나. 뚜껑을 열고 안을 보자 걸쭉한 빨간 액체가 보였다. 음. 이건 발라서 쓰는 건지, 마시는 건지 잘 모르겠는걸. 일단 어깨가방에 쑤셔 넣어 두자. 깨지면 어쩔 수 없지.

그 뒤로 조금 더 가자 또 마이코니드가 내려왔다. 거리를 벌리고 화살을 다섯 발 쏘자 움직임을 멈췄다. 음, 쉽네. 역시 원거리 공격은 강해.

자, 고대하던 레벨이 올랐다. 스테이터스 카드[브론즈]를 보면 지난번과 달리 레벨이 올랐다는 문장만 달랑 있었다. 음. 그건 블랙 전용 문장인가.

【레벨이 올랐습니다.】

일단 스테이터스 카드[브론즈]를 만져 봤다.

【8】
근력 보정 : 4(1)
체력 보정 : 2(1)
민첩 보정 : 8(2)
솜씨 보정 : 1(4)

정신 보정 : 1(0)

오, 이번에도 8포인트 주나. 어쩌면 계속 8포인트를 주는 걸까. 민첩 보정에 8포인트를 줬을 때는 체감으로 확 바뀌었는데. 이게 게임이라면 장난으로 특화형을 만든다고 민첩에 또 8포인트를 주겠지만……. 현실이 되면 다른 걸 무시하고 8포인트를 줄 용기가 안 나는걸.

……

음.

결정했다.

근력 보정 : 4(1)

체력 보정 : 2(1)

민첩 보정 : 12(2)

솜씨 보정 : 5(4)

정신 보정 : 1(0)

민첩에 4, 솜씨에 4를 준다. 근력이나 체력, 정신은 자세한 효과를 모르겠지만, 현재 상황에서 곤란한 점은 없으니까. 궁사의 보정으로 솜씨와 민첩이 크다는 것은, 그것이 궁사에게 중요하다는 뜻일 것이다. 그러니 그걸 늘리는 것이 최선이겠지. 스테이터스를 다 올리고 나니 바로 효과가 났는지 내 몸놀림이 기민해진 것 같다. 뭐, 플라세보 효과일지도 모르지만. 이러면 두 다리로 쉽게 걷지 않을까? 응, 될 것 같네. 애써 상체를 일으켜 걸어

봤다. 오, 된다. 앞으로는 상체를 일으키고 걸어 다니자. 그리고 다음 레벨에 필요한 경험치는, 3000인가. 혹시 1000씩 늘어나는 걸까? 하지만 이 정도라면 별로 어렵지 않은데. 효율을 생각해서 경험치를 벌면 레벨도 팍팍 올라갈 것 같다. 화살을 다 쓰지 않는 이상은 멀리서 활만 써도 쉽게 이기니까.

그 뒤에도 포이즌 웜 두 마리가 동시에 나타나거나, 마이코니드와 포이즌 웜이 동시에 나타나는 등 전투가 발생했지만, 모두 멀리서 화살만 날려서 쉽게 끝났다. 음, 나는 표시선이 보이니까. 시야 밖에서 기습을 당하지 않는 한 전투 준비가 된단 말이지. 가까이서 싸울 일은 거의 없으니까. 이러면 보통 사람보다 훨씬 유리하겠지.

수수해도 치트 능력이라고 생각했다. 맞아. 이세계 치트 같은 걸. 그런 생각을 하면서 걷다 보니 천장이 보이기 시작했다. 오, 종점인가. 결국 블루 배트는 못 봤네.

천장을 넘어서 다음 층으로.

다음 층은 좌우에 나무 벽이 있는 통로인데, 그 길을 따라서 가야 하는 것 같다. 천장의 높이는 8미터 정도. 길의 폭은 10미터 정도려나. 감으로 맞춘 거니까 정확하게 재면 다를지도 모르지만. 좁지는 않지만 넓지도 않은 느낌이다. 다음 층으로 진입하자마자 용의 문장이 그려진 받침대가 있고, 그것을 감싸듯 바닥에 원이 그려져 있었다.

이건 미궁왕의 뼈가 있었던 방의 받침대와 비슷한데. 그러자 받침대 위에는 아무것도 없었다. 어쩌면 이 위에도 지혜의 외눈 안경 같은 치트 아이템이 있었던 걸까? 나는 용의 문장이 신경이 쓰여서 자세히 보려고 다가가 손을 대 봤다.

그 순간, 주위 풍경이 변했다.

여기는 어디지?

눈앞에는 용의 문장이 그려진 받침대. 그 위에는 아무것도 없다. 방 넓이는 가로세로가 각각 10미터쯤. 주위 벽은 돌 같다. 뒤돌아보니 좁은 통로로 이어지는 길이 보였다. 그러나 그것을 가로막듯 돌벽을 부순 나무뿌리가 있었다. 음. 여기는 어디야? 다시 한번 받침대에 있는 용 문장에 손을 대 보니 받침대 위에 화면이 떴다. 이건 아까 있었던 곳이지? 서, 설마 텔레포터? 중계 지점인가?

나는 뒤돌아봤다. 길을 막는 나무뿌리. 나는 다가가서 나무의 질을 확인하고 창을 들었다.

——[스파이럴 차지]——.

나무뿌리가 조금 깎였다. 좋아, 되겠어.

——[스파이럴 차지]——.

쉬고 나서 다시 창 기술을 썼다.

——[스파이럴 차지]——.

점점 깎여 나가는 나무뿌리. 몇 번이고 [스파이럴 차지]를 써서 겨우 내가 지나갈 공간을 만들었다.

자, 가자. 한동안 전진하자 길이 중간에 막혔다. 하지만 나는 당황하지 않는다. 왜냐면 눈앞에 비밀 문 표시가 보였으니까. 내가 비밀 문에 손을 대자 '부응' 소리와 함께 문이 사라졌다. 문이 사라지자마자 바깥에서 햇빛이 들어온다. 오케이. 예상이 맞앗어.

나는 밖에 나가 현재 위치를 확인했다. 세계수 입구 근처에 뻗은 나무뿌리 중 하나에 감춰진 통로 같다. 이건 지름길 통로겠지? 나무뿌리를 봐서는 다른 모험가가 왔을 가능성은 거의 없다. 다른 사람은 매번 성실하게 처음부터 오른 걸까? 아무렴 어때. 좌우지간 일단 돌아가자. 아마도 저기서부터가 중층이겠지. 중층과 상층의 정보도 꼬마 아가씨에게 알아보자. 길드에 있으면 좋겠는데.

──[전이]──.

[전이] 스킬을 써서 마을로 돌아간다. 이번에도 여러모로 득한 것이 많아서 환금이 기대된다. 우선 모험가 길드에 들러 보실까.

모험가 길드를 살펴보니…… 안에 안대 아저씨가 있었다. 꼬마 아가씨가 아니네. 내일 또 와야겠군. 이 아저씨한테 유익한 정보를 얻을 수 없을 것 같잖아. 그대로 눈앞에 있는 건물, 환금소로 갔다.

『저기, 환금을 부탁하고 싶은데.』

언제나 그렇듯 삼인족 누나가 대응해 줬다. 정말이지 쉬는 날이 없으시네요.

"네, 환금 말이군요."

아, 맞다. 환금을 기다리는 동안에 잠깐 물어보자.

『상인은 보인족이 많은데, 환금소에는 삼인족이 많네.』

"그러게요. 삼인족 중에는 돈에 관심이 없는 사람도 많고, 자잘한 일에는 맞지 않아요. 아, 아가씨는 예외지만요."

누나가 친절하게 대답해 주었다.

"우리는 사냥꾼 클래스가 많아서 해체를 잘해요. 생활 주기도 보인족보다 길어서 쉬지 않고 일하죠. 그런 점도 있어서 환금소 일을 주로 도와요. 뭐, 탐구사가 된 특이한 아가씨도 있지만요."

흠. 탐구사는 클래스인가? 그나저나 특이한 아가씨라…… 삼인족에도 그렇게 불리는 사람이 있구나.

잠시 후 환금 결과가 나왔다.

바인의 씨앗 : 640엔(동화 1개) × 6개 = 3,840엔(동화 6개)
금색 점액 : 5,120엔(은화 1개) × 4개 = 2만 480엔(은화 4개)
포이즌 웜의 마석 : 1만 240엔(은화 2개) × 4개 = 4만 960엔(소금화 1개)
합계 : 6만 5,280엔(소금화 1개, 은화 4개, 동화 6개)

음. 포이즌 웜의 마석은 환금 가격을 알고 싶어서 팔았는데, 고민되는 값이다. 앞으로 마이코니드와 바인의 마석은 부수기로 했지만, 은화 2개로 팔리면 고민되는걸. 좋아. 현재는 돈이 궁하지 않으니까(원하는 것이 너무 비싸!), 다음부터는 부수자. 좀 있으면 활 기술을 배우는 데 필요한 MSP 100이 다 되니까. 아, 맞다. 포이즌 웜의 고기와 힐 포션의 매입가를 물어봐야지.

"포이즌 웜의 고기 말인가요?"

누나는 매우 싫은 표정을 지었지만, 그래도 대답해 주었다.

"8엔(푼돈 1개)요."

싸. 무지막지하게 싸다. 챙기지 않길 잘했다. 괜히 공간만 차지하니까.

"포이즌 웜 고기는 먹을 수 있고, 노력하면 요리도 할 수 있지만요. 진짜! 엄청나게! 맛없어요. 그럴 먹을 바에는 차라리 크리에이트 푸드가 훨씬 나을 정도예요."

그렇게 강조해서 말할 정도라면 아예 안 먹는 게 낫지 않을까? 그나저나 그건 못 먹는 것으로 취급해도 된다고 생각하는데.

"힐 포션은 양에 따라 다르지만, 가장 작은 것을 5,120엔(은화 1개)로 사들여요. 다만, 여기서 파는 것보다는 마법 도구점에 가져가는 걸 추천해요."

마법 도구점이라…… 그러고 보니 이름만 듣고 가 본 적이 없네. 그렇다면 가 볼까.

누나에게 물어보니 대장간과 옷 가게가 있는 거리에 있다고 한다. 돌려받지 못한 대나무 통을 대장간에서 보충하는 김에 들러 보자. 금색 점액을 넣은 대나무 통을 못 돌려받았으니까!

마법 도구점은 대장간에서 조금 가니 보였다. 나무가 아니라 흙을 써서 벽을 바른 건물로, 안에는 다양한 색깔을 한 병이 진열되어 있었다. 안에는 점주로 보이는 보인족 노파가 깔개를 깔고 앉아 있었다. 고양이가 무릎 위에 있을 듯 한가한 풍경이다.

『저기요.』

내가 말을 걸어도 노파는 무시했다.

『저기요!』

"뭐라고 말했나? 귀가 어두워서 말이야."

아니, 그건 좀.

『[정신 소통]이니까 들릴 텐데.』

"그랬지. 그랬어. 저녁 먹을 땐가?"

끄, 끙. 말이 안 통한다. 이 할머니는 혹시 빈 가게를 지키는 사람인가? 말이 통하는 사람이 없으면 아무것도 할 수 없는데. 마법약이나 부여 마법의 설명을 듣고 싶고, 시세에 따라서는 은실 장비를 사서 부여든 뭐든 부탁하고 싶었는데 말이지. 어쩔 수 없으니 마법 도구점은 나중에 다시 오자.

그대로 대장간에 들렀다가 가자. 그런고로 대장간.

『대나무 통을 줘.』

"그래. 매번 고마워."

화이트 씨는 접객이 점점 이상해지는 것 같은데요.

"그야 처음에는 '어이쿠 무서워서라. 이거 마수 아니야?' 라고 생각했는데. 넌 바보잖아. 겁먹어서 손해 봤다고."

저기…… 바보는 좀 심한 말 같은데. 그나저나 그건 접객이 이상해진 이유가 아닐 텐데요.

『그리고 창도 손질해 줘.』

화이트 씨에게 창을 건넸다.

"우와, 또 지독한데. 너는 진짜 무기를 막 다루는구나."

어? 그렇지 않은데. 이번엔 거의 쓴 적이 없고……. 아, 스킬 때문인가? 예상대로 [스파이럴 차지]가 무기 손상의 원인 같다.

『아마도 스킬 때문이겠지.』

"하, 넌 무기가 상할 만큼 강한 스킬을 쓸 줄 알아? 아니지, 그러니까 그런가."

화이트 씨는 뭔가 이해한 눈치다.

"네가 세계수에 도전하는 거 말이다. 보통 사람들보다 빨리 도전하는 건, 그렇게 강력한 스킬이 있어서 그런 거라고 이해한 거야."

음. 하지만 세계수에서는 거의 안 썼는데. 대부분 멀리서 활로 화살을 뿅뿅 쏴서 잡았는데요. 뭐, 굳이 말하지는 않지만.

"뭐, 그렇다면 팍팍 써서 우리 가게 물건을 팍팍 사라고."

뭐라고요?

"다 됐어. 대나무 통하고 합쳐서 1,920엔(동화 3개)야."

나는 화이트 씨에게 동화 3개를 주고 신품처럼 변한 창을 받았다. 음. 여전히 알 수 없는 기술일세. 자, 내일도 세계수를 갈까.

아침 일찍 모험가 길드를 보고 꼬마 아가씨가 있으면 정보를 받고…… 마법 도구점은 돌아올 때 들러야겠다.

자, 내일도 힘내 보자고.

아침, 아침이다. 그런고로 다음 날입니다. 흐암, 졸려. 스테이터스 카드[브론즈]에도 시계 기능이 있으니까, 알람 기능 정도는 있어도 좋을 텐데.

자, 어서 아침을 먹고 모험가 길드에 가자. 꼬마 아가씨가 없으면 세계수는 보류하고. 참고로 어제 저녁은 수프와 짝퉁 빵이었습니다. 아무래도 식사 내용이 모험가가 사냥하는 마수에 좌우되는 기분이 든다. 아침밥은 지난번에도 먹은 단쌀죽. 주인아주머니에게 재료를 물어봤다. 어쩌면 쌀밥처럼 먹을 수 있을지도 모르니까.

"그거 말이야? 그건 커리어 비의 알이야."

으헉. 먹은 것을 토할 뻔했다. 버, 벌레 알이야?

"요새 세계수 중층에서 사냥하는 모험가가 있어서. 그 소재가 시장에 나온 거야."

나 말고도 세계수를 공략하는 사람이 있었나……. 게다가 중층이면 앞으로 갈 곳이군.

"묘인족이라던가? 하여튼 그런 애가 있는데. 그 아이도 너처럼 혼자서 다닌대. 보면 말이라도 걸어 주렴."

오, 묘인족! 고양이 인간! 고양이 귀, 고양이 귀가 있나! 아자, 드디어 왔다! 뭘 숨기랴. 나는 고양이 귀를 진짜 좋아한다! 꼭 친해지고 싶구나! 오, 예스. 고양이 귀.

주인아주머니에게 고양이 귀라고 하는 매우 유익한 정보를 얻었으니, 모험가 길드로 가 보실까.

모험가 길드에 바로 도착. 처음 무렵에는 상상도 못 할 만큼 빨리 걸을 수 있다. 이족보행도 여유롭군. 아무리 그래도 마을 안에서 [마법의 실]로 이동할 수는 없으니까! 레벨업 진짜 감사합니다. 근처에서 걷는 사람들보다 빠를 정도야!

얼른 모험가 길드에 들어가 보니, 꼬마 아가씨가 있었다. 좋아, 당첨. 내가 등장하자 다른 모험가들이 조용해졌다. 오? 후후후, 내가 두렵나.

"음. 벌레."

네, 벌레 맞습니다.

"퀘스트?"

아닙니다.

『정보를 구하고 싶은데.』

"으음."

『어제, 중층에 도달했어. 중층과 상층 정보를 알고 싶은데.』

"음음음."

꼬마 아가씨가 팔짱을 끼고 신음했다.

"예상보다 빨라."

그렇지? 암 그렇고말고. 나는 정말로 강해질 거니까. 강해지기 위해서, 세계수를 공략하고 있는 거야.

"알았어. 은화 1개."

나는 은화 1개를 꼬마 아가씨에게 줬다. 이게 뭔가 말장난이라든지, 다른 표현인 것을 알아도 나는 은화 1개를 준다. 꼬마 아가씨의 정보는 그만한 가치가 있으니까.

"흠."

꼬마 아가씨가 고개를 끄덕이고 은화를 받았다. 저기, 당연하게 받는 거야? 조금은 사양할 줄 알라고. 거참.

"우선 중층. 외길. 바깥쪽에서 빙글빙글 돌듯이 중심으로 가, 중심에는 언덕이 있어."

흠. 중층은 올라가는 느낌이 아닌가 보군.

"여기서도 포이즌 웜이 나와. 다음에는 E랭크 '라지 마이코니드'. 마이코니드가 덩치가 커지고 팔이 생긴, 아빠 마이코니드. 맞으면 죽어. 소재는 똑같아. 금색 점액의 양이 많아."

죽어? 무슨 소리야?

"다음이 E랭크 '커리어 비'. 상층에 있는 여왕벌을 위해 일하는 일벌. 알을 운반해. 하반신이 알로 덮여 있어. 그게 소재. 식용. 달고 맛있어. 움직임은 느리지만 공중에 있어서 성가셔. 역시 불에 약해."

음. 상상해 보면 엄청 그로테스크한데. 나도 먹어 봤지만, 벌레알이라고 생각하면 식욕이 싹 사라지는걸.

"마지막이 F랭크 '아히르데'. 끈적끈적, 미끌미끌한 흡혈충. 징그러워. 소재는 마석만. 불에 약해."

잘 모르겠네. 뭐, 징그럽다는 뜻은 전해졌다.

"다음은 상층."

네.

"중층에서 언덕을 올라가면 넓은 공간. 그 뒤로 외길로 바깥 둘레를 따라 올라가."

흠흠.

"상층에 올라가면 바로 여왕벌의 집. E랭크 '커리어 비', '솔저 비', '엘리트 비'와 D랭크 '퀸 비'가 있어. 전부 불에 약해. 소재는 알과 껍질. 턱."

갑자기 힘들어 보이네. 중간 보스인가?

"다음이 E랭크 '자이언트 크롤러'. 벌레."

이봐, 설명해. 벌레가 뭐야. 그나저나 E랭크인가…….

"그리고 B랭크 '세피로스 슬라임'. 보면 무조건 도망쳐."

B랭크라고? 갑자기 랭크가 오르네.

"세피로스 슬라임은 공격이 안 통해. 무기로 찌르면 녹아. 화속성이라면 조금은 통해. 안에 있는 코어를 부수면 되지만 위험해. 그 전에 녹아. 소재는 그 핵."

잡으려면 코어를 부숴야 한다면서, 소재가 코어야? 뭘 어쩌라는 거야. 뭐, 위험하다는 건 알았다. 슬라임은 약하다는 고정관념이 있있는데. 나는 나쁜 자이언트 크롤러가 아니야. 부들부들.

"마지막이 세계수 미궁의 보스. D랭크 '우드 골렘'. 해치우면 세계수 미궁은 끝."

어? 거기서 끝이야? 어떻게 된 거지? 내가 있던 곳이나 시로네 씨가 있던 곳이 없는데. 상층이 그래? 음. 잘 모르겠네.

"우드 골렘은 불에 약해. 소재는 동력 코어. 해치우면 방이 열리고, 그곳에서 지상으로 전송해."

흠흠.

"처음에는 지팡이가 있었다고 해. 세계수의 지팡이. 조금 좋은 매직 아이템."

첫 공략 한정 아이템인가…… 지금은 없는 게 당연하겠지. 이미 공략이 끝났다고 하는 미궁이니까.

"이걸로 끝."

『그래. 도움이 많이 됐어.』

응. 진짜 도움이 많이 됐다. 하지만 나는 돈을 내고 정보를 들으니까 그렇다 쳐도, 주위에 있는 모험가들도 귀를 쫑긋 세우고 듣고 있는데! 공짜로 듣냐! 너희도 돈 내라고……. 관대하신 나는 아무 말도 안 하겠지만. 그건 좀 아니라고 봐. 나는 쪼잔하지 않으니까 아무 말도 안 하겠지만, 그건 진짜 아니라고 봐. 모험가들이 많이 몰리는 아침 일찍 온 것이 문제였나. 뭐, 괜찮아. 이제부터 세계수 중층에 가자. 잘해 보자고. 그나저나 좀 그렇네. 정보를 알고 느낀 건데, 상층은 무서워. 벌이 우르르 몰려들겠지. 화살은 부족할 테니 창으로 애쓸 수밖에 없는데……. 창이 부서질 때가 겁나네. 그때는 어떻게든 철수할 수밖에 없나.

뭐, 노력해 보자.

왔습니다. 세계수. 도시락도 잘 챙겼습니다.

어제 발견한 비밀 통로를 지나 받침대가 있는 곳으로 왔다. 용 문장에 손대자 받침대 위에 화면이 떴다. 음. 이건 아마도 몇 군데 더 있고, 그곳을 통과해야 열리는 것 같은데. 좌우지간 지금 표시된 중층을 선택하자. 받침대를 중심으로 원을 그리듯 주위 가 빛나기 시작하고, 이어서 풍경이 바뀌었다.

나는 순식간에 세계수 중층에 왔다. 음. 수수께끼가 많은 장치 인걸. 그런고로 세계수 중층. 고양이 귀 사람을 만날 수 있을까?

길이 의외로 넓어서 걷는 데 지장이 없다. 꼬마 아가씨에게 들은 것처럼 바깥부터 원을 그리듯 중심부로 걷는 느낌이네. 벽은 있지만 창문은 없고, 비교할 대상이 없어서 '왠지 그렇다' 는 느낌밖에 들지 않지만.

조금 걷다 보니 눈앞에 라지 마이코니드와 마이코니드 표시가 보였다. 어라? 그냥 마이코니드도 나오나? 뭐, 상관없다. 먼저 마이코니드부터 잡자.

화살을 휙휙 날려서 다섯 발을 맞혔을 때 마이코니드가 고꾸라지듯 넘어졌다. 좋아, 잡았어. 다음은 라지 마이코니드 차례다.

나타난 라지 마이코니드는 마이코니드보다 덩치가 컸다. 걷는 버섯이네. 그냥 마이코니드와 똑같이 고통스러운 표정이 드러난 구멍이 있고, 거기서 포자가 나오고 있다. 그리고 큰 차이를 들자면, 몸에서 뜯어진 것처럼 팔 같은 것이 달려 있다는 점이다. 저게 뭐지? 일단 화살을 날리자. 덩치가 커서 빗나갈 일 없이 명중했다. 그러자 화살이 박힌 마이코니드는 "부어어." 하고 소리치고 내게 돌진했다. 너무 빨라서 미처 화살을 시위에 걸지 못했을 정도다. 엉? 마이코니드는 천천히 걸었는데, 뭘 그렇게 전력을 다해 뛰는 거람. 다시 한 발. 화살은 그냥 명중했지만 돌진 속도는 줄어들지 않는다. 으악, 야단났다.

──[마법의 실]──.

나는 [마법의 실]을 날려서 잽싸게 회피했다. 북을 치듯 팔과 몸을 흔들던 라지 마이코니드가 내가 있던 곳을 통과하고, 그대로 팔로 후려치듯이 벽과 격돌했다. 쿵. 커다란 소리가 나면서 나무 벽에 충격이 퍼진다. 어이, 저런 힘으로 맞았다간 떡보다 더 심하게 뭉개질 거야. 나는 콤포지트 보우에서 창으로 무기를 바꾸고 스킬을 발동했다.

──[스파이럴 차지]──.

창이 소리를 내고 나선을 그리며 벽과 충돌해 움직임을 멈춘 라지 마이코니드를 찔렀다. 조금 타격을 받았는지 라지 마이코니드는 "부어어." 하고 크게 소리쳤다. 그러나 내 스킬은 몸을 후비지 못했다. 이어서 포자가 날렸다.

──[마법의 실]──.

나는 실을 써서 거리를 벌렸다. 뭐, 마이코니드로 배웠으니까, 안 당할 거야!

그나저나 마이코니드도 튼튼했지만, 이건 훨씬 단단하네.

라지 마이코니드는 천천히 나를 돌아보고 다시 돌진했다. 패턴이 똑같다. 처음에는 놀랐지만, 거리가 있으면 맞을 일도 없다. 민첩 보정을 올린 내 몸은 라지 마이코니드의 돌진을 무난하게 피했다. 라지 마이코니드는 또 벽과 충돌해서 움직임을 멈췄다.

———[스파이럴 차지]———

창 기술을 쓰고, [마법의 실]을 써서 포자를 회피한다. 라지 마이코니드의 공격은 팔을 휘두르며 돌진하는 것밖에 없는 듯하다. 이거, 맞으면 무섭지만 동작이 커서 지금의 내 스테이터스로는 맞을 일이 없겠네.

그 뒤로는 단순 작업. 돌진을 피하고 창 기술을 쓰고, [마법의 실]로 포자를 피한다. 이렇게 반복하기를 네 번쯤. 라지 마이코니드는 벽에 기댄 채 미끄러지듯 자빠져 그대로 더는 움직이지 않았다. 음. 이건 활을 쓰는 게 더 쉽겠네. 그나저나 스파이럴 차지 여섯 번과 화살 2발이라면, 잡을 때까지 14발을 쏴야 한다는 뜻이다. 좀 아슬아슬하네. 한 마리밖에 없어서 쉬웠지만, 두세 마리가 나오면 위험하다. 동작이 커도 맞으면 즉사급 공격이니까. 여러 마리가 나타나서 돌진하면 피하지 못할지도 모른다. 그렇게 생각해 보면 강적이 맞나. 표시가 보이는 이점을 잘 살려서, 반드시 한 마리만 상대해야겠군.

마이코니드와 라지 마이코니드에서 화살을 회수하고 마석과 소재를 꺼냈다. 라지 마이코니드에서는 대량의 금색 점액에 나와서, 대나무 통 4개 분량이나 되었다. 아차. 이러면 대나무 통이 모자라잖아. 하는 수 없지. 통이 다 떨어지면 마법 손가방 S(1)에 그대로 넣을까…….

그 뒤로 곧장 라지 마이코니드의 표시를 발견해서 한 마리만 쏴서 끌어왔다. 근처에서 공격당해도 전체가 오지는 않는 듯하다. 즉, 내가 들키지만 않으면 여러 마리와 동시에 싸울 일은 없다는 뜻이다.

시간이 걸려도 콤포지트 보우로 하나씩 공격해 나간다. 예상대로 열네 발을 맞혔을 때 잡을 수 있었다. 다음에 또 한 마리를 유인해서 무난하게 격파. 회수한 금색 점액은 사이드암 나라카로 떠서 마법 손가방S(1)에 넣었다. 더러워지는 일은 없다고 해도, 역시 기분은 썩 좋지 않다. 그나저나 화력이 너무 부족하다. 화살을 회수할 때 공격당하면 끝장이니까. 레벨과 스킬이 부족한 탓이겠지. 특히 활 스킬이 없는 것이 뼈아프다. 빨리 MSP를 100 모아야겠다. 아, 맞다. 경험치와 MSP를 확인해 보자. 라지 마이코니드는 경험치 112, MSP 3인가……. 음, 미묘하다. 마수의 강함에 따른 경험치 증가 방식을 잘 모르겠지만, 싸우기 쉬운 정도로 보면 바인을 무식하게 잡는 게 나을 것 같은데……. 뭐, 바인의 숫자도 한계가 있으니까 무조건 그렇다고 말하기는 어렵군. 게임이라면 쑥쑥 나와서 쉽게 잡히는 잡몹이 투자하는 시간과 효율이 좋지만 말이야. 현실은 숫자 한계가 문제다.

그대로 걷다 보니 나무 딱지를 발견했다. 오, 중층에도 딱지가 있네. 열려고 했을 때 위에서 포이즌 웜이 떨어졌다. 또냐!

나를 덮치듯 떨어진 포이즌 웜은 그대로 내 등을 물었다. 등에 퍼지는 격통…… 아파. 나는 사이드암 나라카로 창을 잡아서 등에 붙은 포이즌 웜을 찔렀다. 포이즌 웜은 조금 움츠러들지만, 등에서 움직이지는 않는다. 큭…… 아, 그렇지. 그러고 보니 사이드암 나라카로도 스킬을 발동할 수 있을까?

──[스파이럴 차지]──.

뀨뀨거리는 비명. 등이 어떤 상황인지 안 보이지만, 창이 소리를 내면서 나선을 그리고 꿰뚫었을 것이다. 좋았어. 문제없이 발동했다. 이, 이걸로 하나 번뜩였다. 아, 지금은 그런 상태가 아니었다. 다시 한번!

——[스파이럴 차지]——.

등에 매달렸던 포이즌 웜은 날아가서 움직임을 멈췄다. 좋았어. 휴……. 보물 상자 근처에는 마수가 있는 일이 많은 걸까? 다음에는 조심하자. 그리고 돌아가면 창을 하나 더 사자. 이게 내 예상대로라면 엄청난 걸 할 수 있다. 아, 먼저 마석을 회수하고 딱지를 벗겨야지.

안에는 나뭇가지 하나가 있었다. 어? 나뭇가지? 잠깐, 진정해. 먼저 감정해 보자.

【세계수의 가지】
【가공하지 않은 세계수의 가지. 미약하지만 마법 사용의 촉매가 된다.】

흐, 흐응. 뭐라고 반응하기 어려운 아이템이네. 그러고 보니 꼬마 아가씨가 길드에 가져오면 GP로 바꿔 준다고 했었지. 일단 가죽 배낭에 넣자. 하, 피곤해라. 잠시 휴식하고, 밥을 먹고, 조금만 더 걸어 보실까. 그나저나 목이 마른걸. 아, 오늘도 물주머니를 깜빡했다. 정말 난 바보야. 이 나이에 노망이 들었나……. 아니지, 괜찮아. 아직 30도 안 됐다. 괜찮을 거야. 30이 되기 전날에 전생했으니까. 마음은 20대입니다. 좌우지간 아쿠아 폰드로 물을 떠서 마시자. 하아…… 뭘 하는 거람.

자, 밥도 다 먹었으니까 묵묵히 걷자.

묵묵하게 걷고 있는데, 몬스터와 조우하는 확률이 너무 낮은 것 같은데요. 포이즌 웜을 잡고 나서 적이 하나도 안 나오는데…… 정말이지, 뭐가 어떻게 된 거야? 커리어 비도 아히르데도 안 보이는데요.

그리고 그대로 걷다 보니 눈앞에 끔찍한 광경이 펼쳐졌다.

이게 뭐야. 눈앞에는 터지거나 잘게 썰린 '50센티 정도 크기, 살색, 민달팽이 같은 형상을 한 마수'의 잔해가 있었다. 살색이고, 미끌미끌하고, 징그러운 입 같은 게 달렸고, 배는 흡반처럼 생겨서 진짜 역겹습니다. 그 징그러운 마수가 대량으로 죽어 있었다. 사체 표시 때문에 시야가 가득 차서 앞이 안 보일 만큼 대량이네. 이건 열 마리나 스무 마리 수준이 아니야. 이런 대량학살이 어디 있담. 아마도 이게 아히르데일까……. 아, 요컨대 거머리였군. 잘 보니(보기 싫지만) 거머리를 확대한 듯 징그럽게 생겼습니다. 역겨운데. 아히르데의 몸에서는 마석이 모조리 빠져 있었다. 이만큼 많으면 하나쯤 흘렸을 만도 한데, 너무 징그러워서 찾을 생각이 들지 않았다. 그 이전에 이 지옥을 지나서 전진해야 하나? 최악이네.

조, 좋아. 힘내자.

──[부유]──.

부유로 내 몸을 띄웠다.

──[마법의 실]──.

그대로 저 멀리 떨어진 벽에 [마법의 실]을 날려서 슥 이동했다. 요새는 숙련도가 올라서 [부유]의 MP 효율이 많이 높아졌다. 꾸준히 사용하는 게 중요한 거지. 이럴 때 몸을 더럽히지 않고 이동할 수 있으니까.

몇 번이고 [마법의 실]을 쓰면서 이동하자 이상한 게 보였다. 중앙이 봉긋 솟았고, 그 주위를 지키듯 아히르데의 사체가 쌓여 있다. 중앙의 산에는 딱지가 열려 있어서, 안에 뭔가 들어 있었던 것 같았다. 보물 상자인가. 이렇게 몬스터가 대량으로 나온 곳이니까, 그만큼 좋은 게 있었을까? 아니면 꽝이었을까? 여기를 빠져나간 모험가에게 물어보고 싶은걸.

슥슥 전진하다가 보니까 사체 표시 중에서 다른 게 보였다. 보인 순간에 나를 덮치려고 날아들었다. 내가 한발 먼저 알아차렸다고!

──[스파이럴 차지]──.

창이 날아든 물체에 꽂혀 나선을 그리며 파헤친다. 그것은 그대로 움직임을 멈췄다. 창에 꿰인 그것은 예상대로 아히르데였다. 잔당인가. 일격으로도 잡히는구나. 아히르데 사체의 산을 빠져나오고 창에서 빼서 마석을 회수했다. 소재는 없다고 하니까. 그리고 경험치와 MSP를 확인했다. 경험치는 36, MSP는 2인가…… 어? 2나 준다고? 여길 돌파한 사람은 MSP를 얼마나 많이 벌었을까.

자, 정신을 차리고 다시 가자.

평탄하고 변화도 거의 없는 외길을 한동안 이동하자 공중에 커리어 비 표시가 보였다. 오예. 변화는 환영합니다. 그때 자세히 보니 하나가 아니라 셋…… 아니, 다섯 개가 겹쳐 있었다. 오오, 이게 E랭크인 이유는 숫자가 많아서 그런가?

좌우지간 활을 겨눴다. 다가오기 전에 몇 마리는 해치워야지. 어? 피했어? 내 공격을 눈치챘는지, 커리어 비들이 무거운 몸을 흔들며 다가오기 시작했다. 그것들은 주먹보다 큰 말벌과 비슷한 마수였다. 그리고 그 하반신에는 수많은 알이 기생 중이다. 알을 운반하는 게 아니라, 몸에 박히는 알을 부착한 것처럼 보였다. 지, 징그러운데요. 저게 식용이야? 그야 나도 먹었지만…… 먹기 싫었어! 알기 싫었어!

알에 기생당한 하반신이 무거운지 동작이 느리다. 그래도 아까 화살을 피했지. 일단 연사해 본다. 몇 발은 회피당했지만(나중에 회수하기 무섭네. 벽이 있어서 다행이야.), 쏘는 동안에 몇 발이 명중했다. 생각했던 것보다 덩치가 작고 위아래로 흔들흔들 움직여서 맞히기 어렵다. 제길. 그래도 화살이 세 발 맞은 커리어 비는 추락했다. 체력이 별로 없는 듯하다. 몇 번 회피당했지만, 그대로 추가로 커리어 비 두 마리를 해치우는 데 성공한다. 두 마리 남았다! 아, 화살이 떨어졌다! 이, 이건…… 드디어 마법이 나설 차례인가.

──[워터 볼]──.

물 구슬이 공중에 나타난다. 아직 아이스 볼처럼 여섯 개를 만들 수는 없지만, 이것도 다 숙련도를 올리기 위함이다. MP에 주의하면서 물 구슬을 만들고 날리기를 반복했다. 물 구슬의 속도는 별로 빠르지 않지만, 그게 오히려 좋았는지 커리어 비에 딱딱 맞았다. 물 구슬에 맞은 커리어 비는 바닥에 떨어졌다. 죽지는 않았지만 더는 움직일 수 없는 듯하다. 두 마리가 떨어졌을 때

다가가 창을 겨눴다.

——[스파이럴 차지]——.

[스파이럴 차지] 한 방으로 못 잡아서, 그대로 창으로 찌르자 커리어 비가 완전히 멈췄다.

——[스파이럴 차지]——.

다른 한 마리도 [스파이럴 차지]을 먹이고, 그래도 안 죽어서 추가로 찔러 죽였다.

휴. 쉽네. 공격 수단이 뭔지 모르겠지만, 다가오기 전에, 공격 당하기 전에 죽인다! 안심, 안전, 확실한 방법입니다.

나는 알이 들러붙은 하반신을 나이프로 떼고 가죽 가방에 쑤셔 넣었다. 깨져서 매입가가 줄어들어도, 그때는 그때다. 몸통에 있는 마석도 몸을 갈라서 꺼냈다. 어디 보자. 경험치와 MSP는? 경험치는 40, MSP는 3인가. 음. 경험치가 적은 편이네. 현재까지는 라지 마이코니드의 경험치가 가장 많다. MSP는 똑같이 3인가. 그리고 이때 MSP가 100을 넘었음을 알았다. 현재 MSP는 104인가. 활 기술을 습득하자! 나는 활 기술에 MSP를 100 투자했다.

【[활 기술] 스킬이 개화했습니다.】

【[활 기술] 스킬이 개화하면서 [차지 애로] 스킬이 발생합니다. 활 사용 빈도를 숙련도에 반영합니다.】

오, 창 기술 때와 똑같이 공격 스킬과 활 숙련도가 표시됐다.

활 기술(숙련도 402), 차지 애로(숙련도 0)

활 숙련도가 생각보다 낮다……. 꽤 사용한 것 같은데 말이야. 그래도 뭐, 활에 공격 수단이 늘어나서 기쁘다! 아, 날아간 화살을 회수해야지.

떨어진 화살을 주우면서 걷다 보니 경사가 완만한 언덕과 맞닥뜨렸다. 그 근처에는 용 받침대도 있어서 이곳이 중층 종점임을 나타내고 있었다. 중간 지점인가……. 그렇다면 여기서부터 상층인 거구나. 어디의 누군지 모르지만, 먼저 진행한 모험가 덕택에 별다른 전투 없이 상층에 도착했다. 상층에 올라가 보면 퀸비의 집도 없거나 하지 않을까. 뭐, 마침 중간 지점이니까 오늘은 이만 나가자. 마을에 가면 환금하고, 마법 도구점을 살펴보자. 오늘은 마법 도구점에 말이 통하는 점원이 있으면 좋겠다. 나는 그대로 용 받침대를 만졌다. 곧바로 받침대를 중심으로 원을 그리듯 빛이 발생하고 경치가 바뀌었다.

날아간 곳은 지난번과 똑같은 장소였다. 시험 삼아 받침대에 있는 용 문장을 만져 보니 표시되는 화면이 두 개로 늘어났다. 오케이. 예상이 맞았어. 저쪽에서 이쪽으로 바로 연결되고, 이쪽에서는 갈 곳을 지정할 수 있는 거구나. 거참. 만약 이상한 곳으로 전송되거나 함정이나 벽 속이면 어쩌나 했다. 다행이야. 이제 마을로 돌아가기만 하면 되는데. 기왕 이렇게 됐으니 아까 배운 활 기술을 시험해 볼까?

좌우지간 세계수 미궁에서 나와서 밖을 조금 돌아다녀 봤다. 바로 눈에 띄는 혼 래트. 응. 완전 잡몹이네.

자, 시험해 보실까.

——[차지 애로]——.

화살이 희미하게 빛나며 날아가 혼 래트를 관통해 땅바닥에 꽂혔다. 응? 달라진 게 별로 없어 보이는데. 위력이 조금 강해졌나? 혼 래트가 너무 약해서 잘 모르겠다. 아, 혹시!

나는 머릿속 게임 지식을 풀가동했다. 어쩌면 차지는 돌격 느낌의 차지가 아닌 걸까? 위력이 강하다는 식으로만 인식했었다. 창으로 돌격하는 것을 차지(charge)라고 하니까. 어쩌면 활 기술의 차지는 내가 모아서 쏘는 차지인가! 에너지 차지 같은 느낌이냐! 그렇다면⋯⋯?

곧바로 다음 혼 래트를 찾아봤다. 자, 바로 눈에 띕니다.

——[차지 애로]——.

스킬을 발동해서 바로 화살을 날리지 않고, 시위를 쭉 당긴 채로 가만히 있는다. 그러자 화살에 생기는 빛이 점점 커졌다. 좋아, 정답이네.

화살의 빛이 최대한으로 커졌을 때 시위를 놓자 찬란히 빛나는 화살이 혼 래트에 박히고 폭발했다. 위력이 엄청난걸. 그런데 이러면 화살이 무사한가? 설마 쇠로 만든 화살도 터지는 건 아니겠지? 허둥지둥 화살의 상태를 확인하러 가 보니, 화살은 완전히 망가져 있었다.

충격. 완전 충격. 위력은 강해도 화살을 버려야 한다고 생각하면 좀⋯⋯. 최고 레벨로 힘을 모으지 않으면 괜찮지 않을까? 뭐, 좌우지간 마을로 돌아가자. 하아, 그나저나 묘인족은 만나지 못했다. 고양이 귀가 보고 싶습니다.

──[전이]──.

[전이] 스킬로 마을 근처로 이동했다. 먼저 모험가 길드에 가자. 세계수의 가지를 GP로 교환하고, 다음에는 환금소. 그리고 마법 도구점을 가야지.

모험가 길드에 도착. 자, 꼬마 아가씨. 세계수의 가지를 가져왔어.

"벌레, 다녀왔어?"

그래. 다녀왔어.

나는 꼬마 아가씨 앞에 세계수의 가지를 놓았다.

"음."

꼬마 아가씨는 세계수의 가지 위에 손을 올렸다. 역시 손바닥에 금속 카드가 보이네.

"스테이터스 카드."

알았어. 스테이터스 카드(브론즈)도 필요하단 말이지? 나는 내 스테이터스 카드(브론즈)를 건넸다.

"음."

스테이터스 카드(브론즈) 위에도 손을 올린다.

"끝났어. 받아."

알았어.

스테이터스 카드(브론즈)를 받고 교환한 GP를 확인했다. GP가 90이 되었다. 어라? 20 정도 늘었나? 조금만 더 하면 랭크가 오르네. 어쩌지?

"또 와."

알았어. 또 올게. 그나저나 랭크가 조만간 오를 것 같다면 적

당한 퀘스트라도 받아 둘까 싶다. 하지만 꾹 참자. 지금은 빨리
돈을 벌고 강해져야 하니까. 나는 그대로 길 건너 환금소로 갔
다.

『환금을 부탁하고 싶은데.』

평소처럼 삼인족 누나에게 부탁하자.

"네. 접수할게요."

『그리고 금색 점액이 마법 손가방S(1)에 들었어.』

"아, 그렇군요. 대나무 통을 준비할게요."

어디 보자. 환금 결과는…….

금색 점액 : 5120엔(은화 1개) × 13개 = 6만 6560엔(소금화 1
개, 은화 5개)

대나무 통 : -1280엔(-동화 2개)

라지 마이코니드의 마석 : 1만 240엔(은화 2개) × 3개 = 3만
720엔(은화 6개)

아히르데의 마석 : 2560엔 (동화 4개)

커리어 비의 알 : 2560엔(동화 4개) × 5개 = 1만 2800엔(은화
2개, 동화 4개)

커리어 비의 알(손상) : -640엔(동화 1개) × 5개 = -3200엔(-
동화5개)

커리어 비의 마석 : 1만 240엔 × 5개 = 5만 1200엔(소금화 1
개, 은화 2개)

합계 : 15만 9360엔(소금화 3개, 은화 7개, 동화 1개)

제법 많이 벌었습니다. 단숨에 부자가 됐네. 마석의 환금액을 보고 느낀 거지만, 환금 금액은 MSP로 결정이 되는 것 같다.

MSP 1이 640엔(동화 1개), MSP 2가 2560엔(동화 4개), MSP 3이 1만 240엔(은화 2개). 아마도 MSP 4는 4만 960엔(소금화 1개)가 아닐까? 환금액을 몰라서 처음 보는 마석은 반드시 환금하고 있었지만, 만약 그 법칙이 맞다면 MSP를 적게 주는 마석은 확인하지 말고 처음부터 부숴도 될까. 그나저나 레드아이의 마석 환금액은 얼마였을까? MSP가 80이었는데. 어쩌면 집 한 채를 살 값이 나오지 않았을까. 한숨. 그 돈이 있었으면 여러모로 사고 싶은 것을 샀을 텐데. 뭐, 다음을 생각하자.

다음에는 마법 도구점을 가야지. 그리고 대나무 통은 어쩔까? 상층을 탐색할 때는 더 이상 마이코니드가 안 나올 텐데. 금색점액을 구하면 마법 손가방S(1)에 그대로 넣자. 오케이. 결정.

자, 마법 도구점 재방문이다.

마법 도구점 안에는 어제처럼 보인족 노파가 장식처럼 떡하니 있었다.

『저기요?』

나는 일단 노파에게 말을 걸어 보았다.

"그래, 들려."

그야 [정신 소통]이니까 다 들리겠지.

『마법 도구를 사고 싶은데.』

"그래, 그렇구나."

음. 이 할머니는 사실 가게를 보는 매직 아이템이고, 인간이 아닌 것이 아닐까. 이제는 그렇게 생각하지 않고 배길 수가 없다. 젠장.

"아, 손님 오셨어요?"

장식 같은 할머니를 상대하고 있을 때, 뒤에서 사람 목소리가 들렸다. 뒤, 뒤를 잡혔다고?!

"아, 소문으로 듣던 성수님이야. 할머니, 미안해요. 손님이 왔어요."

뒤에 있는 것은 보인족 소녀(?)였다. 얼굴에는 주근깨가 있고, 머리는 빨간 포니테일 스타일입니다. 헐렁한 바지가 아라비아 느낌이 나는걸.

"그래, 손님이야."

그렇다고. 손님이라고.

"할머니, 미안해. 난 손님을 상대해야 하니까, 안에서 쉬고 있어요."

할머니가 "그래."라고 대답하고 안쪽 방으로 들어갔다. 장식인 줄 알았는데, 정말로 가게를 보고 있었던 걸까?

"자, 그럼. 안녕하세요, 성수님. 쿠노에 마법 도구점에 어서 오세요!"

쿠노에? 이 소녀의 이름일까? 어디 감정해 보자.

"아, 지금 뭐 하려고 했어요?"

어, 들켰나? 위험해라. 마법과 관계가 있는 사람한테는 감지당하는 것일까?

『성수, 빙람의 주인이야. 잘 부탁해.』

감정하려고 했던 것을 모르는 척하고 인사했다.

"네. 난 쿠노에예요. 잘 부탁해요! 성수님…… 저기, 람 씨는 정말로 자이언트 크롤러인가요? 자이언트 크롤러가 말하는 걸 보니 신기해요. 사실은 테이머가 숨어 있다거나 그런 건 아니죠?"

아닙니다. 그나저나 이 쿠노에 씨가 가게 주인이 맞나? 가게 주인치고는 진짜 어려 보이는데. 봐서는 보인족이지만 사실은 다른 종족이거나 그런 걸까?

"람 씨는 무슨 일로 오셨어요? 마법 부여? 제가 척척 인챈트할게요. 아니면 약을 사러 오셨나요? 그것도 아니면 마법의 장신구나 화살을 사러 오셨나요?"

『환금소에서 여기를 소개받아서. 힐 포션을 가져왔는데."

"아항. 혼합인가요? 증량? 보관?"

혼합? 증량? 보관? 설명해 주지 않으면 잘 모릅니다.

"혼합은 마법약을 섞어서 새 약을 만들어요. 예를 들어 힐 포션과 포레스트 울프의 마석을 섞으면 어택 포션이 되는 식으로요."

마석은 그렇게도 쓸 수 있구나.

『혼합 종류와 결과를 물어봐도 될까?』

"그건 직접 해 보는 게 좋아요."

으, 쪼잔하긴.

"기본은 포션과 포션, 아니면 포션과 마석을 섞는 거예요!"

흠흠.

"어느 정도 결과물을 알고 싶으면 여기 이 마도서를 사 주세요. 한 권에 32만 7680엔(금화 1개)예요. 내용에 없어도 조합을 시도해 보면 그 결과가 자동으로 기록되는 좋은 물건이죠."

비싸네. 이것도 언젠가 살 리스트에 넣자.

"증량은 같은 종류의 포션을 섞어서 큰 걸로 바꾸는 거예요."

흠흠. 혼합의 연장선이군.

"예를 들어 S사이즈 어택 포션을 마시면 효과가 10초밖에 안 가지만, M 사이즈라면 20초나 돼요. 클수록 유리하죠! 포션은 연속으로 마실 수 없으니까 용량을 키우는 게 중요해요."

그랬군. 그나저나 포션은 마시는 타입이었나. 걸죽해서 바르는 타입인 줄 알았는데.

"그리고 보관은, 모험 동안에 짐이 안 되게 내가 보관해 주는 거예요. 보관료는 공짜지만, 일주일 동안 가만 두면 내가 가질 거예요."

끙. 일주일은 길면서도 짧지. 이 세계에서는 8일이라지만. 깜빡해서 대여 기간을 놓치는 나는 그만두는 게 좋겠다.

흠. 그러고 보니 포이즌 웜의 마석이 있었지. 시험 삼아 혼합해 볼까?

『이 마석과 힐 포션S를 혼합해 보고 싶은데.』

"네. S사이즈 힐 포션과 포이즌 웜의 마석이군요. 어디 보자. 5120엔(은화1개) 주세요."

혼합 요금은 의외로 비싸네. 뭐, 그래도 시험해 보자.

나는 은화 1개와 힐 포션S, 포이즌 웜의 마석을 건넸다.

"받았습니다. 나는 안에서 작업하고 올 테니까, 잠시 기다려 주세요."

쿠노에 씨가 안쪽 방에 들어갔다가…… 금방 나왔다. 뭐랄까, 진짜 빠르네. 정말로 작업한 건가 의심스러울 속도다.

"자, 완성했어요. 포이즌 봄S예요."

나는 포이즌 봄S를 받고 감정해 봤다.

【포이즌 봄S】

【상대에게 터뜨려 독을 뒤집어씌우는 폭탄】

완전히 공격 아이템이잖아.

"참고로 이건 혼합도 증량도 안 돼요!"

그렇겠지. 왜 포션이 폭탄이 되는데? 이해할 수 없는 세계다.

『그리고 아까 마법 부여 이야기가 나왔는데, 뭘 할 수 있지?』

"마법 부여라면, 나는 수 속성, 풍 속성 부여랑 바람 내성, 방수, 방풍, 치유가 돼요. 하나에 32만 7680엔(금화 1개)를 받아요. 물론, 부여할 소재가 있어야 하고요."

이것도 식겁하게 비쌉니다. 마법 부여가 되는 장비 자체가 비싼데 부여도 비싸면 돈이 진짜 모자라네. 그러고 보니 마법 화살을 판다고 했지? 그것도 물어볼까.

"아, 람 씨는 활을 써요? 그렇다면 내 가게에서 마법 화살을 사야죠. 화이트 씨네 대장간에선 쇠로 만든 화살밖에 없죠? 내 가게에는 다른 것도 많아요."

그렇군. 화살은 이 가게가 전문점인가?

"우선 불 화살. 화 속성이 있는 화살이에요. 세계수 공략에 추천하는 상품. 8만 1920엔(소금화 2개)"

세계수에는 화 속성에 약한 마수가 많으니까. 이건 좀 가지고 싶은데.

"다음은 화염 화살. 상대를 연소 상태로 만들죠. 일회용이고, 소재를 망칠 수도 있으니까 마지막 수단이에요. 이것도 8만 1920엔(소금화 2개)."

불화살과는 다른 건가? 연소 상태라니…… 이건 상태이상 무기인가?

"그리고 폭발 화살. 이것도 일회용. 화살이 박히면 터져서 큰 상처를 줄 수 있어요. 이건 16만 3840엔(소금화 4개)."

일회용 화살은 사는 게 부담되는걸. 비장의 카드로 가지고 있는 것은 좋겠지만.

"그리고 물 화살과 바람 화살이 있어요. 불 화살과 마찬가지로 속성 화살이지만, 이건 내가 만드니까 반값인 4만 960엔(소금화 1개)만 줘도 돼요."

끙. 반값이면 좋지만, 세계수에서는 쓸 일이 없는걸.

『불 화살을 2개 줘.』

"고마워요. 아, 화살통에 안 들어가는데요. 어떻게 할래요?"

하는 수 없이 화살에 다 안 들어가는 화살 하나는 배낭에 집어넣었다. 부러지지 않아야 할 텐데. 그리고 내가 받은 불 화살은 보라색이었다. 어라? 불 화살이니까 빨간색일 줄 알았는데, 보라색인가. 음. 화 속성의 색깔은 보라색인가. 물 속성은 파란색이었지?

그 뒤로 장신구도 구경했지만, 가격의 자릿수가 달랐다. 지금은 살 액수가 아니다. 힐 포션S도 소금화 2개. 꽤 비쌌다. 이걸 환금할 때는 은화 1개인데. 16배나 비싸나.

그대로 대장간으로 직행. 화이트 씨에게 철창과 절단의 단검을 샀다. 기존에 쓰던 나이프와 화살은 팔았다. 창도 손질해 달라고 하자. 언제 부러질지 모를 정도로 상했다고 한다.

이제 남은 돈은 1만 5968엔(은화 3개, 푼돈 76개). 많이 썼구나. 내일은 세계수 상층도 공략해 보자. 자, 힘내 보자고!

나는 세계수에 있는 전송 장치를 통해서 상층 앞으로 이동했다. 음. 역시 편하네.

경사가 완만한 언덕길을 오르자 이번에도 탁 트인 공간이 나왔다. 하층과 똑같이 벽을 따라서 올라가는 나선 오르막길이 있고, 중앙은 뻥 뚫렸다. 그리고 그 뚫린 공간에는 천장이 안 보이는 상공에서 커다란 벌집이 쭉 내려와 있다. 그 벌집 앞에는 1미터 크기의 지팡이를 든 커다란 벌이 있고, 이를 지키듯이 그 절반 크기의 창과 검을 든 벌들이 있었다.

20, 30마리는 되는 것 같은데. 갑자기 난이도가 확 올라가네. 앞쪽이 솔저 비, 뒤에는 엘리트, 안쪽에 있는 대장처럼 생긴 것이 퀸 비인가. 그나저나 무기를 쓰는 건 비겁하잖아.

벌들이 나를 알아차렸는지 이쪽으로 날아왔다. 그리고 여왕은 지팡이를 들어 알 수 없는 녹색 광선을 쐈다. 그러나 거리가 있어서 그런지 광선은 여유롭게 피할 수 있다. 슥삭. 속도는 그럭저럭 빠르지만 수평으로 긋거나 연사할 수는 없나 보다. 거리를 벌리면 쉽게 이길 것 같지만, 광선을 피하는 동안 벌들이 떼로 덤벼든다. 가까이 오기 전에 해치우려고 날린 화살은 엘리트 비의 검에 막혀 떨어졌다. 이건 어렵겠는걸.

나는 일단 후퇴하기로 했다. 이대로 가다간 쪽수로 밀려서 죽을 것이다.

　내가 후퇴하자 솔저 비 몇 마리가 쫓아왔다. 이동 속도는 내가 약간 더 빠르다. 내가 계속 도망치자 쫓아오는 솔저 비가 점점 줄어들고, 마침내 두 마리만 남았다. 너무 물러났는지 후방에 아히르데의 표시가 보이기 시작했다.

　더 후퇴했다간 아히르데가 덤벼들 수도 있겠군. 자, 마음을 단단히 먹자.

　나는 오른손과 사이드암 나라카로 각각 창을 들었다. 그때 솔저 비 한 마리가 창을 들고 나를 찌르려고 했다.

　——[반격 찌르기]——.

　솔저 비의 창을 쳐서 그대로 몸을 한 바퀴 돌리고, 내 창이 솔저 비의 몸에 꽂힌다. 그때를 노린 것처럼 다른 솔저 비가 창으로 찌르려 했다. 나는 그것을 사이드암 나라카로 든 창으로 쳐냈다. 스킬은 연속으로 쓸 수 없어서 방금 쓴 [반격 찌르기]는 현재 재사용 대기 중이다.

　——[스파이럴 차지]——.

　[반격 찌르기]를 맞고 비틀거린 솔저 비에게 나선을 그리는 창이 박힌다. 솔저 비는 그대로 꿰뚫려 죽었다. 좋았어. 이제 한 마리 잡았다.

　——[워터 볼]——.

　나는 그대로 물 구슬을 만들어서 나머지 한 마리를 맞혔다. 물 구슬에 맞은 솔저 비가 바닥에 툭 떨어진다. 이 마법은 속도가 빠르지 않지만, 약간의 유도 성능이 있어서 명중률이 좋다. 좋앗어. 커리어 비 때도 혹시나 했지만, 예상대로 날개가 물에 젖으면 한동안 날 수 없어지는 듯하다. 대미지를 받은 기색은 없이 잠시 바닥에 떨어진 정도지만, 그걸로 충분하다! 나는 떨어진 솔저 비를 창으로 찔렀다. 날아서 도망치려는 것을 다시 찔러서 떨어뜨린다. 몇 번을 반복하자 솔저 비는 움직임을 멈췄다. 뭐랄까, 두더지 잡기 게임을 하는 기분인데. 좌우지간 마석을 빼려던 나는 절단의 나이프가 깔끔하게 베는 느낌에 감동했다. 쓱쓱 썰리네! 지난번에는 결국 이 예리함을 시험해 보지 못했으니까.

솔저 비가 쓰던 작은 창은 화살로 유용할 수 있을 것 같다. 좋았어. 이건 차지 애로에 쓸 일회용 화살로 챙기자. 나는 상층에 올라가 활을 겨누고 솔저 비의 화살을 시위에 걸어 스킬을 발동했다.

——[차지 애로]——.

힘을 모으자 빛이 점점 커진다. 그러자 나를 알아차린 벌들이 공격에 나섰다. 퀸 비의 광선을 피하고(모으면서 움직여도 될지 걱정됐지만, 천천히 움직이는 것은 됐다) 계속해서 힘을 모은다. 아직 솔저 비와는 거리가 있다.

최대한으로 힘을 모은 화살을 날린다. 화살이 솔저 비를 관통하고 퀸 비 앞에서 나는 엘리트 비에게 막혔다. 음. 몇 마리의 몸통을 관통했는데도 솔저 비 한 마리도 해치우지 못했다. 나는 그대로 아까처럼 후퇴했다. 그리고 쫓아오는 벌만 잡고 창을 얻어 차지 애로를 날리는 짓을 반복했다. 이건 조금씩 줄여 나갈 수밖에 없다.

그리고 그것을 반복하는 동안, 많았던 벌은 퀸 비와 이를 지키는 엘리트 비 세 마리만 남았다. 엘리트 비는 퀸 비를 지키듯 그 자리에서 벗어나지 않는다. 흠…… 가까이만 안 가면 공격하지 않는 건가? 그렇다면 퀸 비의 광선만 위협적인데. 그리고 광선 은 피하기 어렵지 않다. 이건 이겼네.

나는 화살을 꺼내 퀸 비를 쐈다. 날아가는 화살은 엘리트 비의 검에 튕겨 나갔다. 끙. 다음에는 불 화살을 시위에 걸었다.

──[차지 애로]──.

불 화살이 보라색으로 빛난다. 퀸 비의 광선을 피하면서 끝까 지 힘을 모으고, 쐈다. 아까처럼 엘리트 비가 가로막지만, 엘리 트 비는 불 화살을 다 막지 못하고, 검이 튕겨 나가면서 몸이 꿰 뚫렸다. 불 화살은 그대로 뒤에 있는 퀸 비도 관통하고 벌집에 박혔다. 이 일격으로 엘리트 비 하나를 해치웠고, 퀸 비도 괴로 운 듯 신음하고 있다. 하지만 죽을 기색은 없다. 음. 여왕이라서 그런지 튼튼하네. 다음에는 쇠 화살로 시험해 볼까? 나는 녹색 광선을 피하면서 스킬 사용 시간이 오기를 기다렸다.

자, 다 됐다.

──[차지 애로]──.

최대한으로 힘을 모은 화살을 날린다. 남은 두 마리 중 하나가 아까처럼 퀸 비 앞에 서서 손에 쥔 검으로 쳐내려고 한다.

그러나 빛나는 화살의 위력을 다 죽이지 못하고, 검이 밀리면 서 화살이 몸에 박혔다. 관통하지는 않았으나 검이 날아가 비틀 거리는 엘리트 비를 보고 이대로 접근해서 공격하고 싶어지지 만, 꾹 참았다. 왠지 될 거 같아서 접근하는 것은 죽음을 자초하 는 짓이다. 활로 안전하게 사냥할 수 있으니까, 무리할 필요는 없다. 늦게 해치운다고 남한테 혼날 일도 없다. 이것은 현실이다. 조바심을 내거나, 시간 단축이나 효율을 추구하다가 죽으면 말짱 꽝이다. 아직 화살은 있다. 지루하더라도 안전하게 사냥하자.

──[차지 애로]──.

아까 방어한 엘리트 비가 비틀거리며 몸을 추슬러 똑같이 화살을 막으려고 들지만, 마찬가지로 검이 밀리면서 몸에 화살을 맞았다. 그리고 그대로 추락했다. 좋았어. 엘리트 비는 이제 한 마리 남았다. 앞으로도 똑같은 짓을 반복하면 된다. 차지 애로의 재사용 시간이 될 때까지 열심히 광선을 피하고, 쓸 수 있게 되면 힘을 모아서 날릴 뿐. 마지막 엘리트 비를 잡은 뒤에는 진행이 빨랐다. 차지 애로를 여섯 번 날렸을 때 퀸 비도 힘이 다했다. 솔저 비든 엘리트 비든 체력이 적어서 다행이야. 그리고 솔저 비의 창을 화살로 써먹은 것도 좋았다. 화살이 떨어져 접근전을 선택했다면…… 어떻게 됐을까? 의뢰로 접근전에 약했을 가능성도 있지만, 위험한 모험은 하지 않아야 하지. 이걸로 화살은 두 발 남았다. 쇠 화살 하나와 불 화살 하나다.

끙. 한번 보충하고 싶은데. 아무리 이기기 위해서라지만, 쇠 화살을 마구 썼다가 본전도 못 찾으면…… 벌 소재가 비싸게 팔리길 기도할 수밖에 없다. 자, 나선 오르막길을 올라가자. 아직 구경하지 못한 마수는 자이언트 크롤러와 우드 골렘인가.

좌우지간 현재 경험치와 MSP를 확인해 보자. 현재 EXP는 2636이네. 그만큼 잡았으니 레벨이 오를 줄 알았는데. 참고로 다음 레벨이 되려면 3000을 채워야 한다. MSP는 86이군. 다음

활 기술이 200이니까 아직 멀었네. 끙. 집중과 시력 강화는 20 밖에 안 쓰니까 올려도 괜찮지 않을까? 아니야. 안 돼. 먼저 활 기술을 2로 올려야지. 2 다음에는 300일 테니까 올리고 나서 어떻게 되는지 확인하고, 그때 다른 것을 올려 보자.

자, 소재를 회수하자. 이번에는 사체가 대량으로 널렸네. 시간이 좀 걸릴 것 같다. 우선 양이 많은 솔저 비의 사체에서 껍질을 챙기자. 절단 나이프를 써서 슥삭슥삭. 내부는 좀 질척해서 징그 럽습니다. 솔저 비의 턱은 떼기 어려워 보였다. 퇴화했는지 턱이 작단 말이지. 식사는 어떻게 해결하는 걸까? 엘리트 비의 검도 회수해야지. 크기가 아이들이 쓰는 식사용 나이프 같다. 엘리트 비의 껍질을 벅벅 벗겨서 회수. 엘리트 비의 발달한 턱을 쭉 잡아당겨서 뜯고 회수한다. 끈적끈적하다. 퀸 비의 지팡이도 챙기고. 이걸로 마법을 쓰려나? 잠깐 감정해 보자.

【퀸 비의 지휘봉】
【퀸 비가 주는 소재 중 하나】

음. 소재 취급인가? 뭔가 처리하지 않으면 무기로 취급해 주지 않나 보군. 그런데 솔저 비의 창은 화살 대신 써먹었단 말이지.

전부 쓰지 말고 감정용으로 남겨 둘 것을 그랬다. 그나저나 차지 애로는 위력이 강하지만 화살이 망가지는 것이 단점이네. 첫 활 스킬로는 좀 너무한 것 같아. 게임에서는 제일 처음 배우는 기술이 가장 범용성이 좋고 마지막까지 써먹을 수 있는 게 많잖아? 화살도 부서지고, 힘을 모으는 데 시간도 걸리고, 더 강한 기술이 생기면 안 쓸 것 같은데.

모은 소재를 벌집 앞에 쌓는다. 마석은 어깨가방에 넣었다. 용량이 빠듯한 느낌이 든다. 아무리 작아도 마석이 27개나 모이면 부피가 커지니까. 거미 사냥을 다닐 때보다 많거든. 그나저나 소재는 어쩔까? 솔저 비나 엘리트 비라면 소재 하나하나가 별로 크지 않지만, 양이 많고 퀸 비의 소재는 꽤 크다.

그래. 다음 마수를 잡으면 귀환하자. 유인해서 해치우면서 숫자를 줄이다 보니 오랜 시간 싸워야 했으니까, 이제는 시간이 꽤 흘렀다. 소재들은 마법의 실로 묶어서 여기 두자. 모험가들은 이제 거의 도전하지 않는 지금 상황이라면 도둑맞을 일도 없겠지. 앞으로 한 번만 싸우고 돌아갈 때 회수하자.

그러면 상황을 보러 올라가 보자.

한동안 오르막길을 올라갔지만 마수 표시선은 나타나지 않았다. 끙. 우드 골렘은 가장 마지막에 있을 테니까, 나온다면 자이언트 크롤러겠지. 동족 상잔…… 아니지, 상대는 마수고, 나는 디아크롤러니까 달라. 너무 깊게 생각하지 말자. 그나저나 전혀 안 나타나는데. 사실은 오늘 중으로 우드 골렘까지 잡을 예정이었는데. 뭐, 해치울 수 있다면 말이지만. 가장 무서운 것은 마을로 돌아가 일정 시간이 지나면 벌떼가 부활하는 패턴인데. 또 조금씩 잡으면 언제쯤 다 공략할 수 있을지.

온 길로 돌아가던 차에 시야 위로 세피로스 슬라임의 표시선이 보였다. 위를 보니 벽에 커다랗고 반투명한 점액 덩어리가 들러붙어 있었다. 점액 중심에는 조금 큰 마석 같은 것이 희미하게 보인다. 표시선은 우연히 눈에 들어왔지만, 모르고 갔으면 큰일이 날 뻔했는걸? 세피로스 슬라임 밑을 지나갔다간 완전히 기습 공격을 당했을 테니까.

좌우지간 활로 공격해 볼까.

──[차지 애로]──.

이제는 귀환만 하면 되니까 아끼지 말자. 마지막 쇠 화살을 시위에 메기고 힘을 모은다. 빛이 가장 커졌을 때 시위를 놓는다. 빛나는 화살이 세피로스 슬라임에게 날아간다. 좋았어. 눈치채지 못한 것 같아. 회피하지 못하겠지? 그러자 세피로스 슬라임의 몸에 박힌 화살이 녹았다. 엉? 튕기는 것도 아니고, 소화됐어? 더군다나 화살을 그대로 맞고?

공격을 받고 나를 알아차린 듯 세피로스 슬라임이 벽에서 뚝 떨어져 이쪽으로 움직이기 시작했다. 속도는 느리지만 길 중앙에 진을 쳐서 세피로스 슬라임을 피해서 지나가긴 어려울 것 같다. 거기는 내가 갈 길인데요. 제길. 아깝지만 마지막 불 화살을 쓸까. 굼뜨니까 힘을 모을 시간은 충분할 거야.

──[차지 애로]──.

불 화살이 빛난다. 으으, 아까워. 그리고 최대한 힘을 모아 쐈다. 보라색으로 빛나는 불 화살이 세피로스 슬라임에게 꽂힌다. 세피로스 슬라임의 표면이 살짝 보라색으로 물들고, 화살이 안에 깊이 들어갔다. 하지만 그게 끝. 그리고 그대로 안에 있는 코어에 도달하지 못하고 쇠 화살처럼 소화됐다. 이게 말이 돼? 몸이 좀 줄어든 것 같아 보이지만, 이러면 불 화살이 몇 발 있어야 할지 모르겠는걸. 더군다나 활 스킬을 썼는데도 이 정도다. 호,

혹시 외통수일까? 아니다. 아직 창이 있다. 저것과 접근해서 싸우는 것은 진짜 무섭지만, 하는 수 없으니 마음을 굳게 먹자.

세피로스 슬라임에게 다가가자 녀석은 몸 일부를 촉수처럼 바꿔서 뻗었다. 그 속도에 깜짝 놀랐다.

——[마법의 실]——.

서둘러서 [마법의 실]을 날려 후방으로 회피했다. 무서워라. 사냥감을 공격할 때의 속도가 장난 아닌데요. 저런 것에 다가가는 것은 자살 행위잖아. 아, 맞다. 아직 마법이 있어.

——[아이스 볼]——.

나는 얼음 구슬 여섯 개를 만들었다. 게임에서 물리 공격에 면역이 있는 슬라임은 마법에 약할 때가 많으니까. 이건 좋은 생각이 아닐까? 얼음 구슬이 차례대로 명중한다. 하지만 얼음 구슬은 닿자마자 흡수당했다. 얼음 구슬을 먹어서 그런지 몸이 커진 것 같아. 으악, 진짜냐. 다, 다음!

——[워터 볼]——.

다음으로 물 구슬을 만들어 세피로스 슬라임에게 날렸다. 결과는 얼음 때와 똑같았다. 마법 면역이냐. 그것도 모자라서 흡수하고 몸이 커졌잖아. 이제는 마법의 실만 남았다. 이게 안 통하면 접근해서 공격하는 것 말고는 방법이 없는데요.

——[마법의 실]——.

마지막 희망을 걸고 [마법의 실]을 날렸다. 그러나 [마법의 실]도 흡수당하고 말았다. 지, 진짜냐. 마지막은 창인가. 코어를 부수면 이길 수 있다고 했지? 창이 녹기 전에 코어를 찔러서 부술 수만 있으면…… 어떻게든 되겠지?

나는 결심하고 접근했다. 녀석은 몸에서 촉수를 여럿 꺼내 공격해 왔다. 오른쪽 촉수를 왼쪽으로 피하고, 그곳에서 날아드는 왼쪽 촉수를 앞으로 나서서 회피, 나아가 위에서 오는 촉수를 아슬아슬하게 피해서 코어 앞으로 갔다. 민첩 보정을 올리길 잘했네.

나는 오른손과 사이드암 나라카로 잡은 창을 겨눴다. 이거나 먹어라!

【스킬 동시 발동이 발현했습니다.】
【[더블 스파이럴 차지]가 발동합니다.】

시스템 메시지가 보였지만, 지금은 신경 쓸 여유가 없다.

──[더블 스파이럴 차지]──.

두 개의 창이 동시에 세피로스 슬라임의 코어를 노리고, 나선을 그리며 관통하고자 움직인다.

그리고 그대로 흡수당했다.

스킬 발동 도중이지만, 나는 허둥지둥 창을 놓았다. 스킬을 중간에 취소할 수 있어서 다행이야. 그대로 내버려 두었다간 나도 한꺼번에 흡수당할 뻔했어. 어, 지금 상황은……?

그렇다. 지금 나는 세피로스 슬라임의 코어 앞. 늘어난 촉수에 포위당한 상태다. 주위에 있는 촉수들이 쏟아진다. 오오오오. 나는 아무것도 생각하지 않고 필사적으로 사이드암 나라카를 휘둘렀다. 단순한 방어 본능에 따른 행동이었다. 그리고 사이드암 나라카는 흡수당하는 일 없이 촉수를 쳐냈다.

뭐라고?!

계속해서 육박하는 촉수들. 그것을 사이드암 나라카를 써서 필사적으로 쳐냈다. 흡수 속도를 생각하면 닿기만 해도 즉시 잘린 것처럼 흡수당할 것이다. 위기 상황에서 괴력을 발휘하는 것처럼, 나는 기적같이 모든 촉수를 쳐내고 사이드암 나라카를 코어에 푹 찔렀다.

그리고 코어를 잡고 그대로 끄집어냈다. 코어를 잃은 세피로스 슬라임은 그대로 쭈그러들면서 녹아 버렸다.

헉헉헉. 죽는 줄 알았네. 진짜, 죽는 줄 알았어. 사이드암 나라카가 없었더라면 확실하게 죽었어. 그 많은 촉수를 하나라도 쳐내지 못했더라면…… 지, 진짜 식겁했네. 이번 경험으로 어떻게 해치워야 할지 배웠지만, 다시는 하고 싶지 않다. 절대로 하고 싶지 않다. 이제 가자. 한 번만 더 싸우고 가자고 생각하는 게 아니었다. 정말이지, 울고 소리치고 싶을 만큼 무서웠다. 슬라임 무서워. 무기도 없고, 다음에 마수가 나오면……. 응, 돌아가자. 진짜.

좌우지간 세피로스 슬라임의 EXP와 MSP만 확인해 볼까? 스테이터스 카드(브론즈)를 보니…….

【레벨이 올랐습니다.】

오, 레벨이 올랐다. 그렇다면 세피로스 슬라임의 경험치는 364보다 많나. 역시나 B랭크네.

【8】

근력 보정 : 4 (1)

체력 보정 : 2 (1)

민첩 보정 : 12(2)

솜씨 보정 : 5 (4)

정신 보정 : 1 (0)

이번에도 보너스 포인트가 8이네. 앞으로도 계속 8로 확정인 것 같다. 분배도 어떻게 할지 진즉에 정했지.

근력 보정 : 4 (1)

체력 보정 : 2 (1)

민첩 보정 : 18(2)

솜씨 보정 : 7 (4)

정신 보정 : 1 (0)

민첩 보정에 6, 솜씨 보정에 2를 주었다. 지금처럼 SP가 적으면 한 방만 맞아도 위험하니까. 민첩 보정을 올려서 팍팍 회피하는 거다.

자, 레벨도 올렸으니 세피로스 슬라임의 경험치와 MSP는 어떤지 보실까. 현재 경험치는 660/4000이군. 그렇다면 경험치는 1024인가 보네. 역시 많이 준다. 이 짓을 네 번 반복하면 레벨 5인가…… 아, 그걸 어떻게 네 번이나 반복하나요. 그리고 현재

MSP는 86······?

안 늘어났잖아. 음? 그러고 보니 코어가 있지만 마석은 없었네. 그것 때문인가? 뭐, 이제 그만 가자.

나는 벌집 앞에 [마법의 실]로 묶어서 수북하게 쌓아 놓은 소재를 회수했다. 영차영차 등에 짊어지고 걷는다.

민첩 보정을 올린 덕택인지 몸이 가뿐합니다. 자, 중간 지점에서 입구로 전송.

세계수 미궁에서 나와 보니 이미 해가 저물러 주위에 어둠이 깔려 있었다. 벌써 밤인가······. 벌과 싸우느라 시간을 너무 소비했다. 그래도 그 숫자에 돌진해서 해치울 수는 없을 테니까, 하는 수 없다.

──[전이]──.

마을로 돌아왔습니다. 마을은 낮과 달리 노점이 싹 자취를 감추었다. 걷는 사람도 안 보인다. 큰길에는 화톳불만 보여서 그 불빛만이 길을 알려주고 있었다. 주위가 어두우면 앞이 거의 안 보이네. 밤눈 스킬은 없을까? 눈이 나쁘니까 어두운 곳은 좀 질색이다.

영업하고 있을지 어떨지 모르겠지만, 환금소에서 환금하고 바로 여관에 가자. 어두우면 무서우니까. 나는 어둠 속을 걸어서 간신히 환금소에 도착했다. 환금소는 영업 중이었다. 모험가 길드도 문을 연 듯하다. 혹시 24시간 영업이야?

『밤중에 미안해. 환금을 부탁하고 싶은데.』

"네. 환금 말이군요."

나온 사람은 평소 보던 삼인족 누나가 아니었다. 비슷하게 생겼지만, 좀 더 어른스럽고 섹시한 느낌이 들었다.

　"아, 성수님인 람이군요. 동생한테 이야기를 들었어요."

　응? 혹시 낮에 있는 누나의 누나인가? 누나의 누나는 표현이 이상하군. 누나의 언니겠지.

　"그래요. 낮에는 그 아이가 있고, 제가 밤에 있어요."

　아하. 자매가 24시간 근무하는 건가. 일이 힘들겠네.

　"아, 감정해야죠. 이리 주세요."

　나는 누나에게 [마법의 실]로 묶은 소재와 어깨가방에 있는 마석 등을 꺼내서 건넸다.

　"와, 양이 많네요."

　그리고 세피로스 슬라임의 코어도 꺼내서 줬다.

　"이, 이건? 세피로스 슬라임의 코어인가요? 진짜로요? 오랜만에 보내요! 자, 잠시 가져갈게요."

　누나의 언니는 다른 환금소 직원과 함께 안쪽 방으로 모습을 감췄다. 자, 감정 결과가 기대되는걸. 방금 반응으로 봐서는 꽤 비싸게 나올 거 같다.

　그리고 누나가 돌아왔다.

　"감정 결과가 나왔어요."

솔저 비의 껍질 : 2560엔(동화 4개) × 21개 = 5만 3760엔(소금화 1개, 은화 2개, 동화 4개)

솔저 비의 마석 : 1만 240엔(은화 2개)

엘리트 비의 검 : 1280엔(동화 2개) × 5개 = 6400엔(은화 1개,

동화 2개)

엘리트 비의 껍질 : 2560엔(은화 4개) × 5개 = 1만 2800엔(은화 2개, 동화 4개)

엘리트 비의 턱 : 2560엔 × 5개 = 1만 2800엔(은화 2개, 동화 4개)

엘리트 비의 마석 : 1만 240엔(은화 2개)

퀸 비의 지휘봉 : 2560엔(동화 4개)

퀸 비의 껍질 : 5120엔(은화 1개)

퀸 비의 턱 : 5120엔(은화 1개)

퀸 비의 마석 : 4만 960엔(소금화 1개)

세피로스 슬라임의 코어 : 65만 5360엔(금화 2개)

합계 : 81만 5360엔(금화 2개, 소금화 3개, 은화 7개, 동화 2개)

거금이다. 벌을 많이 잡아서 그만큼 많이 벌렸지만, 세피로스 슬라임의 코어 가격이 가장 놀랍다. 금화 2개래요! 금화 2개! 순식간에 부자가 됐습니다. 상류층입니다. 듣기로는 세계수 미궁에 도전하는 모험가가 줄어드는 바람에 벌이 많이 늘어났다고 합니다. 그렇다면 고양이 귀 사람은 상층에 도전하지 않았나 보다. 대량의 아히르데를 잡고 만족한 걸까?

이런저런 이야기를 들은 바로는, 다음에 세계수에 갈 때는 벌이 조금밖에 늘어나지 않을 것 같다. 이번에는 보너스라고 할 수 있겠군.

이번에도 시험 삼아 마석을 하나씩만 환금했는데, MSP 3을 1만 240엔(은화 2개) MSP 4를 4만 960엔(소금화 1개)로 보면 될 것 같다. 혼합도 있으니까 포션을 사거나 입수할 일이 생기면 마석을 환급하지 않는 게 낫겠군. 현재는 보관할 곳도 없으니까 계속 부술 예정이지만.

솔저 비의 마석 20개와 엘리트 비의 마석 4개는 여관에 가져가서 부수자. 그것만 가지고도 MSP가 72나 생기니까. 그러면 기존과 합쳐서 158이 된다. 다음에 세계수에 갈 때는 활 기술도 레벨 2가 될 듯하다. 어떻게 변할지 기대되는걸. 새로운 스킬이 생길까? 그리고 내일은 고대하던 쇼핑 타임입니다. 좋은 물건을 화끈하게 살 겁니다. 창과 화살이 다 없어졌으니까 말이지.

다음 날, 물건을 사려고 큰길을 걷다 보니 모험가 길드 앞이 소란스러운 것을 목격했다. 응? 무슨 일이지? 모험가 길드에 갈 일은 없지만, 들러 볼까.

모험가 길드 앞에는 모험가가 30명 정도 모여 있었다.

『무슨 일이라도 있어?』

모험가 중 한 명이 나를 봤다.

"오, 성수님이잖아. 기다려 봐. 조금 있으면 설명하겠대."

흥. 잠시 기다리자 대머리 안대 아저씨가 모험가 길드에서 나왔다.

"좋아. 다 모였나. 설명하지. 람도 있잖아. 넌 아직 G랭크니까 참가 자격이 없다고."

응? 참가 자격은 또 무슨 소리지?

『설명만이라도 듣게 해 줘.』

들을 만큼은 듣고 가자.

"뭐, 나야 상관없지만."

그렇게 말하고 안대 아저씨는 설명하기 시작했다.

"이번에 F랭크, 5레벨 이상 모험가를 소집한 이유는 마인족 소굴을 토벌하기 위해서다."

뭐어?

"모인 사람들끼리 파티를 만들어서 집단전에 나설 거다. 입수한 정보에 따르면 마인족 놈들은 실버 울프를 길들여서 부린다고 하더군. 인원도 10여 명 정도 있다."

틀림없다. 엔비 일당을 말하는 거다.

"뭐? 실버 울프?"

모험가 중 한 사람이 말했다.

"그래. 실버 울프다. 뭐, 그만큼 인원을 많이 모았으니까 괜찮겠지? 도둑놈들은 대체로 5레벨 수준이라고 하니까. 뭐, 두 놈 정도는 레벨이 높다고 하니까 그놈들만큼은 조심해야겠지만."

"5레벨 수준이라. 뭐, 이렇게 많이 모이면 쉽겠지."

"그런 셈이야."

인해전술은 정말 대단하지.

"내일 출발할 거다. 오늘 하루밖에 시간이 없지만, 정신 바짝 차리고 준비들 하라고."

"이번 일은 강제 참가야?"

모험가 중 한 사람이 질문했다.

"일단은 말이지. 제국에서 들어온 의뢰이기도 하니까. 그래서 제국 군인도 참가한다고 들었다."

그 말을 듣고 모험가들이 수군거렸다.

"군인이 와?"

"우리가 훨씬 잘 싸운다고."

"암, 그렇고말고."

"귀찮아."

뭐랄까. 분위기가 험악하네.

"그래서, 보상은 얼마나 줘?"

"그게 중요하지."

"암, 그렇고말고."

"귀찮아."

돈은 중요하지.

"파티 단위로 32만 7680엔(금화 1개)다."

"적네."

"쪼잔하긴."

"암, 그렇고말고."

"귀찮아."

적은 거야?

"그리고 마인족 놈들이 숨기고 있는 보물이 보상이야. 탐색 의뢰가 있는 물품은 제외하고 말이지. 그것만큼은 GP로 환원해 준다."

"칫, 그걸로 참아야지."

"하는 수 없군."

"휴……."

"귀찮아."

현자 타임인 사람이 한 명 있네. 그나저나 내일 출발하나. 급한 일정이네. 이번 정보가 어디서 들어왔는지 모르겠지만, 이야기를 들어 봐서는 엔비 일당의 아지트가 확실하다. 레벨이 높은 적은 엔비를 말하는 걸까? 이야기 도중에 나온 제국 군인은 소드 아하트 씨를 말하는 거겠지. 개미 인간이 얼마나 전투에 특화된 종족인지는 모르겠지만, 그 사람은 실력이 뛰어날 것 같았으니까. 제길. 예정이 완전히 틀어졌어. 뭐, 내가 모르는 곳에서 잡히는 것보다는 낫나……

쇼핑 예정이 완전히 바뀌었다. 현재 내가 가진 돈은 금화 2개, 소금화 4개, 은화 2개, 동화 2개, 푼돈 76개인가. 처음에는 레드아이의 이빨로 만든 창의 잔금을 치르려고 했는데, 아직 완성되지 않은 물건에 돈을 쓰긴 좀 그렇지. 완성됐으면 받아서 전력 증강을 꾀하는 것도 한 방법이겠지만. 그리고 MSP가…… MSP는 지금 딱 160 있다. 200까지 모으려고 했지만, 그럴 수도 없겠군.

좋아. 정했다. 먼저 속사에 40을 투자하자.

【[속사] 스킬이 개화했습니다.】
【[속사] 스킬 : 패시브 발동. 활을 쏘는 속도가 빨라진다.】

응. 예상했던 것과 같은 스킬이다. 속사 다음 레벨에는 80이 필요한가. 더 투자하자.

【[속사] 스킬의 레벨이 올랐습니다.】

【[속사] 스킬 2 : 2발 연속으로 활을 쏠 수 있다.】

오, 연사인가. 다음은 120이네. 역시 요구하는 MSP가 40씩 늘어나는 걸까. 처음에 투자한 만큼 늘어나는 것은 모든 스킬의 공통점 같다. 그나저나 지금은 더 투자할 수 없겠군.

남은 MSP는 40. 집중과 시력 강화에 20씩 쓰자.

【[집중] 스킬이 개화했습니다.】
【[집중] 스킬 : 집중력이 강해진다.】

이건 액티브 스킬인가. 발동해서 쓰는 방식인 것 같은데, 쓰면 집중력이 강해지는 걸까. 뭐, 발동 타입이라면 쿨타임이 있겠지. 시험 공부 때 편리해 보이는 스킬입니다.

【[시력 강화] 스킬이 개화했습니다.】
【[시력 강화] 스킬 : 패시브 발동. 먼 곳이 잘 보인다. 조정 가능.】

오, 갑자기 시력이 좋아졌다. 지금껏 흐릿했던 시야가 갑자기 깨끗해졌는걸. 이것도 패시브 스킬인가. 발동해서 쓰는 스킬인 줄로만 알았는데. 오, 의외로 조정이 되네. 먼 곳을 보려고 하면 멀리 초점이 맞아서 잘 보이고, 가까운 데를 볼 때는 가까운 곳으로 초점이 맞는다. 이건 편리하겠네. 응, 이 스킬을 중점적으로 올리는 게 좋을 듯하다. 실수했네. 뭐, 어쨌든 이제 MSP는 0밖에 없다. 다음에는 물건을 사러 가야지.

먼저 쿠노에 마법 도구점부터.

오, 이번에는 처음부터 쿠노에 씨가 있다. 오늘도 할머니가 있었으면 어쩌나 했네. 오늘 예정이 완전히 틀어질 뻔했다.

『저기, 화살을 사고 싶은데.』

"아, 람 씨군요. 안녕하세요. 화살 말이죠?"

쿠노에 씨가 나를 보고 인사해 주었다.

『응. 안녕. 그나저나 화살 말인데, 폭발 화살 세 발과 화염 화살을 하나 사고 싶어.』

쿠노에 씨가 안에서 화살을 가져왔다.

"57만 3440엔(금화 1개, 소금화 6개)예요."

나는 돈을 주고 화살을 받았다.

자, 다음은 무기다. 화이트 씨네 대장간을 찾았다.

『무기를 사고 싶어.』

"그래. 오늘은 뭐가 필요한데?"

안에서 화이트 씨가 나왔다.

『쇠로 만든 창 두 개와 마법 화살통, 쇠 화살 28발.』

"너, 너 말이야. 또 무기를 부순 거야?"

아니거든요. 이번에는 어쩔 수 없었다고요. 전부 세피로스 슬라임 탓이에요.

"뭐, 아무렴 어때. 아, 그리고 만들던 창 말인데. 조만간 완성할 거다. 너한테 딱 맞는 무기가 될 것 같군."

오호. 내게 딱 맞는다면 어떤 느낌일까.

"쇠로 만든 창 두 자루와 마법 화살통, 쇠 화살 28발이라고 했지? 23만 400엔(소금화 5개, 은화 5개)야."

나는 돈을 주고 물건을 받았다. 이제 남은 돈은 은화 5개, 동화 2개, 푼돈 76개다. 와, 돈을 한꺼번에 많이 썼네.

"원래 쓰던 화살통은 어쩔 거야? 뭐하면 도로 사들이지."

네, 부탁합니다. 그리고 동화 1개를 받았다. 진짜냐. 처음 샀을 때의 6분의 1이잖아. 뭐, 쓰레기가 되는 것보다는 낫나?

이제 준비는 끝났다.

자, 결전의 때가 왔다.

[마법의 실]을 써서 숲을 달린다. 시간과의 싸움이다. 지난번과 달리 어느 정도 장소를 알기 때문에 편하다. 절벽 근처에 보이는 실버 울프 표시선. 나는 콤포지트 보우의 시위에 화살을 메겼다.

——[차지 애로]——.

화살이 빛나기 시작한다.

——[집중]——.

[집중]을 써서 느려진 것처럼 보이는 세계. 원거리 시력을 강화해서 실버 울프를 포착하고 시위를 놓는다. 그리고 곧바로 다음 화살을 시위에 메기고 날렸다. 빛나는 화살이 실버 울프의 머리통에 박히고, 뒤이어 날아간 화살이 실버 울프의 머리를 관통했다.

실버 울프는 소리도 못 내고 그대로 고꾸라졌다.

자, 신중하게 행동하자. 숲을 빠져나가 절벽에 다다라 도적들의 아지트를 찾다 보니 실버 울프 표시가 보였다. (두 번째네.)

시력을 강화해서 멀리 있는 실버 울프를 보니 언제 죽어도 이상하지 않을 만큼 비틀거리며 걷고 있었다.

——[차지 애로]——.

빛나는 화살을 날아가 실버 울프를 꿰뚫는다. 약해진 실버 울프는 일격에 쓰러졌다. 뭐, 당연하지. 그나저나 실버 울프가 에워쌀 때를 생각해서 폭발 화살을 준비했는데, 김이 새는걸.

절벽 밑을 신중하게 이동하고 있을 때, 멀리서 천연 동굴 입구가 보였다. 그리고 그 앞에는 주위를 경계하는 '마인족' 표시가 있다. 드디어 찾아냈다.

휴…….

나는 심호흡하고 숨을 골랐다. 자, 이제는 더는 물릴 수 없다. 내가 하려는 짓은 자기 만족, 이기적인 행동이다. 최악에는 내일 있을 토벌에 지장을 줄 수도 있는 나쁜 짓이다. 내일까지 기다리고 잘 부탁해서 나도 참가하는 것이 올바를 것임을 나도 잘 안단 말이지.

알아. 그래도 그만둘 수 없다. 그만둬서는 안 된다!

나는 죽을 뻔했다.

그레이 씨는 죽었다.

내 스테이터스 카드(블랙)을 빼앗겼다.

레드아이의 마석도 빼앗겼다.

아무것도 모르는 상태로 이세계에 와서, 어떻게든 생활할 수 있게 되었고, 여러 사람에게 도움을 받고, 인정받고, 게임 같은 이 세계도 나쁘진 않다고 생각했을 때 일어난 사건이었다.

그럴 어떻게 인정해. 인정할까 보냐!

나는 내가 나로 있기 위해서, 앞으로도 이 세계에서 앞을 보고 걸어가기 위해서, 오직 그것만을 위해서, 이기적인 행동을 밀어붙이겠다.

내 이기심을 관철하겠다!

나는 콤포지트 보우의 시위에 화살을 걸었다. 자, 간다.

──[차지 애로]──.

화살이 빛이 모인다. 동굴 입구에서 경계를 서던 마인족이 눈치챈 낌새는 없다.

──[집중]──.

집중력이 강해지고, 목표가 또렷해진다. 나는 빛나는 화살을 날렸다. 곧바로 다음 화살을 준비하고 시위를 놓았다. 빛나는 화살은 정확하게 상대의 머리통에 꽂혔다. 화살이 박힌 마인족이 놀라서 나를 보고 뭔가 소리를 내려고 했다. 하지만 그 입에 다음 화살이 꽂힌다. 목소리가, 외침이 나오는 일은 없이 공기가 새는 바람 소리만이 자막으로 표시됐다. 나는 뛰쳐나가 쓰러지려고 하는 시체를 그대로 감싸 입구 앞 벽에 붙였다. 이어서 천천히 시체를 내려놓고, 입구에서 안을 살폈다.

내부는 천연 동굴을 가공한 듯, 동굴이 무너지지 않게 나무로 틀을 만들어 보강한 상태였다. 이건 꽤 넓을 것 같군. 교대 요원이 올 낌새는 없고, 입구 근처에 다른 마인족도 없는 듯하다. 자, 이제 시작하자.

동굴 안을 이동한다. 갈림길이 여럿 있고, 나무로 된 문도 있었다. 문에 다가가 안쪽 낌새를 확인하고 마인족이 없어 보이는 문을 천천히 열어 보았다.

대부분의 문 너머에는 작은 방이고, 조잡한 깔개와 이불만 있었다. 개인이 잠깐 잠자는 곳일까? 조금 더 이동해 모퉁이에서 너머를 엿보니 멀리서 이쪽으로 다가오는 마인족 표시가 보였다. 나는 모퉁이 벽에 바짝 붙어서 창을 쥐고 대기했다.

다가오는 발소리. 자, 숨을 죽이고 기운을 불어넣어라.

발소리가 다 다가왔을 때, 나는 모퉁이에서 뛰쳐나갔다.

——[더블 스파이럴 차지]——.

오른손과 사이드암 나라카로 잡은 창이 이중 나선을 그리며 내 눈앞에 있는, 내 모습을 보고 놀라는 마인족의 몸을 헤집고 관통한다. 놀란 얼굴이 고통으로 물들고, 비명을 질렀다. 칫, 실수했군.

비명을 들었는지 마인족 표시가 몇 개 보이기 시작했다. 하는 수 없다. 이건 어쩔 수 없는 일이야. 자, 가자. 나는 마음을 굳게 먹고 뛰었다.

오오오오, 죽어라.

"마, 마수다!"

나를 보고 놀란 마인족이 움직임을 멈췄다.

——[더블 스파이럴 차지]——.

그대로 상대의 몸을 꿰뚫었다. 나는 곧장 창을 뽑았고, 상대는 입에서 피를 질질 흘리면서 뒤로 쓰러졌다. 그 뒤에서 다음 마인족이 뛰어왔다. 눈앞에서 동료가 죽어서 그런지 분노를 드러내고 손에 쥔 검을 휘둘렀다.

——[반격 찌르기]——.

검을 쳐내고, 그 반동에 몸을 맡겨 회전한 나는 손에 쥔 창으로 적을 꿰뚫었다.

──[스파이럴 차지]──.

그리고 또 하나의 창이 그리는 나선. 그것이 처음 찌르기를 먹고 비틀거리는 상대의 몸을 꿰뚫어 날려 버린다. 상대는 검을 떨어뜨리고 꺽꺽 소리를 내면서 상처를 붙잡고 있다. 넌 이제 끝났어.

계속해서 나타나는 마인족. 내가 있는, 별로 넓지 않은 통로는 불리하다. 이대로 돌진해서 들어가는 것은 좋은 방법이 아니다. 상황을 모르고 돌진하는 것은 최악이다.

그래, 최악이야!

나는 안으로 뛰어갔다. 어차피 전부 죽일 거다. 불리해? 그래서 어쩌라고. 마인족의 검을 쳐내고, 몸통을 부딪쳐 밀치고, 뛴다.

자, 따라와라!

공격을 피하면서 안으로 계속 뛰어간다. 뛰면서 활을 손에 들었다. 뛰면서 뒤를 보니 따라오는 것은 하나, 둘, 셋, 네 명인가. 딱 좋게 좁은 통로로군.

나는 폭발 화살을 시위에 메기고, 날렸다. 화살이 쫓아오는 도둑놈들의 근처 바닥에 떨어지고, 그대로 폭발했다. 정말로, 말 그대로 폭발했다. 빨갛게 물드는 시야. 폭풍이 일어나면서 동굴이 뒤흔들린다. 진동 때문에 흙이 우수수 떨어진다. 하하하하. 무너지지 않아서 다행이네. 거참. 이걸로 아까 네 놈은 죽었겠지? 그런데 보니까 아직 숨이 붙어 있는 듯했다. 진짜냐. 폭발에 말려들면 죽어야 정상이잖아.

이것도 SP가 있는 이세계라서 그런가. 비틀거리면서도 일어나려고 하는 도둑놈들의 숨통을 끊으려고 화살을 시위에 메겼을 때 안쪽 문이 열리고 뭔가가 튀어나왔다.

"이 빌어먹을 새끼가! 동굴에서 폭발 화살을 써? 뒤지려고 환장했냐?!"

그놈은 왠지 눈에 익은 진은검으로 나를 공격했다. 나는 빠른 참격을 굴러서 회피했다.

——[마법의 실]——.

구르면서 [마법의 실]을 날려 문 너머로 몸을 날린다. 그런 나를 뒤쫓듯이 참격의 충격파가 날아온다. 나는 곧바로 자세를 바로잡고 창을 수직으로 들어서 충격파를 막았다. 그런데도 그 위력을 다 없애지 못하고 내 몸이 날았다. 문 너머로 날려서 그대로 바닥을 구른다.

그곳은 널찍한 방이었다. 도둑놈들의 집회 장소인지, 넓으면서도 아무것도 없는 공간이었다. 안쪽에는 자물쇠가 걸린 철문이 하나 있다. 나는 곧바로 몸을 일으켜 내가 날려서 통과한 문밖을 봤다.

손에는 진은검, 키가 크고 몸에 질 좋은 가죽 갑옷을 껴입은 마인족 남자가 천천히 걸어 들어왔다.

"아앙? 왜 자이언트 크롤러가 들어온 거야!"

나는 창을 겨눴다. 감정해 볼까……?

"앙? 이 자식, 감정을 쓸 줄 아나?"

【이름 : 라스 스트렝스】

【종족 : 마인족】

"허? 뭘 봤지? 내 SP? 레벨? 기술? 헹! 우리 상대로 헛지랄을 하는군."

이름만 봤다고!

"응? 감정을 간파한 게 신기하냐? 하긴, 그렇겠지. 보통 마인 족은 모르니까 말이야. 나는 말이다. 이 마력의 목걸이가 있으니 까 아는 거야!"

그렇게 말하고 눈앞에 있는 남자는 목에 걸린 목걸이를 슬쩍 들어 보였다.

"뭐, 봐도 넌 죽을 거지만."

눈앞에 있는 남자가 진은검을 들었다. 도둑놈 주제에!

『우선 그 검을 돌려받지.』

그건 그레이 씨의 검이니까!

"오호! 이건 [정신 소통]인가! 마수인 줄 알았는데 성수였냐."

대화하면서 상대의 움직임을 본다.

"뭐 하냐! 안 덤벼? 이 진은검을 돌려받겠다면서!"

상대의 도발에 안 넘어간다.

『내 스테이터스 카드(블랙)도 돌려받겠어.』

그 말을 듣고 라스가 눈을 부릅떴다.

"허! 그랬나. 넌, 트웬티를……. 그랬군. 그러고 보니 특이한 마석이 있는 벌레를 하나 잡았다고 했었지."

『그 자식은 어디 있지!!』

"하하하, 성깔 부리지 마! 그놈은 특이한 스테이터스 카드와 마석 두 개를 챙겨서 대륙으로 갔다고. 나는 여기 잔류한 인원인 셈이지."

말을 마치자마자 라스가 검을 휘두르며 덤볐다. 나는 레벨을 올려 강화된 민첩 보정을 믿고 회피했다.

"너도…… 그래 봤자 마수는 마수로군."

시야가 빨갛게 물든다. 왜지?

【[위험 감지] 스킬이 개화했습니다.】

라스가 휘두른 검이 그대로 아래에서 위로 올라온다. 위험해. 나는 반사적으로 창을 잡고 아래에서 오는 공격을 방어하려고 했다.

"그리고."

창이 통째로 잘렸다. 이대로 가다간 내 몸이 두 동강 난다. 나는 그대로 억지로 상체를 틀어서 칼날을 피하려고 했다.

다 피하지 못한 내 몸에 진은검이 명중했다.

"칫, 반밖에 못 뺐나."

몸이 베여서 체액이 뚝뚝 떨어진다. 아파, 아파. 제길. 하지만 치명상은 피했다.

"공격 안 해? 이 진은검을 돌려받겠다면서?"

라스가 히죽히죽 웃는다. 빌어먹을 놈.

──[스파이럴 차지]──.

창이 소리를 내면서 라스를 향해 파고든다.

"너희가 말하는 창의 중급 기술인가. 그럭저럭 좋은 기술이지만, 부족해!"

라스는 진은검을 수평으로 잡고 내 찌르기에 맞추듯이 찔러 넣었다.

"이거나 먹어라. 질풍 찌르기!"

검과 창이 충돌한다. 검의 위력에 밀린 창이 튕겨 나간다.

"어차, 멍 때리고 있다간 죽을걸? 열풍 2단!"

라스의 2단 찌르기. 시야에 들어오는 두 개의 빨간 점. 나는 본능에 따라 빨간 점을 피했다.

"오호, 피했냐."

창을 쥔 손은 아직도 저리다. 제길. 써먹을 기술이 부족해.

"하하하. 죽어, 죽어, 죽어."

라스는 신나서 진은검을 휘두르고 있다. 시야에 보이는 빨간 안내선…… 이것이 공격 예측인가! 나는 빨간 선을 피하듯이 몸을 움직였다.

"자, 어서 피해. 피하라고. 그러다 죽는다."

라스의 맹공을 회피한다.

"자자, 속도가 더 빨라질 거다. 죽어, 죽는다고."

빨간 선이 늘어났다. 그리고 시야 전체가 빨갛게 물들었다. 위험하다.

──[반격 찌르기]──.

반사적으로 스킬을 발동했다.

"그딴 쓰레기 기술이 통할 것 같냐고!"

라스의 진은검을 쳐내려고 했던 창이 그대로 절단된다.

"그럼 이만 죽어라, 벌레."

눈앞에 있는 것은 두 동강이 난 창. 새빨개진 시야. 어쩌지? 어쩔까? 천천히 다가오는 진은검. 세세한 구석까지 잘 만든 장식이 뚜렷하게 보인다. 아아, 칼날이 참 예쁘네. 하하, 여기서 끝장인가.

그러나 칼날은 아무리 기다려도 내 몸을 가르지 않았다.

내 눈앞에는 어느새 검으로 진은검을 흘린 모험가가 한 명 서 있었다.

"늦지 않았군. 람 씨, 무사해?"

그래, 무사해. 무사한데.

그리고 눈앞에 있는 모험가는 공격을 흘린 검으로 라스를 밀쳐내고 나를 돌아봤다. 그 얼굴에는 눈만 드러낸 가면이 있었다.

어? 누구세요?

…….

이럴 줄 알았지? 나는 누군지 알아.

살아 있었구나. 그레이 씨.

『그 가면은 뭐지?』

"아, 이거? 놈들이 얼굴에 칼질을 해서……."

뻥 치지 마시죠. 거짓말이잖아. 나는 끝까지 봤지만 얼굴에 칼을 맞은 적은 없었거든?

『…….』

"미안. 멋 좀 내려고 썼어."

진짜냐. 그나저나 나는 네가 죽은 줄 알고 복수하려고……. 그레이 씨는 고양이 수레 여행 때 동행하기만 해서 오래 알고 지낸 사이는 아니지만, 착하고 좋은 사람이라서……. 제길, 살아서, 살아 있어서 다행이야!

"뒤에 있던 놈들은 전부 베고 왔다!"

그러고 보니 전투에 정신이 팔려서 몰랐는데, 폭발 화살로 날려 버린 놈들은 아직 살았을 텐데도 이쪽으로 오지 않았다. 그게 원인이었나.

『살아 있었어! 살아 있었구나!』

"그래. 망령이 아니야. 놈들에게 당한 상처 때문에 복귀하는 데 시간이 좀 걸렸지만."

그때, 라스가 자세를 바로잡고 진은검을 겨눴다.

"윽, 허를 찔렸군."

"그 진은검을 돌려받겠다. 가자, 람 씨!"

그래, 되찾자!

『나는 지원에 전념하겠어.』

그레이 씨는 라스를 보면서 고개를 끄덕였다. 나는 가까이서 싸울 무기가 없으니까. 뒤에서 활로 지원해야겠지.

그리하여 전투의 두 번째 막이 올랐다.

검으로 베고, 부딪히는 그레이 씨와 라스. 검을 다루는 기량으로는 그레이 씨가 더 낫지만, 무기로 봤을 때는 진은검이 더 우위인 듯하다. 그레이 씨는 상대의 공격을 흘려서 칼날을 직접 맞대지 않게 할 수밖에 없는 듯하다.

나는 라스의 빈틈을 노려서 찔끔찔끔 활로 공격했다. 그레이 씨의 검을 피하는 타이밍에 [집중]을 써서 화살을 날린다. 라스는 내 공격을 채 피하지 못하고 몸에 화살을 맞았다. 하지만 별로 효과는 없는 듯하다. [차지 애로]를 안 쓰면 공격이 먹히기 어렵나. 그러나 힘을 모은 화살은 어떻게든 회피할 것 같다.

『그레이 씨. 그레이 씨가 다음 공격을 흘릴 때 포이즌 봄S를 쓰겠어.』

나는 그레이 씨 한정으로 [정신 소통]을 썼다. 내 말을 들은 그레이 씨가 고개를 끄덕였다.

그레이 씨가 라스의 공격을 흘린다.

자, 지금이다. 나는 포이즌 봄S를 던졌다. 내게 미리 들었던 그레이 씨는 곧바로 거리를 벌렸다.

라스는 날아든 포이즌 봄S를 벴다. 포이즌 봄S는 그 자리에서 쪼개져 내용물을 라스에게 쏟아냈다.

"끄엑. 이게 뭐야! 도, 독이냐!"

얼마나 대단한 독인지는 모르겠지만, 이걸로 빈틈이 생겼을 것이다. 그때를 노리고 그레이 씨가 공격한다. 나도 [차지 애로]를 발동했다.

──[차지 애로]──.

"까불지 마라!"

라스 의 몸에서 충격파 같은 것이 일어나 그레이 씨를 날렸다. 큭. 그래도 힘을 모을 시간은 벌었어! 이거나 먹어라!

──[집중]──.

그리고 빛나는 화살을 날렸다.

"빌어먹을 새끼!"

라스가 진은검으로 빛나는 화살을 막았다. 그리고 그대로 화살을 튕겨 낸다. 빛나는 화살에 밀리면서도, 어떻게든 쳐내는 데 성공한 듯하다. 그러나 어깨를 들썩이며 숨을 쉬고 있다. 흥, 멍청하긴.

"헉!"

숨을 거칠게 쉬는 라스에게 화염 화살이 박힌다. 이 바보야. [차지 애로]는 미끼야.

박힌 화살이 불길이 일어나 온몸으로 번진다.

"끄, 끄어어어억."

불덩이가 되어서 고통스럽게 몸부림치는 라스. 그 눈앞에는 자세를 바로잡고 검을 상단 자세로 잡은 그레이 씨가 있다.

"이걸로 끝이다."

그레이 씨의 검이 내려간다. 빛나는 검의 궤적. 라스의 몸이 찢어지고, 피를 분수처럼 뿜으면서 쓰러진다.

끝났다.

정말로 끝난 거야.

그레이 씨가 나를 돌아보고 손으로 V 모양을 만들었다. 아, 이 세계에서도 그게 승리의 사인인가요. 아, 내 손으로는 못 하잖아. 하는 수 없이 손을 들어 응했다.

휴, 그나저나 오늘도 무기를 부쉈네. 화이트 씨한테 또 혼날 것 같다.

번외편 : 궁금해요 무이무이땅 2

시로네 : 전반전 끝!

미캉 : 저기, 뭐가 전반전인 거야?

시로네 : 므후. 그건 신경 쓰지 마세요.

스텔라 : 저기, 저도 있어요. 잘 부탁해요.

시로네 : 므후. 사회자 자리를 빼앗지 마.

미캉 : 워워. 이야기를 진행하자.

미캉 : 이번에는 어르신의 스킬 표시가 문제가 되는데.

시로네 : 표시?

미캉 : 그래. 듣자니 자신의 스킬이 표시되는 것도, 상대의 스킬이 표시되지 않은 것도 이해할 수 있겠는데 말이다.

시로네 : 흠흠.

미캉 : 한데, 어디의 누군가가 자랑스럽게 서면 아쿠아를 피로했을 때 표시된 적이 있다는군. 설정 미스일까?

스텔라 : 설정 미스……

시로네 : 자자, 설명할게. 그건 상대에게 보여주려고 한 거니까 그런 거라고 봐. 파티가 아닐 때, 자신의 전투가 아닐 때 안 보이는 것은 당연하지? 그리고 중급 감정으로는 실패가 뜰 때

도 있다고 하는걸.

미캉 : 그랬군.

미캉 : 그러고 보니 포션의 가격 설정에서 실수를 발견했는데. 쿠노에 양은 뭔가 잘못한 거 같다.

시로네 : 므후. 갑자기 뭔 소리야?

미캉 : 우라 공이 말한 마나 포션의 가격과 쿠노에 양의 가게에서 파는 포션이 가격이 다르지 않더냐. 보통은 마나 포션의 가격이 더 비쌀 터인데?

스텔라 : 그건 제가 설명할게요…….

시로네 : 음?

스텔라 : 람 씨가 가져온 것은 힐 포션S예요……. 우라 씨가 말한 것은 '라이트' 마나 포션S고요.

시로네 : 물론, '라이트' 힐 포션S도 있어.

미캉 : 그랬군. 라이트가 있군.

시로네 : 므후. 그런 거야.

시로네 : 아, 맞다. 경험치가 없을 때와 수치가 조금 이상할 때도 있는데.

미캉 : 그랬나?

시로네 : 그렇다고. 자세한 내용은 스테이터스 카드를 봐야 알 수 있겠지만. 이유는 나중에.

스텔라 : 결코 계산이 잘못된 게 아니에요…….

시로네 : 그러고 보니 대량의 아히르데 사이에 있었던 보물 상
자에는 뭐가 들었어?

미캉 : 흠. 달의 눈물이라고 하는 롱 소드가 있었지…… 있었
다고 하더군.

시로네 : 수상한걸.

미캉 : 뭐, 뭐가 말이지? 뭐, 필요 없어서 후우아 마을에서 카
타나로 다시 만들어 달라고 했지만.

시로네 : 아하, 그랬구나.

시로네 : 므후. 그나저나 슬슬 나올 차례네. 부러워.

미캉 : 뭐, 뭐가 말이지?

시로네 : 이름 끝에 ㅇ이 들어가는 사람이 나올 차례인가 싶어
서.

스텔라 : 부러워요…….

에밀리오 : 냥냥.

시로네 : 또 튀어나왔어!

미캉 : 히익! 자, 자비를!

에밀리오 : 냥? 냐앙?

스텔라 : 귀여워.

시로네 : 마지막으로 속성과 색깔을 설명하고 이만 마칠게.

스텔라 : 끝나요……?

시로네 : 이게 마지막입니다.

미캉 : 그래.

시로네 : 화 속성은 보라색. 수 속성은 파란색, 목 속성은 녹색, 금 속성은 노란색, 토 속성은 갈색, 풍 속성은 빨간색, 암 속성은 검은색, 광 속성은 흰색입니다.

미캉 : 이건 요일과도 연동되는군.

스텔라 : 그러게요…….

미캉 : 어르신은 왜 바람이 빨갛냐고, 불이 빨개야 한다고 그러셨지.

시로네 : 우리에게는 그게 정상인데 말이지.

에밀리오 : 냐앙.

시로네 : 그런고로 여기서 일단 끝입니다.

미캉 : 그래, 또 보자.

스텔라 : 또 봐요.

에밀리오 : 냐앙.

『무이무이땅』 (끝)

후기

이 책을 사 주셔서 감사합니다.

처음 뵙는 분께, 안녕하세요. 그리고 인터넷 연재 시절부터 함께해 주신 여러분께, 이번에도 읽어 주셔서 감사합니다.

이 작품은 〈소설가가 되자〉라고 하는 인터넷 사이트에서 연재되고 있는(2016년 현재 기준) 작품을 서적 출간용으로 개고한 것입니다.

〈소설가가 되자〉 사이트에는 매일 작품을 올리는 작가님도 계시고, 100만 자가 넘는 작품도 넘치는, 정말이지 무시무시한 소설 투고 사이트입니다.

그런 사이트에서, '신문의 연재 소설보다는 편하겠지.'라는 안이한 생각으로 찔끔찔끔 써 봤더니, 어느새 서적이 되었습니다.

어라? 뭔가 이상한데.

그런고로 『무이무이땅』이라는 이상한 제목이 붙은 작품이지만, 앞으로 잘 부탁합니다.

멋진 일러스트를 그려 주신 카시이 님, 여러모로 위태로운 이야기를 했던 담당자님, 이 책을 사 주신 여러분. 정말, 정말 감사합니다!

안 팔리면 다음 권이 안 나오니까…… 팔리면 좋겠네요.

2016년 9월
무이무사쿠노 유키노하

무이무이땅

2021년 04월 15일 제1판 인쇄
2021년 04월 20일 제1판 발행

지음 무이무사쿠노 유키노하 | **일러스트** 카시이

옮김 JYH

발행 영상출판미디어(주)
등록번호 제 2002-000003호
주소 21311 인천광역시 부평구 평천로 132 (청천동)
전화 032-505-2973(代) | FAX 032-505-2982

ISBN 979-11-6625-897-8

MUIMUITAN
ⓒMUIMUSAKU NO YUKINOHA 2016
Originally published in Japan in 2016 by MAG Garden Corporation, TOKYO.
Korean translation rights arranged through TOHAN CORPORATION, Tokyo

구매 시 파손된 도서는 구매처에서 교환하실 수 있습니다.
기타 불편사항, 문의사항이 있으신 독자님께서는 노블엔진 홈페이지
[http://novelengine.com] 에서 Q&A 게시판을 이용해 주시기 바랍니다.

악역영애 레벨 99
~히든 보스는 맞지만 마왕은 아니에요~
1~2

RPG 스타일 여성향 게임에서 엔딩 후에 엄청 강하게
재등장하는 히든 보스, 악역영애 유미엘라로 전생했다?!
그것도 모자라 초반부터 레벨업에 몰두해 입학 시점에서 레벨 99를 찍고 말았다!!
평화로운 일상은 바이바이~ 사람들은 무서워하고, 주인공 일행들은
아예 부활한 마왕이라고 의심하는데……?!

아무튼 내가 최강이니 아무래도 좋은 마이 페이스 전생 스토리, 시작합니다!

타나바타 사토리 지음 / Tea 일러스트

영상출판
미디어㈜